中国少数民族经典民间故事

土家族民间故事

林继富 编

四川党建期刊集团　四川民族出版社

图书在版编目（CIP）数据

土家族民间故事/林继富主编. — 成都：四川民族出版社, 2015.12（2019.9重印）

（中国少数民族经典民间故事）

ISBN 978-7-5409-6176-3

Ⅰ.①土… Ⅱ.①林… Ⅲ.①土家族—民间故事—作品集—中国 Ⅳ.①I277.3

中国版本图书馆CIP数据核字（2016）第001677号

中国少数民族经典民间故事

土 家 族 民 间 故 事

TUJIAZU MINJIAN GUSHI

林继富　主编

责任编辑	唐功敏　袁　祥
责任校对	吕　海
装帧设计	李　娟
责任印制	袁　祥
出版发行	四川党建期刊集团　四川民族出版社
邮　　编	610031（成都市三洞桥路12号）
照　　排	四川胜翔数码印务设计有限公司
印　　刷	香河利华文化发展有限公司
成品尺寸	160mm×230mm
印　　张	20.5
字　　数	235千
版　　次	2015年12月第1版
印　　次	2019年9月第2次印刷
书　　号	ISBN 978-7-5409-6176-3
定　　价	41.00元

中国少数民族经典民间故事
编委会

顾　问

刘魁立　刘守华　梁庭望　满都呼　毕　枬

主　编

林继富

编委会成员
（按姓氏拼音排序）

姑丽娜尔·吾甫力（维吾尔）　　胡　华（彝）　　黄龙光（彝）

黄　雯（哈尼）　林继富（汉）　　刘　薇（汉）　　刘兴禄（土家）

马翀炜（汉）　穆朝阳（汉）　　彭书跃（土家）　朴承权（朝鲜）

漆凌云（汉）　覃德清（壮）　　唐仲山（藏）　　王　丹（汉）

王曼利（汉）　文忠祥（土家）　肖远平（彝）　　央吉卓玛（藏）

詹　娜（满）　张远满（土家）　朱雄全（瑶）

总　序

林继富

一

民间故事是民众喜爱的传统文化，讲故事是民众日常生活的组成部分，亦称"讲经""说古""讲古话""讲瞎话""粉白（话）""讲大头天话""摆龙门阵"等，各地说法不一样，反映了民众对民间故事的不同认知方式和使用状况。

讲故事是中国各民族重要的精神活动之一，优美动听的故事陪伴人们度过无数美好的时光。"冬季是农闲季节，寒夜又那样漫长，于是，躺在温暖的炕头上，或围坐在火盆边，嘴里吧嗒着旱烟袋，也许手里还纳着鞋底，手不闲、嘴也不闲地讲述着。夏季挂锄季节，夜晚坐在大树底下，或在庭院里讲故事、听故事，以此来抵御夏天的酷热。秋后扒苞谷米或扒蚕茧，需要人手多，讲故事会吸引来劳动帮手，还会让人忘记疲劳。"[①]这是我国北方民众以讲故事打发农闲时间、消除劳动疲倦的典型场面。

讲故事是中国民众表现生活、表达情感、记忆历史、描绘现实、倾吐心

[①]张其卓：《这里是"泉眼"——搜集采录三位满族民间故事讲述家的报告》，见《满族三老人故事集》，沈阳：春风文艺出版社，1984年，第589页。

声的主要方式，是他们感受社会生活、传递民族文化传统最灵活、最便捷、最普及的手段。尽管讲述人年复一年地讲述着似曾相识的故事，但是，他们的每一次讲述就是对历史的一次记录和回味，是将古老文化与现代生活相连接、相融通，以彰显其对社会的认识和人生的理解。也正是这样，流传千百年的故事因在讲述人那里得到别样景致的重现而摄人心魄。

中华民族"由许许多多分散孤立存在的民族单位，经过接触、混杂、联结和融合，同时也有分裂和消亡，形成一个你来我往，我来你去，我中有你、你中有我，而又各具个性的多元统一体"[①]。这种多元一体的民族结构决定了中国民间故事多元一体的格局。各个民族的民间故事在多姿多彩的地域景观和人文传统作用下，既具有民族、地域个性，又呈现出相互交流、彼此借鉴的局面。一方面，汉族的很多民间故事在我国少数民族地区家喻户晓，代代相传，比如《水浒传》《杨家将》《包公案》等。少数民族民间故事对汉族民间故事的影响，亦是中国各民族民间故事交流与整合的重要表现。另一方面，各少数民族之间的民间故事交流和影响的历史也很久远。在许多少数民族中，流传着内容和情节极为相似的民间故事。比如，西南、中南地区各民族都有"狗耕田"型故事、"百鸟衣"型故事、"灰姑娘"型故事以及"找幸福"型故事等，这些不同类型的民间故事在各民族交往过程中均存在着不同程度的借鉴和融合。

中国民间故事在漫长的历史年代里，通过多种渠道与世界许多国家进行着广泛而深入的交流和互鉴。佛教传入中国，带来了大量印度故事；中日频繁交往将中国民间故事传播到日本；"丝绸之路"沿线民族和国家的民间故事彼此交流、借鉴的现象更为突出，这种吸纳与输送、交流与碰撞使得中国民间故事具有浓厚的民族根性和兼容并蓄的世界品格，不仅丰富了我国民众的生产生活，而且丰富了世界民间故事的文化宝库。

[①]费孝通：《中华民族的多元一体格局》，载《北京大学学报》（哲学社会科学版）1989年第4期。

中华民族是一个重视传统的民族，民间故事的讲述往往被拉进历史文化体系，这种特点突出地体现在中国古代笔记小说、"野史"乃至"正史"对民间故事的记录方面。这些故事的记录者往往在原本虚幻的故事开头或末尾，以真实的口吻添加一些可信成分，由此增强民间故事的历史感和现实精神。

二

在中国，讲故事的活动在两千多年前就已经被文字记录下来了，然而，要推算最早的民间故事讲述，恐怕要追溯到无文字的原始社会。

先秦时期的史官和文人就有以简单的文字记述民间故事的风尚，特别是在《尚书》《周易》《楚辞》《山海经》《穆天子传》《淮南子》和《史记》等书中保留了丰富的民间故事。春秋战国时期，利用民间故事进行政治游说和思想表达的例子更是数不胜数，《庄子》《战国策》《孟子》《韩非子》《论语》等就是用故事进行说理的极好范例。加上一些君主有听故事的喜好，如齐宣王、楚庄王等为了能够及时听到诙谐幽默的故事，便在身边豢养了专门说隐语的倡优，这大大助长了民间通过改编故事以隐语寄寓道理的社会风气。

三国时期邯郸淳的《笑林》第一次汇总了当时流传的笑话。南北朝时期的《搜神记》《搜神后记》《博物志》《述异记》和《续齐谐记》等成为我国许多民间经典故事的最早渊薮，诸如"白水素女"故事、"东海孝妇"故事、"飞升星球"故事等在这个时候就已经相当成熟。至于佛经故事《经律异相》的出现，则说明古代印度故事借助佛教传播深入中国民间社会的事实，自此以后，中国民间故事交互影响的现象越来越深入，越来越全面。

隋唐时代，市井生活不断繁荣，城市经济空前发展，故事讲述活动变得十分频繁，尤其是脱胎于佛教的"俗讲"，逐渐发展成唐代市民文艺最具影响力的"说话"艺术。这种具有职业素养的"说话"与街头巷尾的日常故事讲述成为当时都市民间文化的亮丽风景，极大地推动和催化了乡村民间故事的创作与传播，也使文人更加重视民间故事。

"变文"的讲唱不仅保留了大量的佛经故事，而且加快了这类故事深入民心的速度，如《目连变文》《太子成道变文》《伍子胥变文》《王昭君变文》《张义潮变文》《舜子变文》《孟姜女变文》《董永变文》等至今还活跃在老百姓的口耳之间。在唐代，记录民间故事最为丰富的还有笔记小说，诸如段成式的《酉阳杂俎》、戴孚的《广异记》和句道兴的《搜神记》，以及牛僧孺的《玄怪录》、李复言的《续玄怪录》、玄奘的《大唐西域记》等。这些笔记小说、野史杂录和游记漫笔保存了丰富而生动的故事资料，像"叶限""吴堪""田章""月下老人""鼠壤坟"等故事均有完整详尽的书面记录，构成了中国民间故事发展的重要阶段。

宋代城市建设较唐代有了更大发展，市民生活富足，工商业兴盛，城市里的"勾栏瓦肆"培育了大量的说话艺人，形成了风格各异的说话流派。宋代有关民间故事的记录可以说是中国民间故事发展史上最丰富、最夺目辉煌的，尤以《太平广记》《夷坚志》等为代表。这些卷帙浩繁的文献将历代故事加以分类汇编，成为中国民间故事辑录的里程碑。比如，收集精怪故事最全的北宋太宗太平兴国年间编纂的《太平广记》卷368—373专门列出"精怪"一类，所收为器物精怪，其他各类则分别附收精怪故事，如"草木"类末附"木怪""花卉怪""药怪""菌怪"等。

明清时期农民文化生活仍然以民间说唱、民间游戏和民间讲述为主，此时的内容除了承继先前的鬼狐精怪故事以外，还出现了大量生活故事和民间笑话。民间故事讲述引起越来越多人士的注意和重视，如晚清文人许奉恩曾对家乡安徽桐城一带的民间故事讲述情形做了这样的描述：

> 其或农工之暇，二三野老，晚饭杯酒，暑则豆棚瓜架，寒则地炉活火，促膝言欢，论今评古，穷原竟委，影响傅会，邪正善恶、是非曲直，居然凿凿可据，一时妇孺环听，不自知其手舞足蹈。言者有褒有贬，闻者忽喜忽怒。事之有无姑不具论，而藉此以寓劝

惩，谁曰不宜？①

当时，文人和乡村知识分子常聚集在一起，言今论古，谈精说怪，遂留心辑录。

> 予今年四十有四矣，未尝遇怪，而每喜与二三酒朋，酒觞茶榻间，灭烛谈鬼，坐月说狐，稍涉匪夷，辄为记载，日久成帙，聊以自娱。②

文人以笔记小说的方式记录了不少民间流传的故事，像王同轨的《耳谈》、蒲松龄的《聊斋志异》、纪昀的《阅微草堂笔记》就是清代此类作品的代表。他们喜爱民间故事，通过各种途径搜集故事文本，并对其进行加工、改造。譬如，蒲松龄就利用民间故事进行创作，在中国文学史上树立了典范。

> 情类黄州，喜人谈鬼。闻则命笔，遂以成编。久之，四方同人又以邮筒相寄，因而物以好聚，所积益夥。③

> 每当授徒乡间，长昼多暇，独舒蒲席于大树下，左茗右烟，手握葵扇，偃蹇终日。遇行客渔樵，必遮邀烟茗，谈谑间作。虽床笫鄙亵之语，市井荒伧之言，亦倾听无倦容。……晚归篝灯，组织所闻，或合数人之话言为一事，或合数事之曲折为一传，但冀首尾完具，以悦观听。④

---

① （清）许奉恩：《兰苕馆外史》，合肥：黄山书社，1996年，第16页。
② （清）和邦额：《夜谭随录》，郑州：中州古籍出版社，1993年，第15页。
③ 朱一玄：《明清小说资料汇编》（下册），济南：齐鲁书社，1989年，第1164页。
④ 朱一玄：《明清小说资料汇编》（下册），济南：齐鲁书社，1989年，第1215页。

蒲松龄尤爱鬼狐精怪故事，他将所见所闻与自己的丰富幻想融汇在作品里，从而为保留他所在的那个时代的民间故事做出了突出贡献。

我国文人通过创作辑录民间故事是一贯的传统。采录笑话、汇编专集在明清时代成为民间故事的重要活动与特征，如明代冯梦龙的《笑府》《广笑府》《古今笑》、赵南星的《笑赞》、李贽的《山中一夕话》、刘元乡的《应谐录》、浮白斋主人的《雅谑》、江盈科的《雪涛谐史》、陈继儒的《时兴笑话》、乐天笑笑生的《解愠编》、潘游龙的《笑禅录》，清代石成金的《笑得好》、独逸窝退士的《笑笑录》、小石道人的《嘻谈录》、陈皋谟的《笑倒》、游戏主人的《笑林广记》、程世爵的《笑林广记》等。

中国民间故事的采录到明清之际运用了多种手段，采取了多种方式，故事内容也从神灵鬼怪、精魈妖魅深入实际生活，故事世界呈现出虚幻与现实、灵域与人域胶合一体的格局。生活故事、民间笑话等从前较少出现的故事种类开始受到了人们的关注，成为采录的主要对象。

三

进入20世纪，中国社会发生了巨大变化，新科技革命带来民众生活质量的提高，新思想运动从城市蔓延到农村，进而引发中国农民从根本上动摇了原有的神权与族权观念，人们追求自由、提倡民主的呼声越来越高，他们期望从本质上改变自己的生活。然而，文化的变迁并非一蹴而就，必须经过长时间的浸染与渗透。因此，在20世纪初期的中国农村，农民的文化生活仍以传统的民间文艺活动为主。

1942年，毛泽东发表了《在延安文艺座谈会上的讲话》，号召广大文艺工作者学习"萌芽状态"的文艺，鼓励他们到基层、到老百姓的生活中去学习民间文艺，搜集民间文艺。于是，在20世纪40年代，解放区形成了采录民间故事的热潮。"晋绥文艺工作者深入到农村，在农村工作中，逐渐地接近了民间故事，采集与整理工作认真地搞起来。在1945年以后，就接续地出版了《水推长城》《天下第一家》《地主与长工》三个民间故事集子。"①同时期，我国西南地区的文化建设和研究则是另外一番景象。"卢沟桥事变"爆发后，华北和东南沿海的大批高等学府和一些科研院所纷纷西迁。尽管战乱不已，但仍然有一大批知识分子进入西南的彝族、白族等地区调查，在此过程中采录了大量的少数民族民间故事。比如，凌纯声、芮逸夫的《湘西苗族调查报告》就收录了他们采集的神话、传说、故事、寓言等63篇。当时采集这些内容的目标并非采录口传叙事，而是学者们在做民族生活、历史和文化的调查时将民间故事视为民族文化传统而纳入记录范围。

1949年以后，新中国政府十分重视民间文艺。1950年成立的中国民间文艺研究会（1985年改为中国民间文艺家协会），负责组织、协调全国的民间文学工作。采录民间故事成为文化工作的一项重要内容，特别是自1954年开展的全国民族识别和"民族五种丛书"的写作经历了较为深入的田野调查，在此过程中，大量的少数民族民间故事被采录，为新中国民间故事的理论建设积累了宝贵的第一手材料。诚如一位学者发表于1964年的一篇文章中指出的那样：

> 据不完全统计，十五年来省市以上出版的民间故事集就有五百多种。全国五十多个民族，都发掘了数量不等，各有特色的民间故事。已经出版了单行本的就有蒙古族、藏族、维吾尔族、苗族、彝族、壮族、朝鲜族、白族、黎族、纳西族、高山族、鄂伦春族、土家族等十几个民族。绝大部分民族都是第一次把他们祖先长期以来精心创造的民间故事呈现在全国人民的面前。②

---

① 李束为：《民间故事的采集与整理》，见《中华全国文学艺术工作者代表大会纪念文集》，北京：新华书店，1950年。
② 《绚丽多姿的百花园——建国十五年来民间文学作品巡礼》，载《民间文学》1964年第5期。

这些被采录的民间故事成果集中体现在1989年出版的《中国少数民族民间文学丛书·故事大系》中。1995年又在此基础上调整编辑出版了《中华民族故事大系》，全书共分16卷，精选了全国56个民族的神话、传说、故事共计2 500篇，参与讲述、搜集、整理和翻译的人员达到7 000余人。

　　1985年大规模启动的《中国民间故事集成》的搜集和编纂工作历经十余年，动员人力数以万计。除大量的手稿、录音等资料散存于各地组织和个人手中之外，还出版了为数不少的县市卷本，据不完全统计，共有2 000余卷。据1990年全国民间文学集成办公室统计，采录的民间故事达183万余篇。

　　在这个时代，民间故事讲述人受到前所未有的重视，一大批不同民族、不同地域、不同性别的杰出民间故事讲述人纷纷登台亮相。在1984年至1990年民间故事的搜集过程中，我国已发现的能够讲50则以上故事的传承人就达9 901人。[①] 如内蒙古的秦地女，辽宁的谭振山、李明，山东的胡怀梅、尹宝兰、王玉兰、宋宗科，山西的尹泽、梁力，河北的纪文道、靳正新，河南的曹衍玉，湖北的刘德培、孙家香、罗成双、刘德方，湖南的孙明斗、易法松，四川的魏贤德，江苏的陈理言以及鄂伦春族的李水花，蒙古族的金荣，朝鲜族的金德顺，满族的傅英仁、马亚川、李成明、佟凤乙，藏族的黑尔甲、七尖初，侗族的杨雄新等，不仅能够讲述几百则民间故事，而且讲述质量也属一流。在他们周围活跃着一大批知名的民间故事讲述人，他们讲述的故事不仅多，而且讲述技艺高超。这些故事具有强烈的民族特色和地域特色，受到广大民众的普遍欢迎和认同，并被听众广泛传讲。

　　在中国，民间故事讲述成为地方的一种重要文化传统，民间故事作为中国非物质文化遗产得到了很好的保护，诸如湖北省的伍家沟、都镇湾、下堡坪，重庆市的走马镇，河北省藁城县的耿村，辽宁省大洼县的古渔雁、喀左东蒙、北票，西藏嘉黎等地的民间故事，内蒙古通辽市的巴拉根仓故事，山

---

① 贺嘉：《中国民间文学集成的普查与耿村故事家群的发掘》，载《民间文学论坛》1991年第6期。

西万荣的笑话等均被列为国家级非物质文化遗产代表性项目，得到了政府的高度重视。这为这些地区民间故事的传承发展带来了新的契机，也为中国民间故事遗产保护和传承提供了可资借鉴的经验。

然而，今天的中国社会变迁速度比以往任何时候都要迅猛，现代化的生产方式和生活方式全方位地影响着农村文化生活的变革，现代传播媒介对民间故事讲述、传承产生的重大影响更是不言而喻的。在这样的时代背景下，群众性的文化娱乐活动不可逆转地发生着变化，文化的多样化、娱乐的现代化特点越来越突出。中国乡村社会树荫下簇簇人群听故事的专注神情，火塘边兴奋地讲故事、听故事的一张张被火光映红的脸庞……这些动人的场景已经离我们越来越远了。讲故事活动的传统熟人社会结构被打破，讲故事的热闹场面逐渐在消失。在世界各国政府加紧采取措施保护自己的民族文化的时代，保护和传承我国丰厚的民间故事资源显得更加紧要和迫切。

四

少数民族民间故事是中华民族传统文化的重要载体之一，是中国各民族民众生活的重要组成部分。新中国成立以来，我国各级部门、各类人员采集和整理了数量众多的少数民族民间故事，2014年至2015年，我带领学生对上个世纪被采集翻译为汉文的中国少数民族民间故事进行了一次全面、系统的信息采集，其数量之惊人、成绩之斐然，让我兴奋了很久。但是非常遗憾，中国不同时期采录、整理的少数民族民间故事资料大多被束之高阁，或者仅仅供学者研究使用，并没有真正发挥少数民族民间故事应有的社会文化功能，并没有很好地利用各民族民间故事在教育和知识传播上的优长。为了全面、系统地凸显中国少数民族民间故事的"经典性"，我们组织编选了"中国少数民族经典民间故事"系列丛书，在包括神话、传说，还有动物故事、幻想故事、生活故事、笑话、寓言，以及民族或地区特有的口头散文叙事文学体裁的基础上，尝试着从"经典"的视角推介和传承少数民族民间故事，提升中国少数民族民间故事的价值和社会影响力。

中国少数民族民间故事经历了不同的发展道路，这些民间故事不仅承载着中华民族的传统文化，而且在各民族共同生活、相互学习的过程中，民间故事在交流中融合，在融合中创新，构筑成中华民族千百年来共有的精神家园。

中国少数民族民间故事种类繁多，同一种民间故事在不同民族之间有不同的演变形态，对中国少数民族民间故事"经典"进行系统汇纳，有利于加强民族乃至地域之间的文化交流和文化理解，彰显中国各民族民间故事的文化认同功能，也有利于培养民众的道德情操，传递生活知识。

中国少数民族民间故事包含民众的生活情感、价值观念和审美期待，人们习惯地认为民间故事属于"草根"文化，"中国少数民族经典民间故事"打破人们对"经典"认识的藩篱，将少数民族民间故事视为"经典文化"，在每个民族丰富的民间故事中精选100则民间故事编辑成册，采取经典化的选编方法、经典化的传播方式，让这些世代流传的经典民间故事走进中华多民族民众生活之中，为中国少数民族民间故事的传承、创新而开辟"经典化"的路径。

"中国少数民族经典民间故事"既是抢救中国少数民族民间故事，又是在现代化背景下，以"经典"为视角系统总结中国少数民族民间故事，推进文化多样性建设，让少数民族传统的经典故事走向更为广大的民间，从深度和广度上影响更多的读者，在传承和保护中国少数民族民间故事方面做出特殊的贡献。这是我们希望的，也是我们愿意做的。

导读语

王　丹

　　土家族人自称"毕兹卡"，聚居于我国湘、鄂、渝、黔的交界地带。据2010年第六次全国人口普查统计，土家族人口数为8 353 912人，主要分布在湖南省湘西土家族苗族自治州的永顺、龙山、保靖、古丈、吉首、凤凰、泸溪等县市，张家界市的永定、武陵源区和慈利、桑植两县，常德市的石门等县；湖北省恩施土家族苗族自治州的来凤、鹤峰、咸丰、宣恩、建始、巴东等县和恩施、利川两市，宜昌市的长阳、五峰两县；重庆市的酉阳、石柱、黔江、秀山、彭水、涪陵等区县；贵州省东北部的沿河、印江、思南、江口、德江、铜仁等县市。这些区域是连成一片的，均属山区丘陵地带，武陵山、大娄山、大巴山等横贯其间，酉水、澧水、清江、娄水、乌江等纵横交错。这里气候温和，日照充足，雨量丰沛，是典型的亚热带季风湿润气候，土家族较早地从事了山地农耕，兼事渔猎和采集。在长期艰苦而富有情趣的生产生活中，土家人养成了以讲故事抒发情怀、表达思想的习惯，并且逐渐形成具有土家族特色的民间故事讲述传统。千百年来这种传统代代相传，不断发展和创新。

　　本书精选了土家族民间故事100则，旨在较为全面地展现土家族民间故事讲述的风貌和特征，让读者能够比较直观地了解和认识土家族民间故事，并逐步加深对它的理解，也更为广泛地传播土家族民间故事。本书选取故事的原则和特点主要体现在以下三个方面：

一、择选的故事覆盖面广。首先，从地域上看，本书选取的民间故事流传于土家族生活的主要区域。根据分布面积和人口的多少，湖南地区有39篇，湖北地区有38篇，重庆地区有14篇，贵州地区有9篇。其次，选择的故事文本来源于《中国民间故事集成》中涵括土家族地区的省市卷本，以及《集成》的地方资料本等，具有一定的代表性和权威性。再次，从故事种类上看，神话有《盘古开天女娲补天》《依罗娘娘造人》《狗带谷种》等，传说有《巴曼子的传说》《土家过赶年》《酉水河的传说》等，动物故事有《鸡儿报仇》《喜鹊、斑鸠和知了》《老鼠子嫁姑娘》等，幻想故事有《神奇的石碓》《蛇郎》《李老三守坟》等，生活故事有《天高地厚》《明年还来不来》《陈木匠》等，幽默故事有《"狗老爷"分油漫子》《三难"顺风旗"》等，寓言故事有《土地菩萨和农夫》等，从中亦可见土家族民间故事的丰富与精美。所选故事篇目中还包括选编者前往土家族地区从事民间故事调查研究采录的故事文本，这些故事的讲述生动而美妙，文本的记录整理尊重和遵循讲述的原貌。

二、故事类型多样且具典型性。本书所选100则故事尽量兼顾土家族民间故事类型的多样性和典型性，同时选择不同故事类型中的经典文本，体现土家族民间故事的丰富和厚重。相传土家族是古代巴人的后裔，土家人崇虎，因此在口头上传讲着大量有关虎的故事，比如《老巴子妈妈》《虎儿娃》《认"虎"》等。《老巴子妈妈》讲的就是老虎化身为人，与人间男子婚配，生儿育女的故事。《土家向王天子》讲述的则是土家族始祖巴务相掷剑浮舟成首领，带领部族开拓疆土，发展壮大的丰功伟绩。神鬼精怪的叙事表现着土家人的一种思维逻辑和对自身与外界关系的建构，例如土家族关于精怪的叙事包括解释类精怪故事、交往类精怪故事、婚姻类精怪故事和斗争类精怪故事四类。本书选取了《狐狸报恩》《龙妻》《蛤蟆精》等不同类别的精怪故事，展示了土家人与诸多事物的联系，以及他们对生活、对世界的认知和理解。孕育于生活，彰显现实感的土家族民间故事更是数量繁多，不胜枚举。比如《皮匠驸马》故事遵循"公主要选一位有学问的人，由于误会选中了鞋匠；通过误解鞋匠解决了各种难题并终于得到了幸福"的情节结构进行颇具土家族的叙事风格，也映现出中国南方稻作文化的特征。

三、故事语言与内容本土化。土家族民间故事以口耳相传的方式讲述着土家人的生活世界和想象世界。土家语属汉藏语系藏缅语族，接近彝语支，分为南部方言和北部方言。除湘西泸溪县潭溪乡的土家族操南部方言外，其余土家族均操北部方言。目前，绝大多数土家人都通用汉语，只有酉水流域的永顺、龙山、来凤等县的部分土家人讲土家话。所以，土家族民间故事基本是以汉语方言来讲述，有的夹杂着少量土家语词汇。例如"三女婿"故事是土家人尤为喜爱的一类生活故事，湖北土家族地区多称为"三姨佬"故事。"姨佬"既是岳父母对女婿的称呼，也是出嫁的姊妹对彼此丈夫的称呼。这类故事主要围绕"三姨佬"这个焦点展开不同情状的喜剧性叙事。不论"三姨佬祝寿"，还是"三姨佬纠葛"，抑或"三姨妹助夫"，讲述的重点都在比才华、嘲弄人的情节上。又如《螃蟹姑娘》属于田螺姑娘型故事，其中讲到螃蟹变形成人，帮助贫穷的单身汉，并与之成婚，以神奇的本领与财主斗智斗勇，最终完美结局的故事。螃蟹姑娘和男主人公白林的对话极具生活气息，比如"饭菜顺口（合胃口）""你长得那么乖（漂亮）""粗细工夫（大小轻重的各种活儿）"等均富有亲切感和感染力。本书一方面收录了土家族的本土故事，比如《八部大王》《摆手舞的传说》《耍耍》等；另一方面也编选了在我国，乃至世界各国都普遍流行的故事，比如《烟荷包里的妖怪》《野人嘎嘎》《考女婿》等。然而，无论哪种流源的故事，经过土家人的加工、分享和传讲，其语言表达和内容叙述均印刻上了土家族的色彩，都被本土化和在地化了。

土家族民间故事自成一体，风采独具，希望通过本书的选编和推介，让读者在阅读和欣赏中收获知识和快乐，同时从"经典"的视角认知土家族民间故事，为土家族民间故事的传承、保护做出有益的贡献。

目录
CONTENTS

盘古开天女娲补天

　　远古的时候，天和地就像鸡蛋里的蛋清和蛋黄一样，是混沌在一起的。

　　有个力气很大的仙人叫盘古，认为天地相连，神仙和人分不清，天上的事物和地上的事物混成一团，太不成体统，必须分开，就拿了把大斧头，朝天和地的中间"嚓、嚓、嚓"地砍了起来。他砍一阵，把斧头把往地上顿几下，地上则出现了高山、平地。砍了三年零六个月，把天地砍开了。但天地间充满了雾气，混混沌沌的，看不清楚。于是盘古他的脾气来了，用力朝上砍了一斧头，又朝下打了几斧头。哪晓得天被砍了个大孔，不断漏水；地被打出了好几个大凹，不断冒出水来，成了湖海。他仍看不清，还想砍，太上老君赶来说："天和地已砍开了，你还砍什么？"他说："你看天地还这么混沌，不砍怎么行呢？"老君哈哈大笑，说："这就不是动斧头的事了。来，看我的吧！"说着，鼓气一吹，雾全散了，天地分得清清楚楚。

　　老君仔细察看后大吃一惊，道："哎呀！不好了，盘古你闯出大祸了。看！天被你砍穿了，地也被你打破了，天上漏水，地上冒水，如何得了？"千里眼和顺风耳也大声喊："不得了，不得了，赶快动手扎①吧！"天上大

────────────

①扎："堵塞"的意思。

大小小的神仙都赶来扎天，手忙脚乱，怎么扎也扎不好。水越漏越大，涨成齐天大水了。玉皇大帝怕水涨到天上来，急得要命，命令女娲娘娘赶快补天。女娲起初炼石来补，补了又漏，漏了又补，总是补不好。后来，她又苦苦炼了五年，炼出来一种软绵绵的五彩云，才把天补好。但是有些渗水，时不时地漏下来，就成了雨。

依罗娘娘造人

在远古的洪荒年代，天和地挨得很近。画眉鸟的叫声传到天上，天上的人要打画眉鸟，从此，画眉鸟只好到树林深处去藏身。地上池塘里，青蛙不停地叫，吵得天上的人日夜不宁，天上的人要打青蛙，从此，青蛙到岩脚去躲藏。地上长的葛藤长到天上，绊得天上人跌跤，他们要砍葛藤，从此，葛藤"趴"着不敢"伸腰"。地上的巴茅草长上了天，天上人烦恼，走路不便，他们要把巴茅草割尽，从此，巴茅草只有长到小沟两边。地上马桑树的枝丫也伸进天上，地上的小娃儿沿着马桑树往上爬，吵得天上人不安宁，他们要砍马桑树，从此，马桑树只敢长三尺高。

那时，东海有条大鱼，鱼翅伸进了天庭，鱼腥味熏着了天上人。天上人搬起大斧砍在大鱼的背心。大鱼负痛翻了个身，把天上捅了个大窟窿，把地上捅了个大坑。从此日夜不分，四季不清，雀鸟不叫，树木不生，大地漆黑一片，世上混混沌沌。

这时，天上的大神墨特巴叫来了张古老和李古老。张古老头顶白发，胸飘银须，赤着脚，挂着拐杖，一跛一跛地走来。墨特巴说："张古老，辛苦了，快去把天补起来。"李古老头发蓬松像棕丝一样，满脸的棕色胡子，挂着一根长烟杆走来。墨特巴说："李古老，辛苦了，快去把地补起来。"张古老和李古老都听从了墨特巴的吩咐。

接着，张古老就补起天来。他脱下衣服，甩开两手，身上捆着葛藤，高高卷起裤腿。张古老用五色石头修补天的大洞，又怕不牢靠，还用钉子钉起来。他日夜不停地补，过了七天七夜，终于把天平平展展地补了起来。现在我们看到天上的彩云飘动，那是五色石头的光彩；看到星星闪亮，那是钉子在发光；看到月亮很明亮，那是张古老补天时用过的火把；地下有露水滚动，那是张古老补天时淌下的汗水。张古老大功告成，可是李古老还睡得鼾声如雷呢。

张古老见李古老还没有动静，就去叫醒他，可是怎么也叫他不醒。张古老只得跑到天门上去擂起大鼓，这下把他震醒了。李古老醒来，看天已补好了，大吃一惊，便急急忙忙补起地来。李古老脱下衣服，咬着牙，毛脚毛手来补地。他东边顿几脚，变成了河；西边挺几挺，变成了山岭；南边踩一踩，变成一块土坪；北边用力过猛，堆成了一座山。他把泥巴捏成疙瘩到处放，又用棍棒东撮西撮，弄得现今的地面高高矮矮、坑坑洼洼，这都怪李古老补地时太慌张了。

张古老和李古老把天地都补好了，但是地上没有人，到处冷冷清清。墨特巴又叫张古老去做人。张古老做了九天九夜，先做脑壳，脑壳上做了一个嘴巴、两个鼻孔、两只耳朵和两只眼睛，接着又做了身躯和两手两脚。可是，太慌张了，忘记做肚脐眼与屁股眼，睡着不能出气，站着不能走路。张古老喊了三声"天"，垂头丧气地上天去了。墨特巴又叫李古老去做人。李古老还是按照张古老的办法去做人，做了九天九夜，什么都做好了，也忘了做屁股眼，人还是没有做成。李古老伤心地喊了三声"地"，垂头丧气地钻地去了。

地上无人，还是冷清的。墨特巴再叫女神依罗娘娘去做人。依罗娘娘先摘葫芦做脑壳，在脑壳上开了两只眼，额门上画了一对眉毛，又做个鼻子栽当中，戳两个鼻孔通呼吸，做两只耳朵挂在左右，鼻子下面开个嘴巴，口内舌头和牙齿，喉咙当中接气管，可以通到肠肝肚肺。砍些竹子做骨架，和些泥土做肌肉，摘张树叶做肝肺，又摘段豇豆做肠子，还用茅草做汗毛。这些都做齐了，又把手和脚来做。依罗娘娘心很细，连肚上的肚脐都没有忘记。还有屙屎屙尿的和生儿育女的也一并做齐。这样的人，嘴巴一张出了气，扯了他的耳朵便笑了出来。人就这样做成功了。

忙了十天十夜，依罗娘娘做成了人，可是却把她累坏了。她的眼皮浮肿了，脸皮消瘦了。人们至今还怀念着制天制地的张古老、李古老和做人的依罗娘娘。

附　记：

关于人类的起源，土家族人普遍流传依罗娘娘造人的神话。黔江土家族苗族自治县农民刘世清讲述、中学教师何须芳采录的一篇神话，主要内容是这样的：盘古王开天辟地那阵，有个依罗娘娘，她觉得太孤单了，编了一个竹架架，放了一把豇豆在里面，豇豆上盖了几张荷叶。随后，拿一个葫芦安在架架顶上戳了七个孔，吹了一口仙气，就变成了人。那竹架子成了人的骨架，荷叶成了人的肝肺，豇豆成了人的肠子，葫芦成了人的脑壳，七个孔孔就变成了人的眼睛、鼻孔、嘴巴和耳朵。人就是这么来的。

土家族民间故事

陈古烂年的老话

　　混沌世界，无天无地，无日无夜，宇宙间一片黑暗。突然一阵狂风，把黑气吹散了，现出一朵白云。白云里面有一个卵，卵白似天形，卵黄似地形。卵生下无极，无极生下太极，太极生下两仪，两仪包含阴阳。这阴阳就像两个人，他俩自己取名字，阴问阳："你姓什么？"阳说："不是姓张就是姓李嘛。"之后，阴就自称李姑娘，阳就自称张古老。二人制天地定乾坤，张古老制天，李姑娘制地，他们限定时间一起把天地乾坤制完。张古老很用功，李姑娘却懒懒洋洋睡着了。张古老把天地制得平平坦坦的，快要圆功时，土地菩萨着急了，有天无地怎么行？他忙把李姑娘叫醒。李姑娘一看心慌意乱，忙用拐杖乱刨乱戳，这地制得很不周整，高低不平。等李姑娘把地制起，张古老还没搞归一，顾得了东，顾不得西，也慌了，忙赶工，图方便，用水补缺，这西边的天是用水补起来的。张古老和李姑娘把天地制成后，看到地上人未发、草也未生，两人就成配为婚。可惜李姑娘多年没有生育，急得每天求神拜天。这事感动了玉帝，玉帝就派太白金星赐了她八颗仙丹，叫她分做八次吃完。李姑娘求子心切，把八颗仙丹做一次吃了。一日三、三日九，身怀有孕，一胎生下八个崽崽，七男一女。大哥叫齐力，二哥叫蛮力，三哥叫铁汉，四哥叫铜汉，五哥叫压克，六哥叫长脚，七哥叫伏羲，八妹叫衣布。七男中，齐力和铁汉最凶狠。

有一次李姑娘害病，齐力、铁汉问母亲爱吃什么？母亲说："什么肉都吃了，也不开味，我只想吃点雷公肉汤。"齐力、铁汉就煮了一些小米倒在院坝里，几弟兄用脚乱踩着玩，惹雷公冒火下来打他们。雷公火气大，惹得的吗？一声霹雳炸开，雷公举大斧砍下来，不但没有伤害到几弟兄，反被齐力、铁汉活擒了。当几兄弟要把雷公杀了煮汤时，母亲一看雷公歪①得很，尽是皮皮，就吩嘱几弟兄多养几天，等肥了再杀起吃。几弟兄有孝心，也听话，就把雷公关在笼子里。第二天几兄弟有事要外出，派老七伏羲和妹妹衣布守屋，离家时对两姊妹说："这雷公才擒到手，生得很，不要送他东西吃，免得走脱了。"雷公关在笼子里没有办法，对伏羲姊妹说："我什么都不吃，请你们递我一碗水喝，我渴得很。"两姊妹看它也遭孽，就给它送一碗水。雷公得了水，一声霹雳把铁笼炸开，架翅膀飞到天上去了。

雷公到了天上，忙把在下界受难的事禀明玉帝，玉帝听了大怒："那还得了！下界有这样恶的人，总有一天会欺到我头上来，我要发齐天水把他们都淹死去！"说完，把碗里的水倒了一半，叫千里眼、顺风耳去看下界的水势如何。

雷公感激伏羲两姊妹的救命大恩，暗中请白颈老鸹送去葫芦瓜种给他们。白颈老鸹把瓜种送到火坑边，寅时落卯时生，一天之间就发芽、开花、结果。两姊妹觉得有趣，就把葫芦抠了一个孔，坐在里面办家家②。

再说，千里眼和顺风耳转回来加盐添醋地对玉帝说："雨太小了，下面灰尘都没湿透。"玉帝率性把剩下的半碗水全都倒下去。这一下不得了，齐天大水把天下的人都淹死了。水涨进了南天门，伏羲两姊妹坐的葫芦随着波浪，在天门上碰来碰去，"咚咚"的响。玉帝问是什么响，千里眼、顺风耳回答："水涨齐南天门了，凡间人都死完了，一个葫芦在南天门外撞来撞

---

①歪："瘦"的意思。
②办家家："家"读 gā，方言，指做办饭菜一类的家务游戏。

去的，没有事。"玉帝下旨收水，葫芦落在昆仑山上。伏羲两姊妹从孔眼里往外一看：嗨呀！天下没人！太白金星早晓得伏羲两姊妹心肠好，就叫土地老儿做媒，要伏羲两姊妹成亲，伏羲两姊妹不肯，说："亲姊妹怎么好做夫妻？"土地老讲尽了好话，说："晓得，晓——得。这是太白金星的旨意，要你两个做人种，二回莫准亲姊妹结夫妻就是了。"哥哥答应下来，妹妹不宽心。土地老说："好，碰个天缘。你们两个把一副磨子从昆仑山上滚下去，若到下面合到一起了就成亲，好没？"妹妹想：从山上滚下去怎么合得到一起呢？就答应了。姊妹俩把磨子从山顶滚下去，刚好重在一起了，妹妹的一扇在下面，哥哥的一扇在上面。土地老儿要他们成亲，妹妹反悔了，土地老儿又说："你俩沿着昆仑山转，若两人碰到了就成亲，好没？"妹妹又想：一个前，一个后，怎么能相碰呢？就答应了。妹妹在前面跑，哥哥后面追，一个前，一个后，跑了三天三夜，沿山转了三圈，还是追不上、碰不着。土地老儿对哥哥说："蠢宝！你往后跑自然相碰了。"哥哥便斟头往后跑，到一株马桑树下相碰了。妹妹脸气白了，闭上眼睛不开口，哥哥脸羞红了，半天讲不出一句话，只好在马桑树下面成亲。

成了亲，妹妹怀孕，生了一个肉血团团。伏羲妹妹见生的不是人，就想把它摔舍掉。正好这天晚上，太白金星给两姊妹托梦，要他们把肉血团团砍成细颗颗撒到各处，落到什么地方就姓什么，说完就叫金贵仙人送了一把宝刀。第二天，伏羲两姊妹就把血团团砍成细颗颗撒到各处，各处马上升起了烟火，这就是一百二十姓人。

玉帝见下界又有了人烟，马上放了十个太阳一起出，一起落，想把人都烧死去。刚几天，就晒死了二十姓人，只有百家姓了。这时，太白金星暗中叫来一个名字叫后羿的大力士去射太阳。后羿带了一把弓箭，扎了一个台，开弓射太阳了。射时有个口诀，口诀是：

一射东方日一双，封为东方木德神。
二射南方日一对，封为南方火德神。
三射西方日两个，封为西方金德星。
四射北方日一双，封为北方水德神。
保留中方日一对，封为阳阴两星君。
日出阳来夜出阴，照耀凡间享太平。

土家族民间故事

狗带谷种

古时候，人间下了九十九天大雨，天下涨了漫天洪水，很多人都被淹死了，稻谷连种子都没了。剩下来的人都是坐在大扉斗内，有的坐在大花生壳上，一个花生壳坐两个人，跟着漫天水到处乱漂。后来，水慢慢地消了，人们落在地上居住了下来。原来人们所带的东西吃光了，又无谷种，没法子种田，人们只有靠捕鱼和挖野菜维持生计，日子过得很艰难。

有一天，有人站在高山上看见隔海的对面还有人在晒谷子，就想出去搞点谷种来种，可是海又宽，水又深，哪个都不敢过去。有一个姓马的寨老出了一个告示，告示上说："天下大难，无种种田，东海对岸，谷种万千，谁能拿得，德大如天，家有淑女，年正十八，愿赏勇夫，言不失信，特此周知。"寨老家的那个女崽长得蛮漂亮，名叫翠翠，手脚麻利，样样会做，惹得人人喜爱，年轻小伙们都想娶她。这个重赏提出来了，却没人敢揭告示。一天，突然有条狗去把告示抓了下来，含在嘴里来到寨老家，站在寨老的跟前，直是汪汪地叫，叫了三声后，摇着尾巴，转身跑去，就跳进了大海。它在滔滔的海浪中游了七天七夜，才到东海对岸。一上岸，狗的身上水淋淋的，到晒谷场上打了一个滚，滚得一身谷种。在游回来的时候，身上的谷子都被海水冲掉了，只剩尾巴上的几颗谷子，交给了寨老。寨老拿去种，结的谷子和狗尾巴一样长，又饱满又大吊。

稻谷种出来了，狗要同寨老的女崽成亲。寨老得谷种却变了卦，认为拿自家的女崽嫁给狗，今后无脸见人。寨老就悔亲了。后来，寨老又拿谷种去种，那谷种就不结谷子了，寨老无法，成天苦着脸，闷闷不乐。他的女崽心好，就对寨老说："爹，你亲手出的告示，怎么能说话不算数？现在谷种又不结籽籽了，天下的人怎么活得下去，我还是嫁给狗算了。古语说，'嫁鸡随鸡，嫁狗随狗'，嫁给岩头背起走。为了普救生灵，我决心去嫁给狗，免得饿死这一朝人。"翠翠苦苦哀求，人们也来寨老跟前求救。寨老无法，才答应了这门亲事。后来又拿谷种去种，又长出了像狗尾巴一样的谷穗。

　　寨老的女崽翠翠就与狗结婚了。按照结婚的礼节，新娘新郎要喝交杯酒，表示笑和，白头到老。翠翠就斟了两杯酒，一杯敬丈夫，一杯自家吃。她把敬酒给狗吃了，自家转身吃酒时，狗一下子变成了一个很英俊的小伙子，除了嘴上下左右两边长有几根毛毛外，跟别的小伙子没有什么两样，身上穿的是一身漂亮的新郎官衣服。翠翠怀疑自家是不是醉酒花了眼看错了，左看右看，面前站的确实是一个美貌的丈夫，她非常高兴。此后，两口子恩恩爱爱，勤俭持家，生活过得蛮好，来年就生了一个胖娃娃，取名叫阿胖。过了一年，丈夫就死了。翠翠把丈夫的骨灰供在神龛上，像香擂钵一样，天天烧香烧纸敬奉。每年的三十夜，她要先给狗喂年庚饭后，才同她的儿子阿胖到桌子上吃团圆席。

　　过了几年，阿胖长大了，他见寨里别的娃娃都有父亲，他从来未看见过自家的父亲，心里很不好受，回来就问妈妈："人家都有爹，怎么我没爹？我的爹在哪里？我要去找爹……"妈妈很为难，讲也不好，不讲也不好，一直隐瞒着不作声。一天又一天，一年又一年，阿胖反复哀求，翠翠看她的儿了长大了，很懂事，就一五一十地给阿胖讲了，并交代阿胖说："崽！狗是你的亲爹，供在神龛上，你要孝敬才是。不能吃狗肉，吃了就得罪了祖先；也不能拿狗去卖，一世卖狗，九世讨口，得罪了老人家，就不保佑你，将来没有好下场。若是外人来打狗，那是欺主，所以才有'打狗看主人'的话……"阿胖按妈妈的交代，一一照办。神龛供狗，给狗先吃年庚饭的风俗，就一代一代地传下来。

五谷神

往日，不兴敬五谷神，人们没把他当菩萨。

五谷神也不计较。他勤快得很，经常不声不响地去帮人做事。人们见天要的柴呀，草呀，水呀，都有五谷神喊它走到人们屋里来；坡上种了粮食，有五谷神保佑，雀鸟不啄，野物不咬，长得好好的；只要人肯去背，背不完，背不尽。

这种日子过起来好安逸啊！

有一天，一个远处嫁来的姑娘家在大门口绩麻。正当她走茅房的时候，恰巧五谷神给她屋喊得柴来了。柴进大门，架直往灶房走。柴丫丫把门口一篮麻挂扯得乱七八糟。那姑娘家解手转来看见理了半日的麻扯乱了，火一股一股地冒，一开口就丑话连天地骂，骂柴草不该自己往人屋里钻，又骂是哪个背时的"呆板古时人"兴的规矩，让柴自己进屋……难听的话骂了几破扎笼，骂得五谷神眼睛都开不得。

五谷神好心不得好报，怄气再不帮人喊柴喊水了。从此，柴草长在山里，等人去啰去背，才肯进屋；水在溪沟哗哗流，人们不去舀，不去背，它也不好意思自己往人屋里走。

五谷神怄气不去管人见天要的柴呀，草呀，水呀。只是人种在坡上的粮食，他还是帮助照护。

摘小米的日子，那个麻篮遭柴丫丫挂乱的姑娘家也背起扎笼上了坡。她家撒的那块小米长得好，线线又长又粗，狗尾巴样的。她打算三两天摘完了，就回娘家去住几天。

她鼓劲摘了一天，摘完了一偏坡。待二天上坡去，咦，摘过的小米秆秆上怎么又长满了狗尾巴样的小米呀？像昨天根本没有摘过一样。她又鼓劲摘了一整天。

第三天，她老早就上了坡。坡上的雾罩还没散哩，估计再摘一天，差不多就滴完了。哪晓得，她进土一看，头天摘过的小米秆秆上，又长出了大线大线的小米，狗尾巴样的。她感到很奇怪，便四道八处地看，忽然，看见一个头发和胡子花白的老公公，一手端着烂草帽，一手从草帽取出小米线线来，飞快地往摘过了小米的光秆秆上逗。那姑娘家火冲脑门心：原来是你耽误我，害我走不成娘屋。她把扎笼一撂，跳起脚大骂：“搞鬼搞神的！害人精，哪个请你了？求你了？平白无故投那么多小米线线来整我！……”

五谷神挨骂不作声。心想：“人这么不识好歹！二天我再不帮你们了。你们没得吃的来求我，就吃我的屎，吃我的尿吧！”

从那以后，五谷神不揽事了。人们敬他，他也不动，坡上小米摘一回就没有了。年成不好的日子，人们饭不够吃，只好上山挖蕨根和葛根来填肚皮，葛根就是五谷神的屎，蕨根就是五谷神的尿。

张古老砍梭罗树

很久很久以前，有个张古老。一天，张古老在一条路上走，赶上了一位白发苍苍的胡子公公。老公公手里拿着一把伞，张古老就帮他拿伞，顺便问："老人家，多大年纪了？"

"嗨！哪个赶得上我的年纪，我一家儿媳全送给他。"

"老人家，你到底多大年纪了？"

"我胡子又长又白，今年满八百！"

张古老一想：我比他年纪大得多，还帮他拿伞？便将伞往地上一甩，大声说："我今年三千六百岁了，你一家儿媳全给我吧。"

白胡子公公回到屋里，饭不吃，茶不饮，觉不睡，急得团团转。老婆婆问起源根，老公公把路上碰到的事一五一十地讲了出来。

"不要紧，我来对付他。"老婆婆把全身糊满了泥巴，坐在大路口上。张古老走上前问："老人家，多大年纪了？"

"我也记不清了，只晓得天上九条银河是我开，月中梭罗树是我栽，张古老的妈是我做的媒，张古老是我剪的胎。"

张古老听完，勾起脑壳走了，想：我一大把年纪，她还比我大些？怄气不过，提起斧子就去砍梭罗树。第一天，快砍断时天黑了。第二天早上，张古老提起斧子去收场，谁知那树又长得合拢了。没办法，又砍到天黑，还是没砍断。第三天早上，张古老提起斧子又去，谁知又长拢去了。张古老砍到天黑还是没砍断。他怕来日又长生拢去，干脆守在那里睡。第四天早上，张古老和树长在一起，一点儿也不能动弹了。直到现在，月亮里看到的那个黑影，就是张古老砍梭罗树哩。

土家向王天子

　　长阳的清江南岸有座山，山上有两个洞，一个洞里的石头是红色，叫赤洞；一个洞里的石头是黑色，叫黑洞。赤洞里有块石头，每逢天要下雨，就湿淋淋的；天要放晴，就干了。自古土家人都喊它阴阳石，说那是老祖宗向王留下来的。当地有很多向王庙，里边供的向王，手拿一只牛角。向王像旁边是他的妻子，人称德济娘娘。据说向王就是廪君，德济娘娘就是盐水女神。土家人特别尊敬向王，每年的七月半、过年都要大祭，特别是资丘镇的祭祀，非常隆重。过去，一次放的鞭炮值上千石苞谷。资丘原名比兹，土家人自称毕兹卡，就是从这里开始的。

　　相传古时候赤洞里住着巴姓部落，首领叫巴务相；黑洞里住着樊、覃、相、郑四姓部落。这五姓都靠打猎和打鱼过日子，常常为一些小事互相打架。老人们觉得这样下去不行，应当推出一个共同的首领来。他们便议定：谁能把剑掷进对面岩洞里，谁就为王。

　　五姓人的首领都把剑向对面的岩洞里掷去，结果四个首领都落空了，只有巴务相的剑进了洞里。四姓还不服气，又提出谁的土船到江中不沉，谁就做王。五姓的船都放进夷水①里，四姓的船都沉了，只有巴姓的船漂浮着。他坐着自己的船划进夷水。人们再也无话可说了，共推巴务相做了首领。所以，后人就喊他相王，慢慢又转成了向王。向王不光领着大伙打猎、打鱼，还领着大家种粮食，大伙便又称他为廪君。

巴姓部落越来越大，人越来越多，山里住不下了，便沿夷水向外处走。向王手拿一只牛角走在前边，一路都不停地吹，直吹得大山向两边让路，河水由小变大，船能畅通。所以，至今土家人还流传着两句话："向王天子吹牛角，吹出一条清江河。"

忽然，前面的大山中流出一股白花花的水来，顺水浮来一个妹子。她让向王尝那白水，向王第一次吃到了咸味，觉得很好。原来这妹子是盐水女神，她和向王成了亲。他们在这一带留下了向王滩、向王桥等很多遗迹。

附　记：

土家族尊廪君为始祖。关于他与盐水女神的婚姻关系也有不同的说法，如利川市土家族老人黄锡银、谭桂香讲述的《仙女洞》说：廪君来到盐阳，盐水女神向廪君求婚，被拒绝。她就常在晚上悄悄来与廪君同宿，早上化成飞虫，搅得廪君不辨方向，飞虫终被廪君设计害死了，化成了一尊神女石，坐落在利川峡马坪山洞里。

①夷水：今为清江。

八部大王

往天，有对老夫妇五十多岁了还无儿无女。有一天，他们在坡上背柴，碰到一个挖药的老人送给他们两包茶并说："回去先泡这一包茶，喝了这包茶水就要生贵子。"夫妇俩回家后就把第一包茶泡起喝了。不久，老妇人果然有喜了。一日三，三日九，足足怀了三年零六个月。这天夜里，雷鸣电闪的，天地一团漆黑，老妇人将生产了。鸡开口了，雷公还在"吭吭"地哼，随着一声震天的炸雷，房里传出一片"哇哇"的哭声；老头子进屋一看，"麦①！"床前滚着八个儿子！一个个隆睛鼓眼地看着他。老头子只当这八个儿子是怪物，趁老妇人昏迷不醒，把他们背到禁山里倒了。

这些小伢儿被抛到禁山里以后，哇哇直哭，哭声被山上一只白虎听见了。于是白虎顺着哭声走去，见是八个胖嘟嘟的小伢儿，便张牙舞爪地扑上去。正在危急关头，从东方猛然飞来一条金闪闪的龙，从西方飞来一只金闪闪的凤凰。顿时，虎、龙厮斗了起来。凤凰展翅飞去，像鸡母娘保护鸡儿一样用翅膀护着这八个小伢儿。最后，白虎夹起尾巴跑了。神龙用乳汁喂养这八个兄弟，凤凰用双翼温暖这八个兄弟。

---

① 麦："天哪"的意思。

这八兄弟吃了神龙的奶，受了凤凰的荫庇，长得又高又大，且力大无穷。八兄弟长大成人了。有一天，龙、凤开口讲了话："你们该找你们的阿妮阿爸去了，他们就住在寨子顶头那只小屋里。"说完，龙、凤都飞去了。八兄弟对天磕了几个响头，便邀邀搭搭地回家来了。一进屋，这个喊阿妮阿爸，那个喊阿妮阿爸，老两口一数，整整一桌，才晓得八个儿子没死。听说他们是"龙哺乳，凤荫庇"长大的，当老子的丑得要死，当娘的欢喜得要死。老妇人顺口给老大取名"熬潮河舍"，给老二取名"西梯佬"，老三叫"西呵佬"，老四叫"里都"，老五叫"苏都"，老六叫"那乌来"，老七叫"拢此也所也冲"，老八叫"接也会也那飞列也"。从此，八兄弟天天上山"赶仗①"，下河打鱼，捕获的食物全家人吃不完，全寨人都跟着享福了。

有了儿子，又想女子。老妇人又记起了神仙送的茶。于是她把剩下的那包又泡水喝了。不久，果然生了一个女孩。这女子长得聪明美丽，织花绣花的手艺，天底下都找不到，可谓无与伦比。不仅成了母亲的掌上明珠，八个哥哥都喜欢得不得了。一家人和和气气，有说有笑，就是神仙也比不上他们呢。

妹妹长到十六七岁了。有一天，她把一只绣花鞋晒在坪坝里，飞来一只喜鹊，在枝头上"喳喳喳，喳喳喳"地叫了一阵，妹妹看入了迷。喜鹊飞到花鞋边，衔起一只花鞋就飞走了。妹妹感到奇怪，呆呆地望着喜鹊向北飞去。

喜鹊飞呀飞，飞到皇帝住的地方。喜鹊把花鞋吐在皇帝的龙案上，皇帝拾起一看，眼睛都亮了，心想："天底下有这样的巧手？手巧必定心巧，心巧必定人巧。"皇帝便派"飞毛腿"带上许多礼物，跟着喜鹊千里迢迢地去找这只花鞋的主人。

---

①赶仗：打猎。

　　喜鹊是神鸟，它把"飞毛腿"引到山寨来了。正巧八兄弟都赶仗去了。"飞毛腿"带着皇家礼物进门了，碰见妹妹正在织花。一见面，"飞毛腿"眼睛都看花了，心想："万岁的三宫六院、七十二妃合拢来还赶不到她的一根毫毛呢。万岁真是福气不浅呀。"于是赶忙上前求婚，二老听说是皇帝求亲，又有喜鹊为媒，晓得这都是天老爷安排的，多话都不用讲了。妹妹却说："即便爹娘同意，不过我还有八个哥哥呢。""飞毛腿"说："只要小姐进宫，八个哥哥都是国舅大人了。"不一会，哥哥们都回来了，一听说此事，觉得二老已同意了，还有什么讲的呢，一家人只好随妹妹进宫了。

　　女子贤惠，她进宫不是图自己富贵，而是想为八个哥哥谋前程，让他们有报效朝廷、建功立业的机会。

　　八兄弟到了京城以后，正逢外寇入侵，皇帝派他们随军作战。一到战场上，八兄弟像八头猛兽一样勇猛，把敌兵提起像撕"麻雀"一样撕扯开。敌兵听到他们的名字就吓得牙巴骨打颤，看见他们的影子就怕得屁滚尿流。从此天下太平，四海归顺。皇帝见他们八兄弟这么厉害，留在京城怕日后搞翻脸了，自己的王位就坐不成了，干脆给他们封个大官，打发他们回乡去算了。于是封八兄弟为"八部大王"，回到家乡，各管一峒。

　　现在，土家族人大摆年堂时还供八部大王神像，神像面前还站着一只大鸡公哩。

科洞毛人

科洞毛人是一个力大无穷的巨人，他浑身汗毛，又黑又粗，人们便叫他"毛人"。

"毛人"家住塌科洞①。家里很穷，只有一个七十多岁的母亲，靠"毛人"打柴、打猎维持生活。科洞毛人为什么会力大无穷呢？原来科洞里有一股清亮的龙泉水，四季长流，从未枯竭。"毛人"经常吃这股水，吃了这股水便有了一龙二虎九牛之力，因此"毛人"嘱咐母亲不许任何人喝这股龙泉水。

有一年六月天，天气非常炎热，"毛人"上山打柴去了。这天中午，来了一个牛客，赶了几头牛路过这里，牛客听到洞里有潺潺的流水声，心里非常高兴，就向"毛人"的母亲讨水喝。"毛人"的母亲是个忠厚善良的人，看牛客实在太渴了，又苦苦哀求，就让他去喝了几口。那牛客喝饱了泉水，就匆匆忙忙地走了。

牛客正走着，忽然打了一个寒战，只觉自己浑身是劲，身体也长得高大了一些。他伸出脚来，轻轻地一踢，柜子大的岩头，飞得老远。上坡时，牛

---

① 塌科洞：湖南省龙山县坡脚乡一村寨名。

走得太慢了，就一手抓一头牛，放在肩上，扛起翻山越岭了。

"毛人"回家后，母亲告诉他洞水被人喝了的事。他就急忙跑去追赶那个牛客。追呀，追呀，终于在河边追上了。牛客这时已成了巨人，两肩扛着牛正往前走，冷不提防，被"毛人"一个箭步冲上去，在背后猛击了三拳，只见那牛客两肩上的牛掉下了地。口里吐出一条龙来，龙一跃成了巨龙就逃到河里去了，牛客也和原来一样，赶着牛走了。

"毛人"回到家里，对母亲说："这股龙泉水是不能随便送人喝的，好人喝了还不要紧，坏人喝了，做起坏事来，哪个制伏得了他？"他知道母亲是行善的人，又怕她把龙泉水送人喝，于是搬了一些大石板把科洞塌起来，从此，人们再也看不到那股白花花清亮亮的泉水了，所以叫塌科洞。

据说，后来好奇的人们，曾经多次在那里挖掘、开凿、找那一股泉水，但终究谁也没有找到过。

科洞毛人虽力大无穷，但他从不欺负别人，他给当地人们做了很多好事，人们都喜欢他，把他称为"毕兹卡业嘎墨①"。

有一次，客兵入侵，占领了科洞毛人的家乡，烧杀淫掳无所不为，附近一些老百姓都躲避起来了，只有"毛人"母子还留在家里没动。客兵把"毛人"家团团围住了，千军万马，企图活捉"毛人"母子。"毛人"这时手无寸铁，母亲又年迈，客兵在外面喊杀连天，这可把"毛人"惹恼了，他左手把母亲夹在腋下，右手把门前的古树连枝带叶拔起朝客兵乱打乱扫。这一下犹如狂风暴雨，风卷尘埃，客兵被打得死的死、伤的伤，纷纷逃窜。"毛人"哪里肯放手，越打越来劲，这根树被打断又拔另一根，就这样边打边拔，边拔边打，把客兵追杀了几十里路。这时他才松了一口气，看看左腋下的母亲，母亲咧开嘴龇着牙齿，"毛人"喘着粗气说："娘啊！我已经累得要命，你还在笑哩！"当他再仔细一看时，母亲的身躯早掉了一半，左腋下

---

①毕兹卡业嘎墨：土家语，意为土家人的官或大人。

只有母亲的上半截身躯了。"毛人"只得抱着母亲的头颅大哭了一场。

一天，客兵又来了，老百姓都非常着急，土司王更是提心吊胆。大家都跑来问"毛人"，"毛人"若无其事地对大家说："男的仍然上山耕田种地，女的在家安心养蚕织布，叫一个老人放哨，若客兵来了，就叫他们望望南山坡。"

客兵成千上万冲到土家山寨来了。看见山寨没有动静，就按兵不动。因为他们早就吃够了"毛人"的苦头，不敢冒进，想先打听一下消息。正要问老头儿，老头儿信手往南山一指，哎呀，山顶上站着一个巨人，手里抓着三个大水牯，不时抛向高空，像抛三棒鼓似的。客兵见了，都吓得浑身筛糠，夹着尾巴逃跑了。

从此，科洞毛人成了人人皆知、个个尊敬的英雄，也成了土司王最得力的大将。后来辽东贼子造反，清朝廷没有办法，就调遣土司王和大将科洞毛人去平辽。"毛人"在辽东与敌人作战，百战百胜。辽东早就晓得土兵中有个科洞毛人厉害，在一次战役中设下埋伏，用乱箭射科洞毛人，"毛人"中了一百零八箭，身上被刺得像刺猪一样，但他的尸体立着不倒，敌人都不敢靠近他。直到救兵来了，击溃了敌人才把"毛人"的尸体抢回来。这位土家族的英雄，就这样壮烈牺牲了。

巴曼子的传说

　　清江上游的都亭山下有座大古庙，传说里面埋的是巴人将军巴曼子的身子。

　　古时候，这地方属巴国管。有一年，坏人作乱，把巴王赶跑哒，还到处残害百姓。有人对巴国的将军巴曼子说："你是巴国的得力将领。如今巴国有难，你应该想办法收拾这个烂摊子。"

　　巴曼子想来想去，办法只有一个：请求邻国出兵援助。他暗中带着巴蜀铜剑，装扮成穷苦百姓朝清江下游走去。一路上过滩踩水、忍饥挨饿，好不容易到了楚国的国都。这时候的巴曼子，衣服烂得披一块搭一块的，草鞋穿成了四股筋，真像个叫花子。

　　他去拜见了楚王，请求出兵平息叛乱。本来，巴国和楚国是好邻居，照说，一国有难，另一国是该去拉一把。可楚王没这么想，他认为巴国已搞得稀巴烂，还有么子援助法？就推辞说："国破家亡，派兵去也没得用，那是空费力。"巴曼子说："国破家亡，巴人的心没亡呀！只要大王你能出兵，叛乱一定能平息。要是你不出兵，巴国坏人当了权，你们楚国也不得安宁的。"

巴曼子这几句话把楚王说动心哒。他想出兵，又不想干搞[1]，就说："天远路程，派兵过去，哪消耗得下台？你如果答应给我三座城池，我就马上出兵。"

要把自己的国土给别人，这好比割巴曼子的心肝。要是不答应，事情又办不像[2]。巴曼子想了一歇，含含糊糊地说："只要国王出兵平息了叛乱，到时是好商量的。"楚王高兴了，派了好多人马由巴曼子领着回到巴国。他们很快就把坏人打败哒，巴国又恢复了原来的样子。

楚国的兵马刚刚回国，楚王就派人来讨要三座城池。巴曼子心里像油煎火烧，表面不露声色，准备了上好的酒席待承楚国的使臣，并对使臣说："楚国为帮助我国费了心，尽了力，我们子子孙孙都不会忘记这天大的恩情。"

楚国的使臣说："记得恩情就好，请你把三座城池交割给楚国吧！"

巴曼子说："国土哪能送人？你们现在援助了我们，往后若楚国有了三灾六难，我们也去帮忙，这不是比现在要去三座城池还好些吗？"

楚国的使臣急了，说："割让三座城池是将军当时亲口许下的呀！"

巴曼子说："我许的愿，我一人承担。请把我的头带回去谢楚王吧！"说完，他抽出宝剑，"呼"地一下，自己的脑壳就落了地。那眼睛还睁得大大的，像活人的一样。

使臣叫人做了个紫檀木盒子，装上巴曼子的脑壳，打马回国去哒。楚王听了事情的经过，受了感动，认为巴曼子有骨气，就把他的脑壳埋在一座高山顶上，让他日夜看着巴国的方向。这时候，巴国也把他的身子用最好的棺材装殓了，埋在了都亭山下。

①干搞：鄂西方言，无代价地做事。
②办不像：办不成。

土家族民间故事

附　记：

　　据利川县志记载，战国时巴国内乱，将军巴曼子向楚求救。楚王表示：若克弭祸乱，巴应以三城酬楚。乱平，楚国使者向巴国索取三城。巴曼子说："借楚之灵，克绥祸乱。诚许是三城，将我头往，城不可得也。"于是自刎，以头授楚使。楚王深受感动，以上卿之礼葬其头于荆山之阳（今湖北省枝城市西北二十多公里大江南岸）；巴国葬其身于清江发源地——都亭山（今利川市汪营区鱼龙乡境内）。四川和重庆都有巴曼子墓。

百家锁

　　盘古开天的时候，印度国给中国敬来一坨真玉，接着分成三坨半。一眨眼，又变成三个加半边的印章。玉皇大帝、张天师、地皇每人抢去一个，姜子牙来迟哒，就只得那半个。这玉印也是怪事，印色涂不上，只要朱砂。夜印千张纸，只吃①四两朱砂。

　　那时候，天底下的伢儿们肯得病，也没郎中，判断不出得么病，统称犯官煞，一天不晓得死好多。老百姓没搞场②，只有眼睁睁地看着伢儿们死去。一个叫"农"的农夫，他有十二个儿子，死得只剩下两个哒，七想八想，便想起请天上的神仙来。天上的张天师下了凡，装个叫花子老头，手里拿起那个玉玺上农的门诊病，张对农讲："我别的没么子，只有这把锁，你把它挂在伢儿的身上，引起讨一百家的钱，讨完后，用钱打成像这个锁的样子，还堂傩愿③，把一百家人喊拢来，将他们的名字刻在锁上，保险你的伢儿百病不沾。过几年你再把锁退还我。"农真的这样做哒，两个伢儿的病就好哒。

---

①吃："贵"的意思。
②搞场：办法。
③还堂傩愿：酬神。

　　一传十，十传百，老百姓都晓得哒，叫农给他们传真艺。农也不保守，照张天师讲的给老百姓讲哒。老百姓便也那样做，把从一百家讨来的钱都打成锁，挂在伢儿们的胸前，有病的可以好，没病的将来再不得病。人们就把锁取了个名字叫"百家锁"，一代一代传下来。还有人，讨一百家米，煮成饭让伢儿吃，叫"百家饭"；讨一百家布做衣做鞋让伢儿穿，叫"百家衣""百家鞋"。这些都是为了治病禳灾。

蛮王洞

  在沿河县西北的新井乡，与四川酉阳县的龚滩镇交界的乌江边悬崖上，有一个山洞。洞里还有岔洞，洞内右边石壁上还有一个光溜腻滑的小圆石孔。

  古时，巴蛮王带兵侵犯土家人，被围困在这个洞里，百十号巴蛮人就靠这个小石孔里梭出的米养活，因此这个小石孔就叫梭米孔，这个洞就叫蛮王洞。

  原来，在秦惠王灭巴赶蛮时，巴人中的一支在蛮酋带领下，由积江①沿乌江而上到达酉溪②，当时这一带聚居着土家族人。蛮酋领兵进入这一地区之后，到处杀人抢物，激起土家人的仇恨，纷纷起来反抗，打得这些巴蛮兵死的死，伤的伤，只剩下百十号人了。蛮兵们又饥又渴，疲惫不堪。一天，蛮酋带着这些残兵败将准备去攻打一个土家人的寨子，想打下之后，好让士兵们饱饱地吃喝一顿，养息几天，恢复元气。哪知这个寨子早有防备，在寨子四周的密林里设下埋伏。

  蛮酋带兵来到寨子边的山上察着动静，见寨子里静悄悄的，似乎没有

---

①积江：今涪陵。
②酉溪：今沿河与彭水、酉阳交界一带。

人，就放心大胆地朝寨子冲下去。殊不知，巴蛮兵才拢寨口，只听一声号角响，顿时四面八方喊杀声起，满山遍地的土家人朝巴蛮兵围拢来。蛮酋知道拐了，慌忙下令硬冲突围，费了九牛二虎之力才冲出包围，土家人在后面紧追不舍，逼得巴蛮兵满山乱逃。蛮酋跑到一匹山岭上，刚喘过一口气，定神一听，脚下有湍急的河水声，他几步走到岭边一看，就吓出了一身冷汗，原来脚边是刀削悬崖，崖脚下是滚滚乌江，神差鬼使地跑到这绝路上来了。眼看土家人又要追上来，蛮酋在岭上急得团团转，这时，一个蛮兵跑来报告，山岭的侧边有条小路，可以下去，蛮酋急忙叫士兵从小路下坡。谁知走到半坡才看清楚，这条小路直到江边，江边又无船只可渡，如果土家人追了下来，只有跳江了。便急忙又从原路退回，途中，一个蛮兵发现这条小路侧边的树丛中有条毛狗①路，忙乱中，大家就顺着这条毛狗路向前爬去，爬不多远，看到路的尽头是一个被树下藤蔓遮掩着的山洞，扒开树枝一看，洞口虽小，里面却有一块平地，可以挤下这些人，真是天无绝人之路，蛮酋带头钻进洞去，一颗心总算落下地来。在后面追赶的土家人追到山岭高上②，朝下一看，怪了，坡脚哪有一个巴蛮兵的影子，找了一阵，一个人也没有找着，眼看天色渐渐地昏暗下来，大家只好下坡回寨。

蛮酋和他的士兵躲在洞中，没有吃的，只两天工夫，大家饿得脚扒手软，头重脚轻，蛮酋心里急得像火烧火燎一样。那天晚上，蛮酋饿得昏昏欲睡，朦胧中看见一个白发老太婆拄着一根龙头拐杖，姗姗走进洞来，温和地对他说："我是天上西王母娘娘，看到你们离乡背井，流入五溪，被围困在这里，上天怜悯，命不该绝，往后还有发迹之时。"说完用龙头拐杖在洞壁上点了一下，石壁顿时出现了一个拳头大的石孔。西王母说："往后每到寅卯时分，你叫人跪在这个小孔跟前，小孔就会梭出米来。"蛮酋十分惊奇，一翻身醒了过来，转头一看，果真石壁上有了一个小孔。他高兴得跑到洞

---

①毛狗：豺狼。
②高上："上面"之意。

口，朝天磕了三个响头，叩谢西王母搭救之恩。等到寅时，蛮酋亲自跪在小石孔前，果然有白生生的大米从孔里梭出来，梭足了够百把人一天吃的，就不梭了。

从此，这些巴蛮兵有了吃的，身体逐渐恢复了元气。一天，蛮酋召集部下安排再一次攻打土家山寨。殊不知当晚，西王母娘娘又来给他托梦，说道："巴子酋，巴子酋，重马（军事）不重牛（农事）；不用急，不用愁，发迹日子在后头。如与土人通和好，五溪山水任你游。"蛮酋醒来，悟出了道理，决定不去攻打土家寨子，暂时困守洞中，等待时机与土家人解怨和好。

一天，两个巴蛮兵在山上捡柴、打鸟，突然听见不远处有女子呼喊"救命"，便急忙顺着呼救的方向跑去，原来，一只很大的金钱豹正张开血口，喷着粗气，准备向躲在一棵大松树后面的两个姑娘扑去，两个姑娘吓得全身发颤，脸色刷白，眼看就要没命了。这时，一个带有弓箭的巴蛮兵"嗖"的一箭射去，正好射中豹子的一只眼睛，豹子痛得一声怒吼，就地翻一个滚，掉头朝他俩扑来。豹子第一次扑来时，他俩躲过了，豹子扑了个空，紧接着反转身子，顺势腾空一跃，第二次扑来，只听一个巴蛮兵"哎哟"一声，豹子的后脚爪刷着了他的肩膀，连皮带肉抓去一块，但这个巴蛮兵仍然继续和豹子搏斗，正当豹子再次扑来时，另一个没受伤的蛮兵手持长矛，向豹子迎面刺去，随后两人你一矛，我一刀，豹子挣扎几下就躺在地上不动了。两个姑娘好半天才由惊骇中清醒过来，急忙走到两个蛮兵面前，感谢救命之恩。一个姑娘解下身上的花围腰，细心地给那个受伤的巴蛮兵包扎伤口。这时，在附近坡上薅包谷的土家男女闻声赶来，大家拥着两个蛮兵，抬起地上的死豹子，高高兴兴回到山寨，全寨人把两个蛮兵当作大英雄，按当地风俗接待上客的礼节，用醇香的包谷酒、清香的油茶招待他们。热闹了半夜，大家才各自回家休息。

第二天一早，姑娘的父母和寨上几位有声望的老人，带着十几个青壮年男子挑着包谷酒和腊肉，抬着豹子送两个蛮兵出寨，一路上欢欢笑笑来当面

向蛮酋致谢。来到山洞中，两个姑娘的父母说明来意，蛮酋非常高兴，并向他们述说了如何被迫逃离故乡，来到这里的经过。大家放弃前嫌，握手言和，开怀畅饮，尽醉方休。

那两个打豹救人的蛮兵，长得英俊壮实，勤快能干，是支撑门户的汉子。两个姑娘的父母很希望小伙子能成为他们的上门女婿，他们邀请几个有威望的老人来商量这个事，老人们都极力赞成，和巴蛮人连亲结义，双方和睦相处，是蛮兵和土家人的心愿。于是，两家的父母就拜托几位老人到蛮酋跟前去给女儿做媒。

第二天，几位老人提着做媒应备办的礼信，来向蛮酋提亲。蛮酋一听，十分高兴，心想土家朋友待人真诚朴实，宽容坦率，与他们连亲结义，从此可以在这里落地生根，重建家园，于是就满口答应了这件婚事。两个姑娘家的父母同时选定了吉日良辰，婚期那天，由族中长辈、兄弟等迎亲，吹吹打打地到山洞接走了新郎官，在女家的堂屋拜过祖宗，烧了符纸，这个上门女婿就算是女家族中的正式成员，具有和儿子一样的责任和地位了。两家的喜事都办得热热闹闹的。

这以后，过了几年的时间，住在山洞里的巴蛮兵都逐渐地各自找到自己合意的姑娘成家立业了。从此，这支巴蛮人与土家人通婚结缘，和睦相处，扎根在这一地区，与土家人一起生息繁衍。

土家族谭姓家族的由来

很久很久以前，大山里头有两个部落拼杀，杀得其中一个部落只剩下一个姑娘。这个姑娘才十七八岁，名字叫佘香香。她一连跑了七七四十九天，来到了沙帽山。佘香香在山里又冷又饿，看见那些虎豹豺狼在树林里蹿来蹿去，心里怕得很，赶忙爬进了一个大岩洞。她在洞里哭了三天三夜，后面的追兵听到了她的哭声，撵到这里来哒。佘香香捡起石头向追兵乱打，追兵怕死，没敢往洞里冲，只紧紧地守着洞口。一连守了几天几夜，追兵见捉不到她，又不想老守在那里，就想个办法。他们把一匹马拴在岩桩上，马饿得摇头摆尾，颈子上的铃铛摇得叮叮当当响，这叫"饿马摇铃"；他们还把一面大皮鼓放在岩头上，鼓上吊一只活羊子，羊子不停地弹动后脚，就像有人在擂鼓，这叫"悬羊击鼓"。佘香香听到洞外的马铃铛响声和击鼓声，以为敌人还没走，不敢出来。

有天夜里，佘香香向洞里摸去，摸到一条阴河边。她用手捧水喝，摸到了一个盆子，好大哟。她坐到盆里，水冲着盆往前漂。也不晓得漂了好久，她看到前面有亮光射进来。原来那是个洞口，阴河的水从那里流下了岩。

看到那盆子就要随水漂下悬岩，佘香香用力一跳，站到了一个岩墩墩上。上下左右都是悬岩，佘香香哪里都不得去，急得又哭了起来。正在这时候，"呼"地飞来了一只好大好大的老鹰，它的翅膀像两朵云，背像马背那样宽。老鹰在佘香香面前飞过去又飞过来，她心里有些奇怪，就壮起胆子对老鹰说："老鹰啦老鹰，你是在找吃的，就飞到别处去吧；你是来救我的，就飞拢来点吧。"佘香香话一停口，老鹰就飞到她的身边。她一步跨上老鹰背，老鹰驮着她就飞下了悬岩，停在一个平展展的地方，后人就把这里叫落婆坪。老鹰向佘香香点了三下脑壳，就向别处飞走哒。

佘香香又饿又渴，一步一步往前挪，没走好远就走不动哒，只好坐在一块石板上歇气。这时候，有一只锦鸡向她走来，佘香香对它说："锦鸡呀锦鸡，哪里有水，带我去喝点吧！"那锦鸡就在地上用脚爪爪刨起来，没要好久就刨起了一个凼凼，里面冒出了一股清亮亮的水。佘香香趴在凼凼边喝，肚子都喝饱了。她朝四面一望，连毛狗路都没得，只好在这里住了下来。

太阳快落山的时候，那只老鹰又飞来哒。它把叼来的牛皮口袋放在香香身边，香香打开一看，里头装的是苞谷籽籽。佘香香吃了几把苞谷籽籽，不饿哒。天黑后，她睡在一道岩坎下，老鹰站在她旁边，一动不动地陪着她，给她挡风。

第二天，佘香香扳断①一些小树，扯来茅草，搭了个"狗坐棚"。第三天，她用一截树枝在地上撬坑坑种苞谷。

有天晚上，她梦见有两只斑鸠大的老鹰钻进了她的怀里。她被吓醒了，一摸，么子②都没得。没过好久，佘香香肚子越来越大，她怀了孩子。怀了十个月，生下一男一女。她抱着两个娃儿又欢喜又发愁。喜的是有了孩子搭伴，愁的是怕养不起呀。她给先生下地的姑娘取名叫芝兰，后生下地的男娃儿取名叫天飞。她又指着锦鸡刨的水潭说："你两个就姓谭吧！"

又过了十几年，佘香香老哒，芝兰和天飞也长大哒。后来，佘香香得了重病，硬是治不好。临死前，她把两个孩子喊到床边，嘱咐道："在我危难之际，是鹰救了我的命，你们今后见了鹰不能打，还要尊为'鹰氏公公'，

---

①扳断：折断。
②么子：什么。

以礼相待。"说完就死了。天飞和芝兰把母亲安葬在锦鸡刨水的北面，又在坟前栽了一棵小白果树。母亲死后不久，那只鹰也死了，天飞和芝兰也哭着把它安葬在锦鸡刨水的南面，称它为"鹰氏公公"。直到如今，谭姓子孙还保留着不打鹰的风俗。

从此，天飞和芝兰两姐弟相依为命。又过了一段日子，姐弟俩都长大成人了。这荒无人烟的地方，哪里能找到配偶呢？一天，天飞和芝兰两人在山上割草，天飞说："姐姐，这里荒无人烟，只有我俩，我俩就成婚吧！"芝兰脸上羞得通红，用手捂着脸，蹲在地上哭了。哭了一阵，心想："弟弟也是出于无奈呵！"就说："弟弟，我们来看看天意吧！如果上天允许，我俩就成婚。"天飞说："好，只是怎样才知道天意呢？"芝兰说："我俩各拿一炷香，我站在这边山上，你站在那边山上，如果两股烟子接成了桥，就是天意。"芝兰拿来两炷香点燃了，天飞就拿了一炷跑到那边山上去了。只见两股烟子随风飘呀飘呀，果然接成了桥，变成了一条彩虹。天飞高兴地跑了回来。芝兰又说："我俩用一副磨，我拿一扇从这边山上滚下去，你拿一扇从那边山上滚下去，两扇磨如果合起来了，就是天意。"芝兰搬来了一副磨，天飞扛了一扇跑到那边山上。当两扇磨滚下去的时候，就紧紧地合了起来。天飞又高兴地跑了回来。芝兰还是拿不定主意，想了想，又说："我俩下山去，背对着背，绕着山转，如果两人碰到了面，就是天意。"姐弟俩就来到山脚，背对着背走开了。天飞走了一程，不知走到哪里去了。山又大，林又密，他在老林里钻来钻去钻迷了，真急得要哭哒。正在这时，好像有人在叫他："跟我来！跟我来！"天飞抬头一望，原来前面树丫上一只山雀子在叫。山雀子飞一飞，停一停。天飞就跟着雀子往前走。走到了一棵大青树旁，正巧芝兰也来到这里，两人碰了面。于是天飞和芝兰就结成了夫妻。

后来他们生了八个儿子。长子谭桂寅，住在苣蓿坪；二子谭桂传，住在大田坪；三子谭桂芳，住在水流坪；四子谭桂旺，住在双社坪；五子谭桂甫，住在家社坪；六子谭桂林，住在四川省三羊坪；七子谭桂芝，住在长阳磨石坪；八子谭桂海，住在落婆坪。这就是后来说的"所生八子，坐落八

坪"。佘香香是他们的祖先，人称"佘氏婆婆"。谭氏世世代代、子子孙孙都住在这些地方，是土家族的一个大旺族呢！

附　记：

巴东有佘氏婆婆墓及墓碑，还有鹰氏公公墓。长阳土家族《谭氏宗谱·系表综述》有详细记载：周末有谭拾子，汉有谭长、谭贤，皆其后。原居蜀中，族繁。元季，我太始祖之母聂，有遗身，避乱走楚之巴东，历尖刀崖，贼迫入七星洞中，塞洞口。母见洞中有清泉一道，向西流，旁有巨釜一，遂坐釜中，泛至外口，则峭壁无路。俄，一苍鹰集母前，作人言曰："盍乘而下乎？"母即附其背，闭目下，则平地也。渴甚。俄，一锦鸡旋集母前，啄地出泉，母甘之。锦鸡青质五彩：即鹍鸠也。母饥，见蔓荆子荣繁，采食之，饱，无害。近有丛桂，荣，荫母，因结小栖于下。未几，生一子，名天飞，志祥也。其后，地名落婆坪，母冢在焉。有遗迹苍鹰崖，锦鸡水。巴东别有谭氏，乃汉王陈友谅庶子，国亡奔此，易姓成族者。吾巴族多与通谱，吾斥之。吾族世称鹰鹍谭家。……太始祖天飞生八子，长桂寅，属巴东木树坪。次桂传，居大水坪。三桂芳，居水田坪。四桂旺，居双社坪。五桂甫，居四川成都三阳坪。六桂林，后改珍，居湖北长阳磨石坪。七桂枝，居家社坪。八桂海，居落婆坪。八祖既分居，后人又自相谓："八坪谭家也。今诸坪各祖其祖，而我磨石遂祖珍公。"

乌江涨潮龙归海

　　从前，乌江沿岸，古木参天，藤萝倒挂，窄处不说，就连在稍宽的江面上，抬头也难见到日月星辰，群兽百鸟可以在江面蓬起的树藤上攀缘摘果，追逐嬉弄。住在江边的人们，每逢江水涨潮时，都有打捞柴火的习惯。

　　这年初春的一天，老天爷突然垮了脸，乌云翻滚，大雨倾注，平地成河，顿时乌江猛涨，柴火渣随着浑黄的波涛滚滚而来。趁着大雨稍微停息的机会，打捞木柴的人们一下撑到江边，拖的拖，钩的钩，不一会岸上就垒起了山一样的几个柴堆。赶后又是狂风暴雨，雷声隆隆，电光闪闪，江上突然一滚一滚地漂来一根黄桶般粗、数十米长的棒棒，半沉半浮的。捞柴的人们面对滔滔洪水，只好干瞪眼，唯有一个姓田的老者舍不得那么大的木料白白冲走，勇敢地向木棒游去。田老汉是江上出色的打鱼郎，人称"水鸭子"，对人诚实和气，平生从未做过亏心事，所以他从来不信邪。他一口气游近木棒，就急忙伸出双手去抱，但木棒太粗而又太滑，弄了半天，累得精疲力竭，还是抱不住，他就来了个龙腾虎跃，一家伙翻到木棒上去骑起，但屁股刚接触木棒，他就发现不对头，这木棒不仅溜滑冰凉，身上还闪着光彩，觉得像是个活物，下细一看，还有鳞甲。他吓惨了，想立马逃命，但已经没有力气再游回岸上了，只好骑在上面听天由命。他毕竟是玩江水几十年的，知道天神地鬼都喜欢听奉承话，于是就说："是龙就归海，是神就上天。"话音刚落，突然风平浪静，江上传出一句话来："请坐稳！"那身下的坐骑身子一摆就把他摔到岸上了。

田老汉半天才回阳过来。他抬头一看，只见江面上腾空飞起一条鳞光闪闪的巨龙，头上长着两只叉叉角，龙须飘飘乘风破浪而去。

田老汉立马跪倒在地，向巨龙去的方向连忙不停地磕头。至今，那江边的石盘上还留有田老汉两个深深的膝盖印迹。

附　记：

乌江是贵州最大的河流，发源于威宁县，由西向东北横贯贵州中部、东北部，至沿河县北入四川省，然后又至涪陵入长江。省内干流全长874公里，省内天然落差2 086米，水力资源丰富，可通航运。

摆手舞的传说

　　土家人喜欢跳摆手舞。"摆手"，土家语叫"社巴"，又称"调年"。它是与祭祀祖先、祈求丰收相联系的一种群众性歌舞活动，做"摆手"是在土王庙前的摆手堂举行。"摆手"必择单日开始，单日结束，日期也是单数，一般是三天或七天。历时七天的是"大摆手"，每隔数年举行一次，活动内容丰富多彩。摆手之日，方圆数十个村寨的数万土家人，穿着节日的盛装，齐集摆手堂，人山人海，翩翩起舞。"小摆手"又叫农事摆手，规模较小，只有三天。跳摆手舞时，中间要插演一段"毛古斯①"。男子七人或九人，从头到脚裹着稻草，头上扎三五根草辫，每人持一木棍作为生产工具，在调年坪上表演反映一年四季农事活动的舞蹈。一人或二人在中间鸣锣击鼓为节，男女老少在乐声中翩跹进退，且歌且舞，节奏明快，舞姿优美。

　　土家人为什么喜欢跳摆手舞呢？

　　相传，汉朝时候，皇帝派马援前来征服土家人。马援率领官兵来到武陵山区攻下了土家人的城堡，杀死了不少土家人。八部大王率领土家人奋起抵抗，九溪十八峒的土家人都举着大刀来了，带上弓箭来了，他们把官兵们围

---

①毛古斯：有道白、舞蹈和简单情节的土家族戏剧。

在城堡里，准备歼灭。围了一个月，攻了二十次，土兵牺牲了一批又一批，城堡没攻下。又围攻了一个月，攻了十五次，土兵又牺牲了不少，城堡还没攻下。第三个月，临近年关了，八部大王为了让大家能回家团年，他们一商议，做出了一个决定：叫东门外的数千土兵男扮女装，一个个唱歌跳舞。那舞蹈声势浩大，东门城楼上的官兵见数千土家人披着色彩鲜丽的土花被面击鼓起舞，觉得奇怪，问城堡中人，城堡中的人说，那是土家人在提前过年。既然土家人在过年，就决不会再来攻城堡了。官兵从没见过数千男女一起携手跳舞，纷纷来到东门的城楼上观望，楼都差点挤垮了。城楼上站不下，有的就站到城堡的墙上，有的还人托人站着观看，将领怎么也招呼不住。正当官兵们看得忘乎所以的时候，八部大王乘城堡的西面、南面、北面三面空虚，立即吹起牛角号，击鼓攻城。土兵们一个个英勇出击，架梯攀绳，一拥而上，杀进城去。一会儿，西面、南面、北面三面的城门都被打开了。官兵们听见鼓角之声便乱作一团，想夺路逃走，西面、南面、北面的城门早被土家兵堵住，只得往东门跑出。这时，东面跳舞的土兵立即取下土花被面，取出大刀，拿出弓箭，奋勇追杀，杀死了无数官兵。土家人夺回了城堡，他们庆祝胜利的时候，又把东门城下演出的节目重演一番。后来，他们每隔几年就要举行一次规模盛大的纪念活动，那就是"大摆手"。

那么，一年一度的"小摆手"又是怎么来的呢？传说，武陵山区的毕兹卡从来都是靠打猎捕鱼为生，吃兽肉，穿兽皮。后来，有一支苗人来到武陵山区，他们带来了包谷和稻子，交给毕兹卡酋长。酋长不知道怎么吃，苗人做给毕兹卡的酋长吃了。酋长觉得吃来有滋有味，就叫毕兹卡学种庄稼。毕兹卡不会翻地，苗人教他们翻地。毕兹卡见木犁一天只耕屁股大一块地，不愿耕地了。酋长见苗人们耕的地庄稼长得好，就找他们学。酋长来找毕兹卡，毕兹卡谁也不愿学耕地，他们仍然天天上山围猎，下河捕鱼。秋天，苗人们种的稻谷丰收了，请毕兹卡吃了一顿丰收酒，毕兹卡这才尝到了滋味，决心学种庄稼，可他们不知道什么时候播种、怎么种。酋长想了一个办法：将种庄稼的季节和方法编成歌舞动作，教给大家。酋长觉得最难学的是种稻谷，他率领土家人开出稻田，学种水稻，编了一首歌：

> 三月清明到了咧，
> 桐子花开遍山腰，
> 山上阳雀在催春，
> 快把谷种取来泡吧。
> 谷种泡胀了，
> 好好捞起来，
> 放在木桶里头装，
> 谷草把把要盖好。
> 一天一夜咧，
> 谷种发胀了，
> 两天两夜咧，
> 谷种露嘴了，
> 三天三夜咧，
> 白角角长出来了，
> 五天五夜咧，
> 白芽芽伸出来了。
> ……

酋长编出来一教，土家人都爱唱了。就这样，土家人学会了泡谷种。于是，他又把做秧田、撒稻种、插秧、收割都编成歌，编成舞，教毕兹卡唱，教毕兹卡跳，毕兹卡学会种水稻了。他又把铸铧口、绩麻、纺纱、织布也编成歌舞，教毕兹卡唱，教毕兹卡跳。于是，毕兹卡学会了铸铧口、绩麻、纺纱、织布。

毕兹卡就是这样学会种庄稼的，学会纺纱织布的。他们一代一代传下来，就成了一年一度的"小摆手"。

土家过赶年

汉族人过春节，是把腊月底的那天当除夕，汤圆是在正月十五元宵夜吃的。可是，我们土家族人过春节，却把腊月底的前一天当除夕。因除夕是提前一天过，所以才叫作过赶年。过赶年这天，还少不了酥肉、坨坨肉、豆腐果三样菜，汤圆也拢到这晚吃。土家族人过赶年是怎么来的呢？原来，土家族人过春节也像汉族人一样，后来变成过赶年，是从明代嘉靖年间才改的哩！

有一年，已经接近年关，土家人和往年一样，家家户户在忙着准备年料。突然，朝廷派人传来一道圣旨，说是福建沿海一带受倭寇侵犯，要立即调土家士兵去参加戚继光部队，抗击倭寇。路程很远，就是路上不耽搁，最迟也得在大年三十这天的清早出行。俗语说，年关到了麻雀都要归窝，眼看合家团圆的节日要到了，人们偏要分开，心里老实难受。特别是那些年轻的妇女，看到丈夫要在年关离家出征，心里很悲痛。于是，各村寨的头人就不约而同地来到族长家，请求他晚一天放人出行。

这位族长八十多岁了，考虑大事周到，很受人们尊重。这天，族长一个人坐在火坑边的长条凳上，正在盘算个两全其美的法子，既不耽误军机大事，又让大家能在一起吃团年饭。屋子里挤满了人，都眼巴巴地望着族长。过了好一歇，族长站起来，长长地叹口气说："大家的来意我明白。可是，军令下，如山崩，国家大事误不得，过年的事嘛，我看就来个提前过。今天是腊月二十八，后天是年三十，那么二十九我们就把它当除夕。估摸出征的人元宵节也不能在家里过，我们就把汤圆也提前煮来吃。明天这餐年饭，我们这个村的就拢到我这里吃，大家来吃个大团圆饭，来吃个祝贺的送行饭。只是大家要早点来帮忙啊！"大家晓得族长说的话，说一是一，说二是二，不打折扣的，就依着这样办了。

提前赶早过年的事，很快在村寨传开了。大家都很佩服族长的高见。第二天，族长把家中的糯米、豆子、肥猪、米酒全都献了出来。全村的人也拿来许多年料，大家七手八脚，舂的舂米，打的打粑，有的杀猪，有的推磨，忙得脚不沾地。可是，因为吃饭的人多，时间又紧迫，粑粑捏大块，肥肉切大坨，拌上包谷面的肉炸成酥肉，又把豆腐块炸成豆腐果。下午开席时，族长家的院子里全摆满了酒席，男女老少都聚在这里提前过除夕。吃了晚饭，又把汤圆下锅，每个人又吃上一大碗。

腊月三十这天清早，各寨出征的青年都聚拢出发了。这次出征得到老天保佑，个个英勇杀敌，打退了倭寇。大家出征回来，都说是族长定在腊月底的前一天过年，苍天保佑、老祖宗领情，才得胜归来。往后，每年照着这规矩过年，就会更顺利、更兴旺了。从此，土家人的除夕就比以前提早一天了。人们说，这是纪念那次出征、纪念大团圆带来的吉祥。

六月六太阳节

　　如今在岑巩县羊桥乡，有一个寨子叫钟灵，住着百来户人家，全是土家族。每年六月六这一天，寨上特别闹热，男男女女、老老少少穿上节日盛装，鸡叫五更就起床，担起头天准备好的粑粑、炒米、糖果，爬到寨子附近最高的公鸡山顶上。大家面对东方，合掌作揖，等着太阳出来，嘴里不断地念道："东方太阳快快升起，天下众生个个欢喜。今天站在公鸡山上，公鸡高声在呼喊你。"太阳出来了，大家欢呼跳跃，大人们把粑粑、糖果甩进树林里让娃娃们去抢，弄得大家哈哈大笑，最后围起来跳甩手舞，一直到太阳下山人们才回家。这就是思州土家人的太阳节。

　　古老古代，天上突然同时出现了十个太阳，把大地照得发红，树木晒焦了，田土晒裂了，龙鳌河也晒干了，河两岸的石壁也晒得开裂开垮的，眼看人间生灵就要毁灭了，钟灵寨上的男女老少个个愁眉苦脸，不知该怎么办。

　　一天，有个名叫阿桑的后生，从外面拜师学法回来，问寨老："天上太阳这么多，这么大，你该想想办法呀！照这样下去，大家还活得成吗？"寨老愁眉苦脸地说："我们也想不出办法来呀。"阿桑说："我倒是有个办法，那就是要有几个能人陪我到太阳山上去，将十支神箭取来，把太阳都射下来。"

　　第二天，寨上选出了三个身强体壮的后生，身背干粮，手提钢刀，陪同阿桑前往太阳山。大家敲锣打鼓，一直把他们送到寨子附近的高山顶上。阿桑面对东方，双手作揖，念道：

> 天门开，地门开，土家送我上山来，
> 如今天上烧大火，地上凡人满遭灾。
> 玉帝快派祥云来，土地菩萨把路带，
> 把我带到东海岸，把我引到太阳山。
> 东海龙王借大水，太阳山上取神箭，
> 诸仙快快搭救我，保佑众生得平安。

　　突然，东海天边飘来一朵红云，把阿桑他们接上了天空。经过七七四十九天，他们来到了太阳山上。太阳山像一炉火，烫得他们汗水直淌，烧红了他们的皮肤，烧卷了他们的头发，他们顾不了这个，到处寻找，终于在青根山脚看到了十支神箭，大家高兴得跳起来，刚想扑过去取箭，发现一条大蟒蛇盘在那里，昂起头，张开血口，守护着神箭。阿桑拔出钢刀，一步冲上去挥刀砍杀，同他去的三个后生一哄而上，与大蟒厮杀起来，终于斩断了大蟒的七寸，夺得了神箭。大家高高兴兴地回到钟灵寨。

　　第二天一早，阿桑背上神箭来到公鸡山上，等太阳升起的时候，他张弓搭箭，"嗖、嗖、嗖"地一连射落了九个太阳。最小的一个太阳回头就跑，一直不敢出来。从此地上一片漆黑，越来越冷，人们无法生活。阿桑见势不妙，又跟寨上的人们说："太阳多了不行，没有太阳也不行，我们还得想办法把躲着的那个请出来。"大家都觉得这话有道理，却不知怎样才能把太阳请出来。一天，阿桑和全寨老少牵着牛马，赶着鸡鸭，来到钟灵坝上，求太阳出来，他们喊了三天三夜，太阳没有出来。阿桑说："这里怕是离太阳远了吧，再说大家一齐喊，声音混乱嘈杂，太阳吓怕了，不敢出来。我想要有人到太阳升起的东海边去喊，它一定会出来。看谁有这个本事！"人们你看我，我看你，谁也不敢应承这个事。突然，一只鸭子自告奋勇地说："我去喊来，如喊不来，你们打我的嘴巴！"说完，一展翅飞到龙鳌河中，朝东海

土家族民间故事

方向游去，它一边游，一边喊，一直游了七七四十九天，一直喊到东海边，脚走跛了，嗓门也喊哑了，太阳还是不出来，赶后，鸭子只好无趣地游回来。大家十分失望，一个后生生气地一脚踏去，将鸭子的嘴踩扁了，脚也踩平了。直到现在，鸭子的嘴都是扁的，走路是一跛一跛的。鹅说："我的嗓门比鸭子大，让我去试试，如果叫不出太阳，大家敲我的脑壳！"说了，就大摇大摆地走了。鹅也向东海游去，一边走一边喊，也走了七七四十九天，脚也走跛了，嘴也喊干了，还是没把太阳喊出来，赶后，也只好无趣地游回来。寨上人十分生气，有人提着鹅的脖子就是一扭，敲它脑壳。鹅的脖子扭歪了，脑壳也敲起个包包。直到现在，鹅的脖子还是歪的，脑门上的包包也没有消。后来人们要公鸡去喊太阳，公鸡说："我不会游泳，不会飞，怎么能叫太阳出来呢？不过大家相信我，我可以试一试。"公鸡来到附近的高山顶上，面对东方，拍着翅膀，用尽全身的力气高喊："太——阳——哥，出——来——啰！"它一连喊了三遍，躲着的太阳被叫醒了，觉得声音很好听，慢慢地伸出头来看。公鸡看太阳出来了，很高兴，又喊道："太——阳——哥，热——和——和——，快——照——我！"太阳知道人们想它，不会再用箭射它了，就从东方升起，大地又见到了光明。

寨子里的人们非常高兴，大家手牵手地围着公鸡跳，人人争着向公鸡投粑粑、炒米、包谷，娃娃争着抱公鸡，这天为农历六月初六日。为纪念这个日子，当地土家人将每年六月六定为太阳节，一直流传到现在。

敬梅山神的来历

　　土家人上山打猎归来，都要敬梅山神。据说，武陵山中的百兽都听梅山神的号令，进山敬梅山，是请梅山神将百兽团拢来，赐给人们以猎物；获猎归来敬梅山，是向梅山神表示拜谢。敬梅山神时，自己在房侧或房后僻静处，对着进山的方向设一梅山神位，对空祭拜，这一习俗延续至今。关于它的来历，还有一段故事呢！

　　传说，很多年以前，武陵山中有一座梅山，梅山脚下住着一位猎人，猎人家中有一妹崽。那妹崽生来聪明伶俐，漂亮无比，猎人爱似掌上明珠，一心要将妹崽教出个人样来。妹崽也勤奋好学，无论学什么，总是一点就明，一学就会。妹崽五岁会绣花，七岁会吹咚咚奎，九岁跟猎人一起进山打猎。她绣的花，看起来活灵活现。她进山打猎，百发百中，每天打到的猎物比九溪十八峒的猎人都多。妹崽打到猎物后，也总是按照寨子里的风俗，留下兽头，将猎物分给山上的每一个土家人。因此，武陵山一带人都非常喜欢她，称她为"梅山姑娘"。

　　梅山姑娘走遍了武陵山的山山岭岭，打死过九九八十一只野猪，七七四十九只豹子，五五二十五只老虎，还有上百只山羊，上千只野鸡，屋里的兽皮堆成了山，兽头挂满了墙。一天，突然传来风声，说梅山上出现了

七只猛虎，才三天两夜，就咬死了九只羊，叼走了九头牛，咬伤了九个行人，搞得山寨里家家关门闭户，人们不敢赶牛羊上山，不敢出门做庄稼，不敢进山打猎，过往的客商也绝了迹。梅山姑娘听说后，便下定决心要为乡亲们除掉这七只猛虎。

第二天，梅山姑娘祭拜了祖先，身带干粮，手持牛角钢叉，去向父亲告别。父亲本想一同前去，无奈年事已高，路途遥远，只好让梅山姑娘独自前去。梅山姑娘上山如跑马，下坡如飞箭。她一口气翻过了九道岭，涉过了九条溪，爬上了梅山顶。她坐在大树下，歇了一口气，啃了两个包谷粑粑，喝了几口山溪水。这天，梅山姑娘一连打死了六只老虎。在和第六只老虎搏斗时，牛角钢叉断成了两节。梅山姑娘拿着半节牛角叉，抬头一看，太阳已经落山，雀儿已经归林，前面又是悬岩绝壁，万丈深谷，自己也已疲倦了。梅山姑娘准备下山回家，明天再来寻找最后一只老虎。谁知，梅山姑娘正准备下山时，忽然，一股狂风刮来，随着一声虎啸，那只猛虎出现在离她面前六七米远的地方，张开了血盆大口，两眼射出绿光，额上的斑纹现出了一个明明显显的"王"字。猛地，那虎一纵，向梅山姑娘扑来。梅山姑娘将身一弓，猛虎扑了空，梅山姑娘见虎落了地，趁势将手中半节牛角钢叉对准虎头掷去。谁知，猛虎一掉头，那钢叉正擦着老虎的耳朵落下去，猛虎转过身，又一次向梅山姑娘扑来。梅山姑娘见老虎来势凶猛，便在老虎飞起悬空时，一步蹿过去，抱住老虎的脖子，身子紧紧贴在老虎肚子上，两手死死地卡住老虎的脖子。卡呀卡呀，十个指头陷进了老虎的肉肉，老虎的脖子出了血，梅山姑娘还在使劲地卡呀卡呀，老虎的后爪抓烂了梅山姑娘的衣裤，抓得梅山姑娘遍体鳞伤，梅山姑娘还是死死地卡住老虎的脖子不放，卡得老虎疼痛难忍。老虎拼命挣扎、翻滚，一心要甩掉梅山姑娘。滚呀滚呀，滚到悬岩边，梅山姑娘狠狠使劲，连同老虎一起滚下了万丈深谷。

当晚，老猎人不见梅山姑娘回家，一夜睡不着觉。第二天天刚亮，便上山寻找梅山姑娘，寨里土家人听说了，都一起上了山。他们在梅山悬崖深谷底下，找着了梅山姑娘打死的一只老虎，可梅山姑娘呢？既不见尸骨，也不见踪影。人们说，梅山姑娘和最后一只老虎一起摔下悬崖时，摔到半空，天神将梅山姑娘救上了天，封她为猎神，掌管山中百兽。

　　从此，土家人上山打猎和获猎归来，都要敬梅山神。

敬背篼菩萨的传说

老辈人说，原先黑神地方有个叫拉马巴布的人，这人客啬得很，一粒糠壳也舍不得送人，一年四季没交一个朋友伙计，只有他的郎舅才来过一次，家门口都起青苔了。

一次，他郎舅来了，家头没有哪样吃的，想来想去，只得忍痛决定抓圈里一只小猪来杀。他一再嘱咐儿子，要先把绳子找齐，马上捉马上捆住猪嘴，不让猪叫一声，免得邻居听见来找吃。

按当时土家人的规矩，凡杀牲口都要留一腿给郎舅带回家，这就叫作"除了青冈无好火，除了郎舅无好亲"。

吃罢了酒肉，他老婆就把一腿猪肉放在背篼里头，外面用芭蕉叶盖得严严实实的，端到郎舅面前。拉马巴布过来翻开芭蕉叶，看到猪腿肉多了一点，立即叫儿子拿刀来割一小块留下。郎舅临走时，拉马巴布再三交代他把肉背到家后，只准家里人吃，外人不得沾口。郎舅随口敷衍着说："依你吧。"

到家后，郎舅妈把猪腿肉煮好，刚摆上桌，正巧有一个白胡子老公公挂根拐棍来讨饭，郎舅母子俩看这老人很遭孽，也不好撵他出门，就叫来坐下一起吃，还斟了半碗酒给他喝。白胡子老人吃饱喝足之后，抹抹嘴巴，道了一声谢，就挂起拐棍走了。

晚上，郎舅梦见那个白胡子老人来到他的面前说：这人世间，有客啬鬼，也有好心人，吝啬鬼少，好心人多。你是个好心人，我封赠你，从明天起，你家的田园谷吊拖齐地，瓜果压满枝，养猪猪肥大，养鸡鸡成群……郎舅笑醒了。

当真，打那以后，郎舅家田里、土头、圈里……样样都发起来了。越发越心宽，亲戚朋友出出进进，门前踩成了大路。

过了两年，拉马巴布来走郎舅了。他看到郎舅家才一两年就大变了样，谷子满仓，猪肥马壮，鸡鸭成群，好不气派，心里十分羡慕。像走姑爷家一样，郎舅也杀猪款待，他杀的不是小疙瘩猪，而是一头肥头大耳的大架子猪。杀时也不捆猪嘴巴，猪的吼叫声四邻都能听见。

酒喝半醉时，拉马巴布问郎舅是怎样发起来的，郎舅说："发就发在你和阿妹送我那背篼的猪腿上。"接着就慢慢地把招呼讨饭的白胡子老人请来家吃喝，老人托梦给他的事情经过讲给拉马巴布听。最后把老人讲的"做宽心人越宽越发，做吝啬人越吝越穷"这句话讲给了拉马巴布听。这下，拉马巴布都一一记在心里，对自己过去那些不近人情的吝啬做法感到惭愧。

告辞时，郎舅拿一个背篼装一大腿猪肉送给他。拉马巴布回到家叫老婆把肉煮好，请亲朋四邻来家相聚，热情地用酒肉款待他们并向他们说自己过去简慢了大家，很对不住。拉马巴布从此勤扒苦做，宽厚待人，他家也慢慢发起来了。

后来，拉马巴布就把这个背篼当神菩萨供起来，还给背篼盖了一个小庙，叫作背篼神庙。每到寒冬腊月，都要选个吉日敬背篼菩萨。

酉水河的传说

不知是哪朝哪代的事了。那时，湘西一带还没有一条河，看得见的尽是些岩山和黄土岭冈，连个芭茅蔸蔸也长不大。这里的毕兹卡们要吃一口水，得天没亮就起床，到三十几里远的山坳上去买土司家的水。水价比得过肉价钱。山里人本来就穷，再经这样一折腾，除了几根骨头棒棒以外，就什么也没有了。

有一年，天大旱，土司家的井水也一天比一天少了。狠心的土司王为了不让他的猪、狗渴死，毕兹卡穷人有钱也买不到他家的水了。有很多人都搬家走了。

不晓得又过了好多年，窝努山寨格巴大叔家生了个波里①，叫黑巴。他见风就长，一天一个样，三岁的时候，百来斤的担子挑起飞跑。格巴大叔和大婶都很欢喜。山上的大树黄了又青了，黑巴长成大人了。身子像座山堡，浑身的力气大得吓人。上山赶肉②，黑巴不要弓箭和沙刀。老虎也好，野猪也好，几脚走上去就能手到擒来，像坛子里取粑粑一样容易。

尽管黑巴力气大，又勤快，还是和山里的毕兹卡穷人一样，吃没得水的

---

①波里：土家语，男孩子。
②赶肉：方言，打猎。

亏。有一天，黑巴问他阿爸："我们山寨为什么没得水呢？"阿爸叹了口气说："天老爷瞎了眼啊，他在造天地时忘了给我们这里造一条河。"

黑巴又问："那我们自己为什么不造一条河呢？"

阿爸说："这造河的事，是天老爷管的，我们凡人哪能造得？"

黑巴又去问全寨最聪明的老人泽阿嘡巴普①。泽阿嘡巴普对他说："从我们这里一直往东走，翻过三千三百三十三座大山，到东海求龙王帮忙，也许能造一条河。"

听了巴普的话，黑巴一心想造河，他把自己的想法讲给阿爸和阿妮听，要阿爸和阿妮为他准备些干粮和草鞋。

乡亲们晓得了黑巴要去东海，都很高兴，也很替他担心。"要是龙王爷不答应，不是白走了一趟？"黑巴听了这些话没有动摇，他毅然告别阿爸阿妮，背上干粮和草鞋上路了。

走了一天又一天，翻了一山又一山，脚打起了泡，他咬紧牙齿忍着痛；肚子饿了，啃几口干粮，干粮啃光了，吃山上的野果子，就这样，一直往前走着。

再说东海龙王，他有三个儿子和三个女儿。数三女儿小白龙心肠最好，大儿子黄龙脾气和良心最坏。龙王爷老了，屋里大小事情都由黄龙一手遮天。这家伙瞒着他老子和黑龙潭的孽龙打赌，结果把自己的三妹输给了那条孽龙。前几天，他听说有个叫黑巴的山里后生要来东海请龙王造河，心想：这河除了父亲外，只有三妹会造。如果三妹一去，黑龙潭的孽龙来娶亲，那怎么办？于是，他跳出海面，摇身变成几条岔路，等着黑巴。

黑巴走着走着，忽然看见有好多条岔路，搞不清该往哪条路上走。这时，他记起阿爸在他临走时讲的识别岔路的方法，就在左手心里吐了一泡口

_____

① 巴普：土家语，公公。

水，左手对着岔路，再用右手指往口水上一砸，口水朝哪条路上飞去，就走哪条路。谁知可恶的黄龙施了个小小的法术，口水飞到永远也到不了东海的路上去了。

黑巴朝着那条错路走去，走啊走啊，路越走越小，越走越陡了。不晓得走了多久，路已经走绝了。前面是很深很深的悬崖、幽谷，看一眼也叫人头晕。黑巴这下子搞不清了，怎么办呢？他回过头来，猛然看见一位微笑着的白胡子老人。那位老人轻轻地拍了一下他的肩膀，送给他一双新草鞋和一粒黄豆子，对他说："有了鞋，有了豆，不怕恶龙不错路。"说完就不见了。

黑巴穿上这双新草鞋，走起路来格外有劲，不几下，就把错路走完了。黑巴的脚步声惊动了黄龙，那家伙心想：怎么搞的，岔路没有迷住这山里人？看来得好好对付他！于是，黄龙摇身一变，变成一条好宽好宽的大河。河里波浪如山，漩水涡有屋那么大。黑巴沿着河边走着走着，不小心滚到河里去了。黑巴的草鞋一沾上水，踏水就像走平路一样。黑巴快步蹚过了河。

黄龙气得莫奈何，就在原地打了个滚，现出了原形：一条几十米长的老恶蛇，浑身金闪闪的，正对着黑巴扑来。山坡上那些鼎罐大小的杂木树子都直朝两边闪开，风呜呜地叫着，拳头大的岩头被吹得噼里啪啦满天飞。黑巴看情况不妙，正想往旁边躲一躲，猛然，眼睛一亮，好像白胡子老人就站在面前。黑巴情急生智，忙取出那颗黄豆子，照着老恶蛇打去，只听得"叭"的一声，恶蛇的眼珠被打瞎了一只，疼痛难忍，化作一阵浓烟逃回东海去了。

黑巴打败了黄龙以后，来到了东海岸边。到处是绿莹莹的海水，一望无边。听泽阿嘘巴普讲，龙王是住在海里的，黑巴走下东海。海水让开了一条大路，黑巴就在这海水的峡谷里走着，来到了东海龙宫。

龙宫守门的夜叉拦住黑巴，不让他进去，这把黑巴惹火了，一巴掌把夜叉打倒在地上，打得它半天动弹不得。黑巴进了门，刚好遇见龙王的三女儿小白龙在院子里玩耍，黑巴走上前作了个揖，小白龙马上走过来，问黑巴："大哥，你是哪里人？到这里来有么子事？"黑巴就把自己从很远很远的山里走来，请龙王帮忙给他们山里人造河的事向小白龙讲了。小白龙听了黑巴的话，心里很同情那些山里人，也钦佩黑巴的精神，就带他去见龙王。龙王听了，也很感动，就答应派三女儿小白龙到山里造河。黑巴欢喜得一夜没睡好觉。

正在养伤的黄龙对黑巴恨得要命，又听到龙王答应造河，更是气得要死。它不顾伤痛，连夜在龙王那里拨弄是非。龙王爷把他臭骂了一顿。黄龙只好悄悄溜出龙宫，跑到黑龙潭与孽龙定下一条毒计来害黑巴和小白龙。

第二天一早，小白龙托着黑巴，向遥远的窝努山寨飞去。半路上，经过黑龙潭时，孽龙变成了一只毒蜂，在黑巴的太阳穴上狠狠地蜇了一下，黑巴一声大叫，从半天云中摔下来，死了。孽龙就把黑巴吞进肚子里了。

小白龙知道自己救不活黑巴，便独自继续向前飞去。哪晓得来的时候太性急。忘了带造河的神书，小白龙再也不能为湘西山寨的毕兹卡造河了。但为了解除干旱，小白龙一次又一次地把水带到干旱地区。庄稼得救了，老百姓得救了。小白龙呢，由于太劳累了，最后累死了。她临死前吐出的血染红了山里的岩头，人们就把这个地方叫红岩溪。小白龙死后，变成了一条河，从此，这地方就有水了。人们就把这条河叫作有水河。后来，因为小白龙死时正是太阳落山的酉时，所以人们又把有水河改名为酉水河了。

再说孽龙吃了黑巴后，把他的骨头吐了出来，这些骨头像树叶子一样纷纷飘落在湘西，每根骨头一落地就变成了一座山，这些山连绵起伏，像无数条巨龙一样保护着美丽的酉水河。人们为了纪念黑巴东海请龙的事迹，就把他的骨头变成的大山叫作龙山。

后来，东海龙王晓得了独眼龙和孽龙搞的坏事后，又气又恨，就把独眼龙压在小白龙变成的酉水河不远的地方，这就是今天龙山县境内的压龙界。那条孽龙也被锁进深山里，后来也变成了一座山岭冈，就是今天龙山境内的青龙坳。

土家族民间故事

望郎峰

在湘西张家界南山顶上，矗立着一座石峰，远远看过去，活像一个翘首北望的年轻女子，人们称它望郎峰。据说是人化成的。

相传很久以前，枇杷溪边上有个土家寨子，叫黄狮寨。黄狮寨有一户人家，阿巴①是个打猎能手。女儿名叫阿翠，是个模样乖、心肠好的姑娘，她手儿巧，能织一手好家机布。

阿翠十八岁那年，一天，阿巴病倒了，黄狮寨的土司王却硬逼着他上山去捉背水鸡②。等阿巴舍命捉了一只背水鸡送到土司王府后，回家就不行了。

临死前，阿巴把阿翠叫到床边，说："女儿呀，要是能看到你与阿岩结为夫妻，我也就可以闭眼了。"

阿翠问："阿岩是谁呀？"

阿巴就跟女儿讲起了去年的一桩事来：一天，阿巴为了捉拿飞虎③，走进了密密的森林。走呀，走呀，他整整走了一天，终于在神堂湾找到了飞

---

①阿巴：土家语，父亲。

②背水鸡：一种奇异的珍禽，颈部下端长着一个长囊，喝一次水能维持六七天。

③飞虎：学名叫鼯鼠，是一种能爬能飞的动物。

虎。他抱了一雄一雌的小飞虎，来到跳鱼潭边。

阿巴肚饿口干，想趴到观鱼台上喝口水，哪知道从水影里突然看到了土司王的儿子田刁。田刁站在对面山坡上，正准备放毒箭射死他，不料，从密林里"嗖"地飞出一支银箭，不偏不歪射中了田刁的手腕。田刁被吓住了，便带着一伙家丁踉踉跄跄地逃走了。

那支银箭是谁射出的呢？阿巴怎么也猜不到。等他喝饱了水，歇息一会儿，正抱着两只小飞虎，要迷迷糊糊睡着的时候，忽见从密林里走出一个十七八岁的后生，虎背熊腰，手拿金弓银箭。那后生来到阿巴身边，见他正倦得想睡，也不惊动他，只解下包在自己头上的青绸丝帕，缠在阿巴的腰上，便进林子里去了。阿巴急忙朝密林里喊了起来："后生家，你叫什么名字？"只听见有个声音："我叫阿岩！"阿巴讲完这件事，就咽了气。

阿巴死后，阿翠每天起早摸黑，纺纱织布。她想：白果花是世界上最美丽的花，我要在这块青绸丝帕上绣白果花①，去找阿岩。

一天晚上，阿翠来到腰子寨白果树下绣白果花。刚刚绣完，窜出一只老虎来，把她吓了一跳。幸好飞来一支箭，将老虎射死了。

阿翠一看射箭的是个后生，就喊道："阿哥！阿哥！你叫什么名字。"

后生听了，回过头来说："阿妹，快回家去吧，天黑了！"

可是当他看见姑娘手上的那块青绸丝帕便站住了，愣了半天，问："你是——"

姑娘说："阿哥，我是阿翠。你是谁？"

"我是阿岩啦！"

于是，阿翠把阿巴临终前的嘱咐告诉了阿岩。她说愿意与阿岩结为夫妻。

阿岩说："阿翠，我是个孤儿，是一个没有家的人呀。"

阿翠说："不说这个。从此以后，你上山打猎，我在家织布，我俩能过

①白果花丝帕：土家青年男女的爱情信物。

上好日子的。"

当天晚上,阿岩和阿翠没让土司王知道就成了亲。

后来这事被田刁听说了,就想害死阿岩,霸占阿翠。

一天,阿岩进山打猎,阿翠在家织布。田刁带着家丁闯了进来,劈头就说:"阿翠,阿岩摔死了,跟我走吧!"

阿翠站起身,"啪"的一声,狠狠地刮了田刁一个耳光,扯脚就跑。她跑呀,跑呀,边跑边喊:"阿岩!你快来呀!"

阿岩正在神堂湾打猎,听见阿翠的喊声,飞快地赶到了南山顶上。哪料,田刁在南山顶上早烧起了一堆大火,说阿岩和阿翠的婚娶没有得到土司王的允许,要把阿岩投进大火祭祀祖先神灵。田刁用铁链绑住了阿岩。

阿岩两眼冒火,他挣脱了绑在手上的铁链,向田刁猛扑过去,抱住田刁,纵身朝山沟跳了下去。

阿岩死后,阿翠天天站在南山顶上望着丈夫跳岩的地方,泪落尽了,眼望穿了,她一直不离开。年长月久,阿翠化成了一座石峰,人们就把这座石峰起名为"望郎峰"。

鱼精坝

　　很古很古的时候，官店老高山有个大坝子，大坝子周围是一片老林子。林子里虎豹成群，豺狼满山。坝子里住着一个勇敢的猎人，叫周勇，他用的弓，十个人也拉不开；他一天走的路，别人要走十天。每次出门打猎，回家没有空过手。他经常到州城去赶场，用兽皮换粮食和盐，一天一个来回。

　　有一回，周勇到城里去，在酒店里多喝了一碗酒，伏在桌上打了一会儿瞌睡。一觉醒来，太阳只有丈把高了，他急急忙忙地往回走。走到清江边上，天黑了，渡船老公公说："今晚就歇在我这船上吧。"周勇说了声："谢谢！"就在船上歇下了。

　　半夜里，周勇睡得迷迷糊糊的，忽然一股香味飘来，面前出现了一个披着金黄色外衣的漂亮姑娘，望着周勇说："猎人哥哥，我在这儿住不下去了，请你把我带走吧！"周勇听了很奇怪，问她："你是哪家的姑娘？为什么要逃走呢？"姑娘答道："我姓金，就住在这清江边，有人欺负我。我求求你，好心的猎人……"周勇问道："那我怎样才能带你走呢？"姑娘说："只要你答应，其余的事你就不必担心了。"周勇说："好吧，我答应。"话一说完，那姑娘就不见了。周勇醒了，揉了揉眼睛，原来是做的一个梦。

　　第二天清晨，渡船老公公和周勇坐上船。船开到江心，忽然天昏地暗，风雨大作，水面上涌起了一丈多高的浪头。浪涛中，隐隐一条青龙张牙舞爪地向渡船扑来，渡船老公公说："坏了，坏了，这青龙是清江老龙王的儿子，平日里就喜欢兴风作浪，今天不知怎么撞上了。"打猎出身的周勇，从来不怕猛兽长虫。他拿起弓，伸手在箭壶里抽箭，忽地摸到一条金黄色的小鲤鱼。那鲤鱼张着嘴喘气，眼睛望着他。周勇想起昨晚上的梦，心里明白了。于是他搭上箭，用力向浪涛中的恶龙射去，只见江心泛起一摊红水，青龙不见了。风平浪静，船儿很快就过了清江。周勇送给船艄公一葫芦酒，一斗盐，然后带着那条金色小鲤鱼回到家里。他把小鲤鱼放到坝子正中的清水池潭里，对鱼儿说："再没有谁来欺负你了，好好在这儿过吧。"那条鱼儿摆摆尾巴，点点头，游到深水中去了。

第二天清早，周勇收拾好弓箭，准备上山打猎去。他刚走出门，看见清水潭的青石边，有一个姑娘的身影，她穿着金黄色的衣裙，手里拿着一把琉璃梳子，照着潭水梳头，头发乌黑闪亮，垂到水面。周勇痴着看了一会儿，锁上门转身上山去了。

周勇在山上打猎，面前老是晃动那金黄色的衣裙，箭也射不准了，一整天没有射中一只飞禽走兽。下午，第一次空着手往家里走。

再说鱼姑娘就在周勇上山的时候，来到周勇屋门前，对着大门念道："锁儿松松，门儿开开。"那门上的锁"啪哒"一声松脱了，大门就"吱呀"一声打开了。鱼姑娘走到屋里，里里外外扫了一遍。接着弄好了饭菜，摆在桌上。做完了，鱼姑娘就走出大门，对着门又念道："锁儿紧紧，门儿关关。"那挂着的锁"啪哒"一声锁上了，开着的门又"吱呀"一声关上了。鱼姑娘又回到清水潭里去了。

不一会儿，周勇回来了，他打开锁走进大门就闻到一股饭菜的香气。看见桌上摆着热气腾腾的饭菜，他吃了一惊："这是怎么回事？"他吃完了饭，又看见屋里屋外都收拾得干干净净的。周勇心想：我这单门独户，周围没有人家，有谁来帮忙？莫不是那清水潭里的鱼姑娘？一夜，周勇翻来覆去睡不着。

天亮了，周勇从窗户里向清水潭里望去，看见清水潭里发出一道金光，鱼姑娘拿着琉璃梳，走到大青石边上开始梳头了。周勇赶忙出了门，轻手轻脚地走到鱼姑娘身边。

周勇说："多谢姑娘帮我做饭。"

鱼姑娘红着脸说："多谢勇敢的猎人救了我。"

过了不久，周勇就和鱼姑娘成亲了。白天，周勇上山打猎，晚上，鱼姑娘在家织布。小两口的日子，不用说过得有多好了。

周勇和鱼姑娘结亲的事儿传到清江河，小青龙听到了，恨得咬牙切齿。原来小青龙整日在清江河里霸道横行，吃喝玩乐，他见鲤鱼姑娘长得好看，就调戏她。鲤鱼姑娘没法，所以，那天就跟着周勇逃走了。小青龙当时兴风作浪，想要杀死周勇，抢回鲤鱼姑娘，不料反被周勇一箭射中左眼，只好逃回龙宫养伤。如今听说鲤鱼姑娘跟周勇成了夫妻，小青龙日夜思量着要去报仇雪恨。他溜出龙宫，找到清水潭的水源，守在那里，把泉眼里流出的水全吸到肚子里，清水潭眼看就要干了。

鲤鱼姑娘每天要到清水潭里去洗三次澡，喝三回水。如今潭水少了，不能在里面洗澡、喝水了，她的身体越来越清瘦，茶不思，饭不想，躺在床上大口大口地喘息。

周勇见妻子被干渴折磨，心疼得不得了。他带上弓箭，沿着干枯的清水溪往上去察看，到底什么在作怪。

小青龙远远看见周勇来了，他知道周勇的厉害，不敢正面交锋，就变作一座山。

周勇走近泉眼，见泉眼旁边忽地耸出一座山，形成像一条张牙舞爪的恶龙，泉水全流进这龙形山的肚子里去了。周勇明白了，这是清江河里小青龙在作怪。他取出箭，拉开弓，对准龙形山的肚子射去。

第一箭钉进岩石三寸深，山岩裂开了一条缝。

第二箭顺着裂开的缝插进去，把山缝撑开，变成了一个洞。

第三箭从洞里穿了出去，"哗啦"一声，山裂成两半。小青龙肚子破了，小青龙死了。

从裂开的龙肚子里，又"哗哗"地流出泉水。周勇赶快回家，舀了一盆清水潭的水端给鲤鱼姑娘，鱼姑娘一口喝完，病马上就好了。

从此，周勇和鲤鱼姑娘就在这儿过着甜蜜美满的日子。后来，人们就把这地方叫作"鱼精坝"。

八面山的传说

在黔江，八面山是很有名的。

八面山本来是九面，那它是怎么会叫作八面山的呢？

传说，孙悟空送唐僧去西天取经，回来以后，见皇帝有享不尽的荣华富贵，便一心想做人王。他虽然修成了正果，可时刻盘算做人王的事。一天，他一个跟斗打出去驾着云头来到武陵山顶上，见一座大山，山上十分平坦，树木葱茏，花果满山。他认为这里隔京城那么远，隔佛地更远，要是在这里来修一座宫殿，当个人王，谁也治不了他，他就在这里管管方圆数百里的百姓，有多美呀！他随手摘了几个果子，尝了尝，蛮好吃的，更是打定了主意，要做人王。谁知，他的想法被如来佛看穿了，他正在做着美梦时，如来佛赶了来。

如来佛问道："悟空，如今你已修成正果，封你为齐天大圣了，你还有哪样不满足的？你跑到这里来做什么？"

"我不当你那齐天大圣，放我到这里来当个人王，要得不？"

"你有什么本事要当人王？"

"我送唐僧取经的时候，一路上斩妖除魔，救师父出了九九八十一难，到西天取得了真经，当个人王还不行？"

"且不说救你师父出八十一难靠了众神帮助，今天我只出一个简单的题

土家族民间故事

目考考你，你若答不上呀，就回你的花果山去。"

"好，快出题！快出题！"

"你只坐在地上将这座山数一数，看一共有几面，若数对了，我即放你来当人王。"

听了这个题目，孙悟空想这有什么难的？三岁娃也数对得清嘛！于是，他坐在地上，举起右手，搭个凉棚，眼睛一愣，朝四方一看，轻轻数了一数，便用树枝在地上划了三个字："八面山"。

如来佛一看，笑了，摇摇头说："不对！我让你再数一遍！"

孙悟空又换了一个方位，坐在地上，手搭凉棚，数了数，还是八面。他想：明明只有八面，如来佛为什么说我数得不对呢？莫非他是有意考考我的？我才不上他的当，于是，又用树枝在地面上写下三个大字："八面山"。

如来佛见了，又笑了笑，对孙悟空说："你已经数了两遍，都没数对，好吧，就三回为定准吧！要是再有一遍数不对，就回你的花果山去！"

"你不要戏耍我哟！"

"绝不是戏言！"

孙悟空抓抓耳朵，搔搔腮帮子，心里想：我数两遍都是八面，为啥如来佛还是说不对呢？如果我再数一遍，还是八面，那便是八面山无疑了。要是如来佛还说我数错了，我就要他指出错来，要是指不出来呀，管你什么佛，我都要再次和你较量较量。而今我也成了正果，正好看看我的法力呢！于是，孙悟空又换了一个方向坐下来，手搭凉棚，眼睛一愣，从左面数过去，八面。他怕错了，又从右面数过来，还是八面。这一下，他确信无疑了：八面！于是他又用树枝在地面上写了三个大字："八面山！"

如来佛看了看，笑着说："错了！"

"哪里错了？"

"快回你花果山做猴王去吧！"

"你说，我哪里错了？说不出来，我老孙是不好惹的！"

"回头看看，你坐着的还有一面呢？"

孙悟空回头一看，果然，三回都把自己坐着的这一面数落了，顿时很不好意思，两脚一纵，驾着云头回花果山去了。孙悟空当时蹬的两个脚印如今还在哩！

后来，有人见孙悟空写在地面上的字，也不再数，就认为那座山真的只有八面，便给这山取名为八面山，一喊就喊出了名。

迁城锁山

　　相传很久以前，巴东县城在江北，地势平坦，街市开阔，可就是时常发生一些怪事：鸡毛落到水里要沉下底呀，树叶子掉到地上要砸一个洞呀，人打架伸手就要伤人呀，县大老爷审案动刑就死人呀，好多好多。许多年都是如此。

　　寇准当了巴东县令，便要另建新城。他带着几个差役骑马出城，到处察看地形。选址目标是：一要找个交通便利的地方，二要方便百姓来往。选来选去，选到几个合适的地方，可就是占良田太多。寇准不做占田的缺德事，就看中江南金子山下的一面陡坡。差役都暗自发笑，心想：这面坡骑马都难走，哪能建城呢？有个差役乖巧些，问道："这里哪么修城墙？"

　　寇准说："修不起城墙就不修嘛，我要把巴东治理得路不拾遗，夜不闭户，还要城墙做么子。"有人又问："城墙不修，县衙总要修哟！在这里修县衙，出门就见山！"寇准说："何必大门朝山呢，朝江不行吗？"

　　众人一阵哄笑，说："自古以来，八字衙门朝南开，天底下哪有衙门朝北开的道理呀？"寇准开口说话就有自己的经："天下之大，无奇不有，我们不依那些老规矩，衙门朝北开又有么子不可以！"

　　差役都不作声了，但心里还是不大舒服。寇准晓得他们心里不乐意，就想了个办法，说："来看看天意吧，先称土，哪里的土重些，就到哪里修城！"众人一听，都说"要得"。寇准带人到处称土，称到金子山下的时候，他在土里掺了一把沙，结果，这里的土最重。在这里修城，差役都没话可说了。

新县址选定了，寇准不准修高楼大厦，县衙也是土墙茅屋。那些在衙门里办事的人都觉得面上无光，不像官府的样子，就编了一句顺口溜："小小巴东地不平，衙门朝北县无城；大堂有人挨板子，坐在河坝数得清。"

这件事被寇准晓得了，就把这几个人喊到大堂上。这几个人吓糟哒，以为要挨老爷的板子，失悔挖苦了县老爷。哪晓得寇准不光没打他们，还客客气气地说："顺口溜编得不错，说的都是实话，只要大家认真办事，把心思都放到为百姓办事上头，就更值得夸奖了！"众人一听，很是感动，以后不再有人说三道四了！

只有县里的城隍菩萨心里不舒服，觉得自己的城隍庙像个土地堂，看到县太爷的大堂也是个茅屋，尽管心里有火，也不好说得。城隍菩萨心里不舒服，就不大管事了。有一天，山妖作起怪来，从金子山上往下甩石头，打烂房屋，伤害人畜，害得百姓提心吊胆。

寇准恼了火，一道传票传来城隍老爷，说："你身为城隍，专司擒拿妖邪，你可晓得？"城隍抵赖不了，说："晓得，晓得。"寇准说："那为么子不治山妖的罪过？"城隍说："我庙小职微，没有能耐。"寇准把惊堂木一拍，说："身在其位，不谋其政，既然如此，要你何用！"硬是革了城隍的职位。

然后，寇准上了金子山，提起朱砂笔在山上画了好多圈圈。这些圈圈就变成了锁链，把山妖牢牢实实锁住了。

人们说这是"朱笔锁山"，如今金子山上，还有朱砂笔画的圈圈呢！

土家族民间故事

牯牛儿碑

　　鄂西的清江河，一共有九百九十九道拐，在第三百三十三道拐上，有一个地方名叫景阳。景阳河有个连三台，连三台下坡坡上，有个小地名叫牯牛儿碑。自古以来，只有人死哒才立碑，哪有牛死哒也立碑的呢？

　　相传这里原先没有人烟，老庚寅那年涨大水，远方的人为哒躲水灾才搬到这里来，刀耕火种，落叶生根。有一户人家，男的叫何大顺，女的叫冉幺姐。夫妻二人起早贪黑，勤扒苦挣，没几年工夫就盖上了房屋，置办了耕牛农具。日子也还好过，就是有一件事不顺心，两口子四十好几了，还没得子嗣。于是夫妻二人天天烧香，朝朝许愿，说也怪哒，自烧香许愿没几天，冉幺姐身怀有孕了。何大顺四十八岁那年，儿子落了地，取名叫宝青。一转眼，宝青长到七岁。他自小就聪明得很，看到爹妈劳累得苦，就想帮着家里做事。何大顺、冉幺姐心疼独苗苗，高低不让宝青做事情。最后，宝青硬要放牛，爹妈才勉强答应。宝青当了放牛娃，每日早晨牵牛上坡吃草，中午时把牛牵到树下歇阴。只几天工夫，牛儿就长得油光水滑哒！这一天，宝青又把牛赶到坡上，牯牛儿甩着尾巴吃青草，宝青就钻林子拣干柴。他捡呀捡呀，陡然，林子里起了一阵黑风，蹿出一只扁担花大老虎，有秧筐子大的脑壳，吓死人。宝青一看见，喊一声"妈呀"，就昏死过去。老虎正要拖宝青的时候，陡然，牯牛竖起尾巴，抵起牛角门，朝老虎一戳，把老虎抵了个四仰八叉。牯牛又把老虎顶到岩壳上，使劲擂，硬把老虎擂成一张皮，肠肝肚儿都被擂出来把牛角都缠满哒。宝青还没醒，牯牛就朝屋里跑，使劲哞哞地叫几声。何大顺出来一看，只见牛儿，没见宝青，又看见牛角上挂满了肠肝肚儿。何大顺喊一声："搞拐哒，牯牛把宝青用角抵死哒！"他拿起挖锄，照牛脑壳上几家伙，就把牯牛打死哒。两口子天一声、地一声地哭起儿来，一直哭到太阳落土。这时候，宝青醒了过来，看见牯牛不在，老虎死在旁边，就连忙跑回家。一看牯牛让爹打死哒，也没命地哭起来。何大顺看到儿子回来，才晓得搞拐哒。跑上坡一看，明白过来，硬是后悔得不得了呢！

何大顺请木匠打了一副上好棺木，把牯牛送上坡安葬，还立了一块大碑，上面凿着六个大字：古老前人之墓。这是把牯牛儿当成长辈待的呢！这就是牯牛儿碑的来历。

附 记：

建始县景阳区的连三台，有一个名叫"牯牛儿碑"的小山坡，坡上立着一块石碑，上刻"古老前人之墓"六个字。立碑年月，墓葬何人，无法查清。这是一座没主的墓。传说，牯牛儿碑的故事发生在这里。

田家的紫荆树

鄂西姓田的土家人喜欢在屋前屋后栽种紫荆树，还在堂屋里供奉祖先的神位上写着"紫荆堂上老大人×××之位"几个字。说起这件事，还有个来历。

相传很久以前，山里头住着一户姓田的人家，主人家满六十岁那年才得哒一个儿子，硬是欢喜得不得了。儿了出生那天，主人家正在屋前头栽紫荆树，紫荆树一栽下去，儿子在屋里出生哒，主人家就给这棵树取了个名字，叫"独子多生树"，巴望从他的下一代起，田家多子多孙，人丁兴旺。

没几年，主人家死了。那个独儿子一天天长大成人，又忠厚，又老实本分，大家都叫他田实。

门前那棵紫荆树，有一天陡然从半腰里长出三根枝丫来。田实的堂客也正在这一年大了肚子，一胎生出三个儿子来。三个儿子也慢慢长大成人，不久，也都娶了媳妇。有一天，门前紫荆树在先头那三根枝丫丫上，又生出九个枝丫。那一年，三个媳妇又生了九个儿子。

田实又是喜来又是愁，喜的是人丁兴旺；愁的是三个媳妇不和气，脾气不好，吵着要分家。有一天，田实把儿子、媳妇都喊到紫荆树下头站起，抹着眼泪水，说："这棵紫荆树长得好哇，是老辈子栽的，是祖宗树。这祖宗树么子时候枯死哒，你们才分得成家！"三个儿子本来不大愿分家，只是都怕媳妇吵闹，这个时候都不敢做声了。

三个媳妇只想早点分家，只想紫荆树早点枯死。每日早晨，大媳妇把滚开的米汤泼在树兜上，扳起树干摇几摇，把枝枝丫丫揪几揪。每日午时，二媳妇把滚开的油茶汤泼在树兜上，扳起树干摇几摇，把枝枝丫丫揪几揪。每日夜晚，三媳妇把热热的洗碗水泼在树兜上，扳起树干摇几摇，把枝枝丫丫揪几揪。

紫荆树顶上的花落了，叶子黄了，上半截眼看就要枯死了，三个媳妇又闹着要分家。田实说："紫荆树还没枯死哩，三个大枝九个小枝，就像我的儿子孙娃一样，莫要分家！"三个媳妇不听，硬是要分家，田实没得法，只有把家分哒。

家一分，紫荆树枯了。田实心疼得很，有一天，田实在树底下哭到天黑，又把儿子和媳妇喊到面前，说："你们只看，一分家把树也气死哒。我们田家人丁兴旺，离不得这棵独子多生树的，它一死，日后田家的人丁哪门能兴旺呢？再说，一分家，家家人口少，地种不好，日子哪门过哟！"

三个媳妇一想，公公的话有道理。这天夜晚，分了的家又合拢来了，成了一个大家。

怪得很，门前紫荆树又还阳了，长得青枝绿叶的。这以后，田实一家九代同堂。

如今，田姓人家都在屋前种紫荆树，还奉它叫"祖宗树"。紫荆树身上光溜溜的斑斑，那是三个媳妇用开水烫的，紫荆树的树枝丫丫弯头扭脑像鸡爪爪，那是三个媳妇用手揪的。

附　记：

鄂西田姓土家人多在吊脚楼前栽种紫荆树，并奉其为"祖宗树"。紫荆树易活，树干弯弯拐拐，树型很好看，栽在屋前，可成风景。他们在神龛上供奉牌位，上写"紫荆堂上老大人×××之位"等字样。

神奇的咚咚奎

　　从前，有两弟兄，他们的爹拿钱叫他们去学艺。哥哥贪玩，什么也没学到，只学了几句花言巧语，他们的爹叫他搬到山那边去住。弟弟是个忠厚人，又老实，不分白天黑夜地学，学得一手好咚咚奎。听了他吹的咚咚奎啦，大人细娃儿都着迷了。他呢，还天天练，又练了一千零八天，他的咚咚奎越吹越好了。他对着花儿一吹，花儿更好看，更香。他吹斑鸠叫，斑鸠听到了，都一齐围拢来，跟着咚咚奎一起唱；他吹黄莺叫，黄莺听到了，都一齐围拢来，跟着咚咚奎一起唱；他吹大雁叫，大雁听到了，就从很远很远的地方，有的排成"一"字，有的排成"人"字，一齐围拢来，跟着咚咚奎一起唱。

　　春天的一个晚上，弟弟坐在洞旁，吹起咚咚奎，把鸟神感动了。鸟神急忙喊童子把他请进宫去，吹了三天三夜。鸟神欢喜昏了，天天摆席招待他。他走的时候，鸟神说："你的咚咚奎虽然吹得好，还不能感动地神，还要练。现在，我送一件东西给你，你带回家去再打开。"

　　弟弟回到家里，打开一看，是一支黄闪闪的铜咚咚奎，欢喜昏了。他拿起铜咚咚奎又去学兽叫。他天天学，天天练，练了一千零八天，他的咚咚奎越吹越好了。他吹山羊的叫声，山羊听到了，一齐围拢来，跟着咚咚奎一起叫；他吹鹿子的叫声，鹿子听到了，一齐围拢来，跟着咚咚奎一起叫；他吹獐子的叫声，獐子听到了，一齐围拢来，跟着咚咚奎一起叫……这样一来，猎人们都喜欢和他一起上山，四十八峒的猎人都来请他。

夏天的一个晚上，弟弟坐在峒旁，吹起咚咚奎，把地神感动了。地神急忙喊童子把他请进宫去，吹了三天三夜。地神欢喜昏了，天天摆席招待他。他走的时候，地神说："你的咚咚奎虽然吹得好，但还不能感动天神，还要练。现在，我送一件东西给你，你带回家去再打开。"

弟弟回到家里，打开一看，是一根银光闪闪的咚咚奎，欢喜昏了。他拿着银咚咚奎到阿蓬江边去，天天学，天天练，练了一千零八天，他的咚咚奎越吹越好了。他一吹，鱼儿听了，一齐游了过来；虾子听见了，也一齐游了过来；过了一会儿，螃蟹也一齐爬过来了；再过一会儿，千年老龟都爬上沙滩了。这样一来，渔民们都喜欢和他一起下河，四十八峒的渔民都来请他。

秋天的一个晚上，弟弟坐在峒边，吹起咚咚奎，把天神感动了。天神忙喊童子请他进宫去，吹了三天三夜。天神欢喜昏了，天天摆席招待他。他走的时候，天神说："你的咚咚奎虽然吹得好，但还得继续练，再练一千零八天，就到四十八峒去传艺。现在，我送你一件东西，你带回家去再打开。"

弟弟回到家里，打开一看，是一根金灿灿的咚咚奎，欢喜昏了。他拿着金咚咚奎天天练，越吹越精了。他吹风就来风，吹雨就来雨，咚咚奎就成了土家人的无价之宝。弟弟练了一千零八天，刚刚要到四十八峒去传艺，哥哥来了。哥哥一进门就说："弟弟呀，我们家出了你这样一位神人，我出门都一脸的光彩。"

弟弟不喜欢听那些花言巧语，没有理他，只是端个凳凳喊他坐。哥哥又说："弟弟呀，你有那么个宝贝，我们家可该发大财了。"

弟弟还是没有理他。哥哥又说："弟弟呀，你整天东奔西跑帮人家做事，自己也该娶个佑客①，过过安生日子。"

———————————————

①佑客：妻子。

"哥，早着呢！"

"早？你都二十出头了，你嫂子天天骂我，说我不管你，我今天就来给你说这事呢！"

"哥，等我到四十八峒去传完艺再说吧！"

"啥？传艺？你怎么那样傻？你这艺传出去，你那宝贝儿还值钱吗？"

"哥，你晓得这咚咚奎是哪里来的吗？它是天神赐给我们土家人的，我得把艺教给土家人。"

"好，那你教我吧！"

"哥，这艺可不是轻易学得到手的。"

"我一定好好学，春天练，夏天练，秋天练，冬天练，学不到手不放手。"哥哥装得十分诚恳，弟弟信以为真，就向哥哥传艺了。哥哥装起认真学的样子，他是想要弟弟那金咚咚奎的，他认为只要有了那宝贝儿，什么都有了。哥哥学了一会儿，就说："弟弟，把你那金咚咚奎借给我拿回去练吧。"

弟弟老老实实把金咚咚奎借给哥哥。哥哥把金咚咚奎拿回家，欢喜昏了，急忙把他佑客喊出来，对佑客说："你快准备着住进金銮宝殿吧！"

哥哥准备吹匠人修金銮宝殿的声音，可怎么也吹不像，吹来吹去都像秃鹰叫。一群秃鹰飞来了，叼走了院子里的鸡。佑客要去赶，哥哥说："别赶了，那几只鸡算什么？你等着吃山珍海味吧！"

秃鹰把院子里的小鸡全叼走了。哥哥知道自己没吹好，又换一个调吹。他想吹煮山珍海味的声音，可怎么也吹不像，吹来吹去像狼叫。山上的一群狼跑到家里，有的叼猪，有的叼羊。佑客搞慌了，叫他去打狼，他说："你喂那几只牲畜算什么？你等着过土王一样的生活吧！"

狼把圈里的猪、羊全叼走了。佑客气毛了，说："别吹了！要是吹得几只虎来，把人都咬了去，你才晓得那是啥子生活？"

哥哥听了佑客的话，也发火了，呼呼的喘着气。谁知，他的嘴对着咚咚奎，咚咚奎也发出呼呼的声音，就像是风箱在扯火。一会儿，屋当中升起一团大火，把房子烧了起来，越烧越旺，大火把天都烧红了。

弟弟看见山那边起了火，想吹来一阵偏东雨，把大火淋熄。可是，金咚咚奎遭他哥哥拿去了。他马上跑去，爬上山，才看清是他哥哥家起火了。他哥哥见起了火，搞慌了，丢下咚咚奎跑了出来，不一会儿，房子烧成了灰。

俗话说"真金不怕火炼"，这话一点不假。大火过后，弟弟从灰中把咚咚奎找出来，一看咚咚奎还是金灿灿的。

哥哥后来也得了这个教训，再也不敢偷奸耍滑了。从此，老老实实地学艺。

哥哥学会了，两兄弟各自走一方，去教别人吹咚咚奎，教会了千千万万的土家人吹咚咚奎。这以后，土家人逢年过节，都要吹咚咚奎了。

土家族民间故事

耍 耍

　　恩施市境内有一种传统民间歌舞，名字叫耍耍。

　　相传秦始皇坐了皇位，征抓民工修筑长城。只要去了，十有八九是回不来的，不是累死就是打死，不是冻死就是饿死。这一年抓夫的抓到施南府来了。卯山覃家寨有户姓覃的农户，男人身强力壮，堂客勤劳节俭。他们有一双儿女，男十女八，两兄妹最好玩耍唱闹，寨子里的人就叫他们"耍哥""耍妹"。这一天，姓覃的农夫让抓夫的人一绳子捆走了，被赶到北方去修长城。

　　整整过去五年不见丈夫回来，堂客思念男人，不幸染上重病，眼看一日重似一日，就把儿女喊到面前，说："妈的病怕是不得好了，我死以后，你们要去找爹，他就是死哒，也要把骨头找回来！"耍哥耍妹哭哭啼啼答应了。没几天，彭氏死了，兄妹俩埋了妈妈，出门找爹。不知翻了多少座山，不知蹚过多少条河，长城的影子都还没见呢！鞋子磨破了，打起赤脚板走；盘缠用完了，讨起米走。一天吃不上一餐饭，忍饥挨饿还是往前头走。

　　这一天，天快黑了，兄妹俩走到一个破庙外，就进去讨歇。庙里没有人，也没供菩萨，兄妹俩倒头就睡。陡然看到一个白发老公公走了进来，问他们到哪里去，为么子睡在这里？兄妹俩如实说了一遍，边说边哭。老公公一捋胡须，说："我教你们唱个调子，不管走到哪里，只要有人家，你们就唱，保管会有饭吃！"说完，老公公就教兄妹两个唱调子。耍哥耍妹聪明得很，一唱就会。老公公一走，兄妹两个醒了，才晓得是梦。两兄妹做一样的梦，好稀奇，一唱调子，两人唱的是一样的。从此，两兄妹就唱起这个调子往北走，走到哪里唱到哪里，只要人家听了，就给他们饭吃。

走哇走哇，唱哇唱哇，兄妹俩终于到了长城。长城高高大大，脚下白骨遍地。兄妹俩边找爹爹，边唱调子谋生活。唱第一天，太阳不敢露脸；唱第二天，月亮没有亮光；唱到第三天，山上的青草枯黄了。陡然，一堆黄土炸开口子，土里有个男人尸骨。耍哥耍妹认出是爹爹，就包了爹的骨头沿路往回走，边走边卖唱，一直唱到恩施屋里。

家乡人听到这个调子，觉得唱得也好，听也好听，就都学着唱。人们都说，这调子是耍哥耍妹传来的，就叫"耍耍"。

附　记：

"耍耍"是鄂西恩施流传的一种民间表演艺术形式，一般由一男一女表演，且歌且舞。曲调有曲牌，舞蹈有程式。其曲调优美动听，声腔高亢。歌词多为现场编唱，恩施民间有耍耍传统唱本。"耍耍"的表演不择时间、地点，而且深受群众喜爱。

土家族民间故事

门口挂艾蒿

每年农历五月初五，鄂西山寨农家的大门两边各挂上一把青乌乌的艾蒿草。说起这个风俗，还有个来历。

传说唐朝末年，黄巢造反做了皇帝，西南一些地方还不曾归顺他，黄巢就派手下的八大王领兵进剿。兵到鄂西后，八大王把这里的人都当成蛮子，只要打破一个寨子，就把寨子里男女老少的脑壳都给砍了。

有一天，八大王领兵攻打蛮王寨，走到一道山槽里，天上飞来一群黄蜂，在八大王和兵马脸上、身上乱螫，直螫得这些人毛焦火辣，浑身肿得水桶粗。八大王军中没人会医治，只得眼睁睁地你看我、我看你受活罪。

这时候，山槽里走来一个妇人，背上背个细娃，手里牵个细娃。兵丁把妇人捉住，解到八大王面前，要她帮忙治病，不治就要杀人。妇人没法，只好应承。她在草丛里扯了一把青乌乌的草，喂到嘴巴里嚼烂，把嚼烂的药泥敷在八大王的伤处。没一会儿，八大王就觉得疼痛轻了许多。八大王感激不尽，又让妇人给兵丁治伤。妇人忙哒一会儿，八大王就问她说："你带两个娃儿到哪里去？"妇人说："躲兵灾，细娃的爹让八大王的兵杀哒，我带细娃儿去投亲戚。"八大王说："我就是八大王！"妇人说："那你就把我和细娃都杀了吧！"八大王心里过不去，就说："你心肠这么好，本王不杀你，只想晓得你用么子草治伤的，那草是么子颜色？"妇人说："是艾蒿草，颜色青乌乌的。"八大王说："你回蛮王寨里去，在门口挂一把艾蒿草，我叫兵丁不杀你，不进你的屋！"接着，八大王又传令兵丁，进了蛮王寨，遇"青"不进屋。妇人记到心里，五月初五这一天，她把挂艾蒿草的事挨家挨户告诉乡亲们。各家各户便都挂了一把青乌乌的艾蒿草。蛮王寨被八大王攻破后，兵丁冲进寨子里，遇"青"不进屋，好多乡亲都脱了灾星。

从此，大门口挂艾蒿草的习俗就传下来了。

附　记：

这个故事流传较广，大都是说发生在黄巢身上。其中妇女所抱的孩子，或说是其丈夫的前妻所生，或说是哥哥家的，或说是邻居家的，或说是逃难的路上拣来的。只有武当山地区把这一故事附会在李自成身上。他当年曾驻军在这一带，影响大，故有如此变异。

正月十五赶毛狗

　　很早很早以前，山里头有一个蛮好的地方，到处是金竹、水竹、紫竹，还有桂竹、苦竹。有户屋前屋后都是竹林子的人家，茅屋里只有兄妹两人。哥哥是个老实厚道、勤勤快快的小伙子，长得笃笃墩墩的；妹妹是个心灵手巧、大大方方的大姑娘，长得标标致致，用当地土家人的话说：她是个长得蛮乖，逗人喜欢的姑娘娃子。

　　有个毛狗子想变成人，它听说喝了人血就能变成人。每天晚上在茅屋周围转来转去，天亮时才走开。

　　有一年正月十五，哥哥给父母大人上坟送亮去，走到河边下，看见毛狗坐在水竹林边上的枯岩包上，可怜巴巴地望着他说："好心的哥哥，背我过河吧！"

　　好心哥哥心软了，二话没说，背起它就下了河。等哥哥把毛狗背到河中间，毛狗扑在他背上，咬断了他的喉管，喝干了哥哥的血。毛狗满以为这回喝了人血就会变成人了，它赶忙趁着月光，在水里照了照，可怜水里那个影子没一点儿人相，它又穿起哥哥的衣裳再看，还是不像人。

　　第二年正月十五又要送亮了。哥哥不在哒，妹妹只好去送啰。

　　姑娘来到河边，正要过河，忽然听到不远的地方有说话的声音，仔细一听，才听清白："大姐，大姐，您看我像不像人，像不像人哪？"姑娘寻声望去，看见一个身上穿着人的衣裳，脑壳上顶个骷髅子壳，屁股后头拖着条大尾巴的东西坐在水竹子边下的岩包上，正望着她，过细一看，原来是条毛狗。姑娘看它那样子，人不像人，狗不像狗的，就说："像你×的鬼哟！"姑娘也没敢送亮，赶忙转身喊："快些来看毛狗子精啰！"住在屋边头的人家听到姑娘的喊声，打起灯笼火把咋咋呼呼地赶起来了，毛狗吓得朝山上跑起去哒，一眨眼，连影子都没看见了，人们问姑娘是哪门回事，姑娘把她听到、看到的情形一五一十地告诉人们。

人们听了之后说："这毛狗想变成人哒害人！""得亏你说它像鬼，要不然啦，它当真会成精变人来缠你哟！""兴许，当真是个毛狗精吧！不是精，它又哪门怕火的呢？灯笼火把一照，它就不见哒。"

姑娘说："不管它是个什么子，反正都得防备点子。"大家都觉得她说得蛮在理，是该小心点！

这毛狗子变不成人，以为是姑娘没有跟它把话圆好：不该说它像鬼哟！毛狗子恨不得把那姑娘吞掉。有一年的正月十四，天还没亮，就想去咬死那姑娘，让姑娘过不成十五，给她爹妈送不成亮！它刚刚来到姑娘的屋边头，鸡子就叫了，迟不叫，早不叫，人们就要起床了，它哪门还敢下手呢？毛狗子这时又恨起鸡子来哒，怪鸡子不该这么时候喊醒人们哟。从那时候起，毛狗子见到鸡子就咬。人们听见鸡子叫唤，拿起灯笼火把一晃，毛狗就跑得不见了。灯笼火把一熄，又听见鸡子凄惨的叫声。人们只好打着灯笼火把跟到血迹赶，赶到竹林子就看到毛狗的藏身处啊！人们气得没法，真想把竹林子砍个溜溜光，可转身一想：怪竹林子也没得道理。但灯笼火把不熄也不是个事啊！

正当大家为难的时候，那个姑娘想出了个主意。人们照姑娘的主意拣了一大捆干柴，还砍了几根竹子拖到显眼的坡上、山头上、河边上，架起一堆堆大火，人们围着火堆咋咋呼呼地喊着："赶毛狗，赶毛狗，把毛狗赶到山后头……"

土家族民间故事

　　人们赶毛狗的喊声，加上竹子燃烧时的爆炸声，那场景才叫热闹哟！

　　赶毛狗的时候哪门要烧竹子的呢？那是竹林里躲过毛狗哕！到如今，不是还有屋边下栽竹子喜欢逗毛狗子来的说法吗？

　　打从那以后，山里就有了正月十五赶毛狗的习惯了。

西兰卡普

　　从前，湘西土家族有个美丽聪明的姑娘，名叫西兰。西兰从小就学会了织布，到了十五六岁时，她已经织得很好了。每织成一匹布，邻近的人总是看了又看，摸了又摸，往往为了看西兰织的布忘了回家去做工夫①。远近人家，有布都争着请她织，西兰都不推辞，她要把布织得逗人喜欢。

　　春风吹来了，百花盛开了，土家寨子到处开满了鲜花。西兰坐在机头上，对着那么多美丽的鲜花，越看越喜欢，越看越出神。心想：我家里有五色丝线，怎么不把那些花嵌在我的布面上来呢？她立即从园里摘来一朵最漂亮的花插在机头上，配着五色丝线，用针挑数着纱子，望着美丽的花儿，一朵一朵地织起来了。

　　一机花布织成了，西兰把它称为卡普。颜色和花瓣都像真的一样，她把它挂在机头上，远远望去活像一朵朵真的花开在布面上，春风吹过，能散发一阵阵的香味，不一会儿，蜜蜂飞来了，粉蝶也飞来了。蜜蜂在花上嗡嗡地唱歌，粉蝶围着花儿翩翩起舞。西兰高兴极了，她把自己看到过的花，一朵一朵地都织在卡普上，五颜六色的挂满一屋，真像一个百花盛开的小花园。

---

①工夫：做事情，如农活、家务事等。

土家族民间故事

美丽的姑娘织出这么多漂亮的花布，远近的邻居都来看，他们简直看着了迷，一个个恋着不想回去啦！远近的后生们也弄得神魂飘荡起来，都想娶西兰做妻子。西兰呢？她一心一意地织花布，并没有把这些事放在心上。西兰的阿爸呢，也看不中这些后生家。他想：自己苦了一辈子，女儿可不能再受苦了，应该把西兰嫁到大户人家去，有吃有穿，有田有地，过好日子。

西兰只顾织花布，没有答应后生家的婚事。又过了两年，西兰把看到过的花都织完了，她想：世间这么大，我没有织过的花一定还多着哩，于是就去问邻居老妈妈："世上还有什么花我没织过呢？"

"没有，没有！世上的花你都织完了。"老婆婆总是摇摇头。

西兰又去问隔壁的大婶，大婶摇摇手说："你织的花，比我看见的还多！"

西兰问遍了寨里人，可是没有人能说出一种更美丽的花名来。西兰苦恼极了，但她没有灰心，还是见人就问。一天，一个白胡子老公公来了，指着西兰家后园的白果树，笑着对西兰说："姑娘，你不是要把世上最美丽的花儿都织上吗？为什么不把这开得最鲜艳的白果花织上呢？"

西兰高兴极了，连忙问："老公公，白果花是什么样的呢！我没见过。"

老公公摸摸雪白的胡子，对西兰说："这花呀，半夜才开，只有最聪明最有耐心的姑娘等着她，她才开放哩！"

西兰真的这样做了，半夜就悄悄地开了房门，走到后园，坐在白果树下，等着等着。等到鸡叫三遍了，冰凉的露水打湿了她的头发，白果树还是静静地"站"着，就是不开花。天快亮了，东方出现了鱼肚白，看样子白果树今晚不会开花了，西兰失望地走回房间去。

西兰相信白胡子老公公不会骗她，第二天和第三天夜里又到白果树下目不转睛地望着，白果树还是没有开花。西兰的嫂嫂是个好吃懒做、喜欢搬弄是非的女人，看见西兰织出了那么多美丽的卡普，人缘又好，心里早已不自在。近来，她看见西兰心神不定，晚上不回房，以为西兰会情人去了，便对阿爸说:"你看西兰哟!日里心神不定,夜里又不回房,不知道去做什么去了。"

阿爸气炸了,决定晚上去看个明白。第四天晚上,家里人都睡了,西兰还像前三天晚上一样,偷偷地出来,坐在白果树下。白果树还是不开花,西兰自言自语地说:"白果树,开花吧!让我看着世界上最美丽的花!"

突然,树叶沙沙一响,转眼间,满树都是一簇簇洁白的鲜花,西兰好高兴,凝神望着鲜艳的白果花,又爬到树上,摘了最美最大的一朵,准备第二天织到布上去。

这天晚上,阿爸喝醉了酒,跌跌撞撞地走回家来,一敲门,没见西兰出来。嫂嫂说:"阿爸!你家西兰又到后园等什么人去了?"阿爸醉得稀里糊涂,气冲冲拿起一把刀向后园走去,只见西兰开始是那样痴痴地坐着等什么,一会儿又听到叽里咕噜说些什么,一会儿又看到西兰兴致勃勃地走了回来。阿爸火气更大了,真的以为西兰做了丑事,心想:女儿做了丑事,阿爸没脸见人!气得拿起刀,把西兰砍死了。

可怜的西兰倒在血泊里。阿爸的酒也醒了,定眼看时,才发现血泊中有一束美丽的白果花,他情不自禁地流下眼泪。可是,后悔也来不及了。

西兰死后的第三天早上,阿爸端着碗,饭也咽不下,忽然飞来了一个拇指大的鸟儿,站在阿爸的碗上直叫:

> 后园白果开花,
> 嫂子是非小话。
> 阿爸错把我杀,
> 死在白果花下。

接着,连续叫几声"戚戚恰恰"。嫂子见了,把鸟赶了下去。阿爸吃完饭,它又飞上来,倒挂在炕上叫,嫂子又把它赶下去;它又站在机头上叫,一直叫了三年。父亲痛苦万分,为了纪念女儿,不忘自己的过失,阿爸便把

西兰织的花布做成一床被子来盖，意思是说他们父女俩仍然在一起，这样，小鸟儿才飞到深山里去了。但是每当白果花开的季节，一到深夜，便传来悲切的"后园白果开花"的叫声，一声接着一声，老人听了，低头叹息，姑娘们听了，都要掉下几滴同情的眼泪。左邻右舍的人看到那美丽的花朵，就会想起聪明的西兰，为了纪念她，都叫自己的女儿从小学织西兰卡普，并把它做成被子，当作女儿最珍贵的嫁妆。

日子久了，土家的被盖就叫作西兰。花被面就叫西兰卡普。土家姑娘出嫁的时候，没有一个不会织西兰卡普的，西兰卡普上的花朵，都是世上最美丽最难见的白果花。

慌张踏夺

　　湘西龙山一带的深山中，有一种鸟，灰褐色羽毛，黑喙，短尾，常常傍晚时觅食。白天，它总蹲在巢内，不停地向那些山中干活的人叫着："慌张踏夺①，慌张踏夺。"这是什么意思呢？这里有个传说。

　　古时候，嘎嘎寨有这么两兄弟，哥哥叫格拉，勤快麻利，心肠又好，是个老实人。弟弟叫嘎多，是个乌梢蛇钻屁眼也懒得扯的家伙。嘎嘎寨的人都欢喜格拉，厌恶嘎多。

　　山里人都心痛幺儿幺女。阿爸阿妮也很惯侍②嘎多。每天，太阳晒屁股了，嘎多才从牙床上爬起来，脸也懒得洗，就到锅子里抓饭吃。阿爸叫他做点家务事，他总是得一下挨一下。早晨，他对自己说："慌张踏夺，一天的日子还长得很哩！嗨③一下再讲。"中午，他又对自己说："慌张踏夺，还有半天。"到了晚上，他又对自己说："慌张踏夺，今天去了有明天嘛。"这样一天推一天，结果什么事也没有做。

　　后来，父母都去世了，兄弟两人分了家。因为有些事不做不行，尽管他

────────────

①慌张踏夺：土家语，不要忙。
②惯侍：方言，溺爱。
③嗨：方言，玩耍。

仍然是得一下挨一下，总比先前要勤快一点了。

转眼间，春天到了。格拉没有牛，就和寨子里的人斟工，三个人工斟一个牛工，这样把自己那几挑①田犁好、耙好，还下了谷种。嘎多的田里一点儿动静也没有，去年的谷子蔸蔸还一个个立在那里。一天早上，太阳都当顶了，格拉走到嘎多门前，谁知嘎多还在打鼾！格拉使劲地敲门，把嘎多喊醒后，走进屋对嘎多说："老二，春天是抛粮下种的季节，你还有心思睡觉？你的田也没整，还不快去借牛把田耕好？"

嘎多擦了擦眼皮，嘟嘟囔囔地说："慌张踏夺，慌张踏夺，反正日子还长，何必急到这几天？"说完又睡觉去了。

格拉眼看劝不转他，就连夜借了头牛，把嘎多的田整了，也下了谷种。

到了插秧的季节，寨子里家家忙着插秧。格拉插完了自己的田后，又去叫嘎多插秧。谁知嘎多偏起脑壳说："慌张踏夺，秧子迟三五天不要紧。"这样，格拉只好又替他把秧插完了。

月亮圆了三回，也缺了三回，田里的谷子慢慢地黄了。插秧早的人家都打起谷子来了。格拉又和人家斟工，先帮人家打几天，再请人家帮自己打。天天都是鸡叫二遍出门，擦黑一阵才收工。好容易把自己田里的谷子收回家来，人都瘦了。

好心的格拉尽管累得莫奈何，心里仍然挂牵着嘎多的田。他走到嘎多屋里催促他，嘎多摆了摆手，不慌不忙地说："慌张踏夺，慌张踏夺，谷子迟几天打要么子紧。"

又是几天过去了。所有田里的谷子差不多收完了，就剩下嘎多田里的谷子还在晒太阳。后来，谷子熟透了，风一吹，就噼里啪啦地打落到田里。格拉又去催嘎多赶快打。嘎多还是说："慌张踏夺，慌张踏夺，再等几天也不迟！"

---

①挑：约等于四分之一亩。

眼看金灿灿的谷子就要糟蹋掉，格拉只好拖着个风筝架架一样的身体去打谷子。还没割得几抱禾抱子，就哇哇地吐起血来。格拉倒床了，嘎多田里的谷子再也没有人去收。那些麻雀、老鸹们一拨一拨地飞到田里，连吃带糟蹋，没有好久，田里的谷子就被搞光了。

这时，嘎多分家时的米也吃完了。一天早上，他饿得再也睡不着了，就想到格拉那里去借米。他拿起小簸箕时，心里又懒得动，就对自己说："慌张踏夺，等会儿再去借吧。"到了中午，肚子饿得咕咕叫，他又拿起小簸箕想去借米，走到门口，又懒得动了，对自己说："慌张踏夺，等夜里再去借吧，一天吃一餐饭，少好多麻烦事！"到了晚上，眼睛都饿花了，这回硬得去借米了。他拿着小簸箕走出了大门，用手扶着门前的那棵小梨子树，定了定神。他又不想走了："慌张踏夺，天都黑了，还借么子米啰！明天再去。反正再饿一两顿也饿不死人的！"他又回到屋里，把门一关，睡了。

这样今天推明天，明天推后天，嘎多终于没有去借，最后就饿得冰凉梆硬了。他死后，变成了一只麻扑扑的鸟。每天仍然固执地重复着他的老调调："慌张踏夺，慌张踏夺……"说起来也怪，嘎多虽然饿死了，但嘎多变成的鸟却偏偏活下来了。一代又一代，直到今天，湘西一带的山里仍然还有这种鸟。整天"慌张踏夺，慌张踏夺"地叫个不休哩！不过，很少有人信它的话了。

土家族民间故事

灶王菩萨

土家人敬重灶王菩萨，那是有缘由的。

从前，有一个叫赵四的员外，妻子害病早就死哒，留下女儿金枝，从此，父女二人相依为命。金枝姑娘出生富豪人家，父亲过于宠爱，从小脾气就十分倔强，成年之后经常顶撞父亲，因此，父女俩关系也越来越紧张。

一天，父女二人冬闲无事，坐在火炉旁一起剥板栗，女儿剥出来的板栗籽颗颗黄金亮色，而父亲剥出来的不是霉的就是烂的，父亲叹了口气，自言自语地说："我剥的尽是烂的，哪门就这么倒霉！"

"爹，这就叫由命不由人。"女儿一嘴接过去。赵四本来就一肚子怨气，听女儿这么一说更是火上加油，可又不好发作，坐在那里直生闷气。正在这个时候，一个叫花子来哒，在门外直喊："主人家，讨个打发啰！"赵四开门一看，门前站着的叫花子是个二十来岁的年轻人，一身破破烂烂，满脸麻子坑坑洼洼，头上是一脑壳的癞子，没得一根头发，全是皮翻翻的疮疤，硬是讲有好丑就有好丑。看着叫花子，赵四好像找到了嘲弄女儿出口恶气的由头，他转身对女儿说："金枝，你不是讲爹由命不由人吗？那我就把你许配给门前的这个叫花子，你的命好，还怕没有个翻身之日？"女儿见父亲如此戏耍自己，那股犟劲儿一冲就起来哒，她气冲冲地走了出去，对叫花子说："我爹要把我许配给你，那我就嫁鸡随鸡，嫁狗随狗。从今往后就是你的人哒，跟着你去讨米。"叫花子听她这么一讲，以为是金枝在嘲弄他，想回应几句又没得那胆气。赵四见叫花子没作声，就说："年轻人，我真的是把女儿许配给你，这自古儿女无戏言嘛！"金枝这时拉起叫花子就要同起走。赵四见女儿决意要走，又补了句："好！我女儿有志，不过我送你十两白银、一匹好马作为嫁妆。"金枝牵着叫花子的手，头也不回地对她爹说："算哒，古人讲得好，好儿不要押钱地，好女不穿嫁时衣，银两、马匹你都留着自个儿用吧！"说完扬长而去。赵四见女儿真的走哒，气得双脚乱跳，指着女儿的背影大声吼叫着："你走，你走，以后就永远莫回来哒！"

金枝跟着叫花子一路乞讨，到了下半天时，金枝就走不动哒，爬进半山腰中的一个岩洞里去歇气。进洞后他们觉得这岩洞还干燥、宽敞，就打算在那里过夜。叫花子从洞外捡来些干柴生火，抱来一些干草打铺，红着脸很不好意思地对金枝说："真是委屈了娘子，今晚看来只好在这里过夜了。"金枝说："夫君，不管怎么样总是我们的新婚之夜，不请亲朋，不摆宴席那都是一样的。你到山上去后，我到洞内转了一圈，发现那里头有一股清泉，何不好好地洗个爽身澡，再好好地睡上一觉。"听金枝这么一说，叫花子在洞内找到那股清泉，脱了破衣裤舀着泉水冲洗身子，顿时觉得全身都格外舒服、清爽。叫花子洗了个爽身澡回来，金枝一看眼前站着的哪是先前的那个叫花子，分明是位仪表堂堂的俊儿郎。就在当夜他们插草为香，拜了天地，相互依偎着一直睡到第二天清早。醒来时，太阳光已照进洞中，映射在洞深处，发出无数闪闪亮亮的金光。夫妻俩觉得稀奇，走到那里一看，哎呀，是一堆金银财宝。

洞中得宝后，夫妻二人背起下了山，在一大镇上买了地、修了屋、开了店。两口子恩恩爱爱，有商有量，结果日子越过越红火。

再说赵四气走了金枝后，痛悔万分，整日茶饭不思，家业无心打点，没几年工夫，赵四就成了身无半文的穷光蛋，沦为了叫花子。那天，赵四讨饭来到金枝住的那个大镇上，见有户富豪人家高楼大厦，便上门想讨顿饱饭吃。刚来到大门前，女儿就认出了自己的父亲。她连忙把父亲扶进屋，父女二人抱头痛哭一阵后，女儿一边取出若干新衣让父亲洗了澡换上，一边吩咐家人置办酒席孝敬老人，还派人去喊夫君快回来拜见丈人。

父女团圆，皆大欢喜，原先父女之间的口角言语早已烟消云散。让赵四不解的是先前那个丑得不能再丑的年轻人，怎么变成了眼前这位一表人才的俊女婿的？女儿知道父亲心里想问么事，就把那天赌气出家门宿山洞所发生的事都告诉了赵四。

入夜，赵四躺在女儿屋里的雕花床上，盖着绣花棉被，心里总觉得自己当初对女儿实在有愧，无颜面对女儿的孝顺、女婿的敬重。他长叹一声，从床上爬起来，来到灶前，点火烧死了自己。后来天上玉皇听说了赵四的事，对他知罪尚悔、敢于自责自罚的行为很是感动，又因他姓赵在灶前升天，便封他为赵（灶）王爷。久而久之人们便称"赵王爷"为"灶王爷"或"灶王菩萨"了。

鸡儿报仇

从前，有一只母鸡，抱出①了十来个小鸡鸡儿，都很可爱。鸡儿围着自己的母亲左蹦右跳，十分亲热。

有天晚上，突然一只凶狠的野猫从窗口窜下来，一口将它们的母亲叼走了。可怜的小鸡们伤心地哭叫着，但无法救出自己的母亲，只是干着急。它们恨死了那凶狠的野猫，大家商量，长大了，定要报仇。

一日三，三日九，鸡儿们长大了，个个把嘴子磨得尖尖的。有天晚上，大家商量好报仇的办法，就出发了。

它们朝着野猫住的地方走去，在小路边遇到一颗板栗子，板栗子问它们："大哥、大姐，你们这么早上哪里去？"鸡大哥说："哎，小弟莫提了，我们是报仇去的。"板栗子听了非常同情，说道："我和你们一起去！"

又走了一段路，碰到一堆牛屎，牛屎向它们打招呼："大哥、大姐，你们到哪里去？"鸡大哥把情况讲了一遍，牛屎大哥也和它们一起去了。

大家来到一条小溪旁，溪边有个洗衣棒头。棒头见来了这么一大群鸡，吃了一惊，便问："大哥、大姐们，什么事使你们这么早赶路呀？"鸡大

---

①抱出：孵出。

哥又把事情经过重复了一遍，棒头顿时火冒三丈："哪有这么不讲理的东西！"也跟着它们上了路。

过河时，一个大螃蟹见它们怒气冲冲的，便迎上前来问话，它听鸡大哥一讲，也很不平，主动要求和它们一起去。

走呀走，眼看到了野猫住的地方，这时，又碰到一根针，针听了它们的讲述，认为野猫坏，也帮助它们一起去报仇。

这时，天已经亮了，野猫家到了，它们分工，各把一处，针插在凳子上，螃蟹坐进水缸里，板栗子躲在火炕里，棒头挂在门上边，牛屎守在门口，一群鸡就在窗口上叫个不停。

刚好野猫醒来了，一听有鸡在叫，四处一看，看到鸡在窗口上叫，心里很高兴，自语道："口福好，一早有食上门，今天让我饱吃一顿。"野猫赶快爬起来，穿衣，刚坐在凳子上，针一下锥进了它的屁股，痛得它叫起来，想点亮看看，到火坑里找火子，刚一取火，只听得"嘣"的一下，板栗子炸得它一脸灰，眼睛也睁不开。它到水缸边找水来洗，伸手去舀水，螃蟹一口咬住它的手不放，痛得要命，心想："今天怎么了？"但还有鸡吃，顾不得痛，就闭着眼睛往外冲。刚一开门，那棒头打下来，脑壳上打肿起了包，为了吃鸡，野猫也顾不上去摸了。刚蹦出门，一脚踩到牛屎里粘得紧紧的、扯也扯不脱。那一群鸡跳下窗户，迅速围上来，你一嘴，我一嘴，把这个凶恶的野猫啄死了。

这时，天大亮了，一群鸡非常感谢针、板栗子、螃蟹、棒头、牛屎的帮助，它们报了仇，欢欢喜喜地回家去了。

怕"屋漏"

老虎和猴子凭天作证，结拜成兄弟。

一天，老虎看到山下有户人家喂了一头大肥猪，喜欢得不得了，心想：要是我和猴子老弟把这头肥猪偷回来，一定吃得几餐饱的。但它仔细一看，这猪栏隔房子近，青天白日很难偷，不如回去和猴子老弟商量商量，等天黑哒再来。不巧，天黑时落起雨来。老虎讲："落雨哒，不好去。"猴子讲："下雨响声大，更不容易被人发现。"老虎讲："要是万一被人看见，怎么办？"猴子讲："万一被人发现，你有四只脚，跑得快，不要紧；我只两只脚，脚又短，跑不快，不好办。"老虎讲："这不要紧，我用棕索一头捆到我腰上，一头捆到你的颈根上，要是有人来哒，你跳到我背上，我背起你跑。"猴子答应哒。走到山坡上，两个先偷偷到窗户下看，里面两位老人正在剁猪草。老婆子讲："今朝雨好大呀！"老头讲："雨大怕么子，我只怕'屋漏'。"老婆子讲："'屋漏'不要紧，你把刀磨快些再讲。"

老虎听了对猴子讲："老弟，干不得，这家老人都怕'屋漏'，在磨刀，不晓得这'屋漏'是么子怪物？干脆算哒！"猴子讲："不要紧，怕死哪有好的吃！那边有蔸大树，我爬上去放哨，要是'屋漏'来哒，我把索子扯几扯，你就带起我逃跑。"老虎一想：要得，就这么干。猴子几下爬到树上头，抬头一看，正巧一个雨点落进眼里。它不自觉地甩了甩头，扯动了索

子，老虎以为是"屋漏"来哒，扯起腿子就跑。也不晓得跑了多远，老虎才停下来，没看见"屋漏"赶来，才转身看索上捆的猴子。只见猴子龇牙咧嘴地扒在地上，好像在笑。老虎生气地讲："老子累死了，你还笑得起！"见猴子没作声，老虎走到猴子跟前一把揪住猴子的耳朵讲："你装聋！"猴子还是不作声，老虎仔细一看才晓得猴子早被拖死哒。这时老虎才痛哭道："哎呀，我的老弟，你的胆子怎么比我还小，'屋漏'一来你就被吓死哒！"

锦鸡长得乖

有一天，大象、野猪、狐狸、猴子一同在小溪沟里喝水。大家看见水中映着的身影，都觉得自己的相貌太丑，心想能有人把自己的丑样子变乖就好了。后来真的来了一个神仙，专门修整丑相的。大家知道后就邀约了去找神仙。

神仙站在一株又高又大的古树下，高声说："你们自动排队，哪一个最丑就站在前面，我给它先修整。"好一阵子不见它们排队。原来它们平时都觉得自己丑，想有人来帮助修整，到了真的要修整的时候，却又怕"最丑"二字轮到自己头上。

狐狸最会耍小聪明。它见大家都不站最前面，就指着大象说："我看象大哥拖着长鼻子实在太丑了，还是你站在前面吧。"

大象听了忙说："我不算太丑，猴子小弟太难看了，还是它站前面好。"

猴子双手捧着小脸，眼皮翻了几下说："我倒还差不多，野猪二哥太丑了，还是它站前面好。"

野猪一听更不服气，指着狐狸说："狐狸大嫂你样子又丑，身上又臭，真是难看难闻，你站前面最好。"它们谁都不肯站前面，你推我，我推你，乱成一团。

土家族民间故事

神仙一见这场合就冒火了，说："你们知丑又怕丑，都不肯站前面，没得真心修整，我就走了。"有一只黑毛鸡站在树上听得清楚，它想自己丑就是丑嘛，要想整乖，怕丑怎么行？它一翅飞到神仙面前，哀求道："大仙，我最丑，请先给我修整吧。"

神仙笑了，讲："你知丑，又不怕丑，真心要求整乖。我给你修整吧。"不一会儿，这只满身乌黑的丑鸡，被打扮成了一只五彩缤纷的锦鸡。

斗　狼

有一只豺狗子①饿糟②哒，到处找东西吃，找来找去才碰上一只蛤蟆。豺狗子张口就咬，蛤蟆慌忙说："豺狗大哥，莫忙吃我。你要吃我还不容易吗？我想和你比一下本事，我输哒，你再吃行吗？"

豺狗子说："哼，你这个小小蛤蟆，敢跟我比本事，真是笑话，比就比！"

蛤蟆说："这里有条沟，看哪个先跳过去。"豺狗子看那条沟只有丈把宽，心想：这不在话下，说："跳就跳。"蛤蟆说："我站在你后头，我喊一、二、三，你就跳。"豺狗子摆好架势，蛤蟆就喊："一、二、三。"豺狗子一纵步就跳过了沟。它的脚刚落地，蛤蟆却站在它前面说："我先过来！我先过来！"原来蛤蟆是咬在豺狗子的尾巴上，豺狗子跳沟时尾巴一翘，它顺势飞到了豺狗子的前面去哒。豺狗子一看，气糟哒。它正想扑过来咬蛤蟆，哪晓得前腿陷进了岩缝里，半天扯不出来。等它把腿扯出来，蛤蟆早跑得不见影子哒。

豺狗子和蛤蟆比本事，被在旁边吃草的驴子看得一清二楚。驴子见豺狗

---

①豺狗子：狼。

②糟：指事情或情况坏，不好。

土家族民间故事

子上了当，忍不住笑出了声。豺狗子一肚子气没得出处，见驴子在笑它，就一步跳过来要咬驴子。驴子说："豺狗大哥，你要吃我，就看我屁股后面长没长红筋。如果长了，我就有肉；如果没长，我就没得肉。"豺狗子信以为真，就转到驴子的屁股后头去看。驴子后腿一踢，把豺狗子踢出丈多远，一只眼睛也被搞瞎哒。趁豺狗子揉眼睛的时候，驴子飞起腿就跑哒。

豺狗子正在那里又痛又气，一匹红马看见哒，就说："豺狗大哥，你往天那么狠，今天哪门上当哒？"豺狗子一见红马在看它的笑话，扑过来就要咬。红马说："莫忙莫忙，我早迟还不是你的下饭菜嘛。我今天要去给主人家接新媳妇，他们给我准备了好多好吃的东西。有猪肉、鸭子、鸡子，还有些我叫不出名儿。豺狗大哥，干脆我把你也带去吃一顿。"豺狗子说："那不行，他们都认得我，看见我就要打的。"红马说："不要紧，我有办法。我用块布蒙在你的脑壳上，背在我背上，他们就认不出来哒。"豺狗子一听，欢喜糟哒。红马找来一块布蒙在豺狗子的脑壳上，背起就走。背到一群人跟前，红马直喊："我背上是个豺狗子，你们快打呀！"豺狗子一听，梭下马背就想跑。那些人有的拿棒棒，有的拿锄头，几下子就把豺狗子打死哒。

喜鹊、斑鸠和知了

喜鹊和斑鸠原是姐妹俩，斑鸠是姐姐，喜鹊是妹妹，姐姐懒惰贪心，妹妹勤快聪明。姐妹俩渐渐长大了，该成家啦。每天，喜鹊从很远的地方找来树枝和杂草，在大树上造楼房；斑鸠呢，成天东逛逛，西荡荡，心想：有那么些时间去修房子，不如多玩一玩。哼，淘神费力的，我才不干呢！

花谢了，山绿了，夏天到了，该养儿育女了。喜鹊住在温暖、舒适的家里，成天都在"喳喳喳喳、哈哈哈哈"地笑着，日子过得非常快活。斑鸠呢，这时候才开始想到应该有个家，可是她懒惰惯了，仍不打算自己动手，怎么办呢？她想到了喜鹊妹妹不是有房子吗？就想去借来住一住！

斑鸠来到喜鹊家里说明了来意，喜鹊高兴地说："喳喳喳喳，姐姐来了！姊妹团聚，好啊好啊！"一连几天，喜鹊都把斑鸠当贵客看待，好饭让她先吃，好床让给她睡。但是贪心的斑鸠仍不满足，她一心想霸占妹妹的家。这天，喜鹊打食回来，看见斑鸠叉着腰站在门口不许进去，还蛮横无理地说："咕咕咕咕，这里我住！妹妹勤快，另去修屋！"喜鹊肺都要气炸了，天下还有这样的道理吗？喜鹊说："喳喳喳喳，姐姐说啥？不劳而获，脸放在哪？"姐妹俩争得满脸通红，一个要进去，一个不让进，争执不下。后来斑鸠仗着自己力气大，扑过去打了喜鹊两巴掌，于是姊妹俩打起来了。

这时候一只知了从这里路过，姐妹俩都去请知了评理。知了不耐烦地打断她们的话说："我叫知了，听我劝告，老人之言，不错分毫，屋归斑鸠，喜鹊另造，自古以来，能者多劳！"

斑鸠高兴极了，连忙附和道："咕咕咕咕，道理充足！喜鹊快滚，这里我住！"

喜鹊气得胸脯一鼓一鼓地，腔调也变了，说："喳喳喳喳，满嘴鬼话！强词夺理，还是自夸！"

争论没有结果，姐妹俩同去找鸟王凤凰评理。

凤凰说："唧唧唧唧，真是稀奇！惩恶扬善，才是公理！"于是提起笔来，下了一道诏书，诏书内容是：喜鹊勤劳，理宜奖励；楼房该住，有法可依。斑鸠霸道，伤害公理，刺蓬草棵，树充枕席，知了无知，贬为虫籍，食土三载，短命七夕。永生永世，无须变异！

老鼠子嫁姑娘

　　腊月二十四日忌推磨和舂碓，在我们这儿差不多大人小孩都晓得这回事。传说，这一天是老鼠子嫁姑娘的日子，哪家哪户如果犯了忌，第二年这家人户就会被老鼠子闹得文不安武不慰①。俗话说：你闹它一天，它闹你一年，就是这么来的。

　　传说人间还没有养上家猫子的时候，老鼠子根本不怕人，只是因为它们自己做不来衣服，赤身裸体，害羞怕丑，白天不敢出世，只好躲在地洞里。

　　有一年，老鼠子王国的国王养哒个乖姑娘，娇滴滴的，含在嘴里怕化哒，捧在手里怕飞哒。据说老鼠子国王嫁姑娘的那年，前三个月就请起王国中算命算得最准的算命先生进宫殿翻甲子，一百二十个甲子②都翻完哒，才选到个良辰吉日，就是腊月二十四日。

　　婚期定下以后，老鼠子国王给皇亲国戚下请帖，准备热热闹闹、排排场场给她的姑娘办一桩喜事。

　　因为老鼠子王国的宫殿建在一户人家的屋基下面，这户人家一到腊月二十几里也要办过年货，如推粑粑、推豆腐、舂谷子、舂糯米糍粑等等。

①文不安武不慰：意思是闹得神魂不安。
②一百二十个甲子：传说原来不止六十个甲子，是一百二十个甲子。

土家族民间故事

103

腊月二十四日一清早，老鼠子王国宫殿里张灯结彩，吹吹打打，嘉宾贵客推进拥出好不热闹。正好摆宴席时，宫殿顶上的土面子朝下直撒，国王连忙差鼠兵鼠将出洞察看，原来是宫殿上面那户人家在推磨、舂碓，震动了屋基土面子撒下去的。

鼠兵鼠将对推磨、舂碓的人说："请你们不要推磨、舂碓，我们国王今天嫁姑娘。"

推磨和舂碓的人有火地说："各是各一国，你嫁你的姑娘，我们办我们的过年货！"

鼠兵鼠将进宫殿回禀国王，国王气得眼睛都差点儿挺出来哒，大发脾气说："他今年闹我一天，我明年闹他一年！"

第二年，这户人家的衣服被子被老鼠呞得大洞小眼，家具被啃得缺头凹脑，屋顶上被翻得天穿地漏，地下刨得大洞小洞。老鼠子还在粮食里面屙屎屙尿，晚上还咬人的手脚，叽叽叽地叫得人睡不着。

这户人家想尽了办法，没有将老鼠子治住，周围的人户都看到这户人家被老鼠子整遭了孽，问其根源，就是腊月二十四日不该舂碓、推磨。所以，后来人们都忌讳这个日子，直到现在都是这样。

梯玛①巧配天师女

　　向佬和田嫂的住房中间，只隔一壁篱笆。光棍向佬住在篱笆的左边，寡妇田嫂住在篱笆的右边。篱笆墙边上长出了一根冬瓜秧，左边浇点水，右边泼点粪，七长八长，瓜藤有手杆那么粗了，瓜叶有脸盆那么大了。瓜秧子长得好，就是只开一朵花，只结一个瓜。这个瓜长呀长呀，长得有一抱围大，有一人高，向佬想摘又怕田嫂冒火，田嫂想摘又怕向佬不干，双方都不好意思先动手，站在瓜边，你望望我，我望望你。突然瓜"哗啦"一声破成两半边了，从里面蹦出一个又白又胖的小伢来，对田嫂笑了笑喊了一声"娘"，对向佬笑了笑喊了一声"爹"。田嫂脸红了，向佬笑着把篱笆撤了，双双牵着冬瓜儿进屋了，把两个炉火拼成了一个炉火，两张床拼成了一张床。

　　冬瓜儿长得很快，不到一年就长成一个壮汉子了。这一年寨上遭瘟疫，许多蹦蹦跳跳的小伢儿转眼就不省人事了。老人说这是白虎吓的，听到那些失去儿女的父母们凄凉的哭声，冬瓜儿心里扯起痛。他对爹娘说："让我去学点救人的本事吧！"父母望着儿子，默默含泪点头。

　　冬瓜儿离开了父母，一个人走呀走，也不晓得翻了多少坡，过了多少

---

①梯玛：土家语译音，即"土才司"（巫师）的意思。

河，在路上碰见好几个苗老司和客老司，听他们说是找张天师学道去的，便跟着他们一路走。

到了张天师家，只见张天师堂屋里摆着一排香炉。每个香炉代表一个师父，你的香插到哪个炉子就跟哪个师父学。其他人都拣大香炉插，冬瓜儿偏偏选了一个小巧玲珑的小香炉。他刚把香插上，站在旁边的一个妇人"扑哧"一声笑了。她是张天师的二媳妇，这里的人都叫她二嫂，二嫂对冬瓜说："你跟我幺嬢嬢①学去吧。"幺嬢嬢就是张天师的幺女儿吾凤，她见又收了一个土里土气的徒弟，心里没耐烦，嘟起嘴巴进屋去了。

冬瓜儿站着没动，二嫂告诉他："学艺先要跟师父睡三夜。"冬瓜儿怕丑不去，二嫂说，"不去你就回家去吧！"赶千里路来，哪门肯回去呢？冬瓜儿闷声闷气地进了吾凤的房。

房里很简洁：一柄长剑，一把司刀，一个八宝铜铃，一弯牛角，都挂在壁上，吾凤已经睡了，但留了半边床。他不声不响地上床睡了，刚一落枕，只听见河水哗啦啦地响，他偏起脑壳看，只见他与吾凤之间，出现了一条波涛滚滚的大河，他冷冰冰地睡在河这边，吾凤孤零零地睡在河对岸。第二天二嫂问他："冬瓜儿，昨晚上你跟我幺嬢嬢睡在一起了吧？"冬瓜儿说："一个河东，一个河西，打屁都闻不到哩。"二嫂告诉他："今晚你让她先睡吧。等她睡着了，你把牙床脚下那碗水倒了再上床。"到了晚上，他按二嫂讲的办了，上床后再也听不到水响，再也看不见大河，却听到了吾凤轻轻的鼾声。等吾凤醒来，生米已经煮成熟饭了。

冬瓜儿征服了吾凤，吾凤也毫不保留地把本事传给了他。二嫂把事情悄悄地告诉了张天师；张天师气得要死，为了家丑不外扬，打算把冬瓜儿暗暗害死。

第一天，他叫冬瓜儿去砍火畬，九岭九弯要他一齐砍完。冬瓜儿为难

---

①幺嬢嬢：小姑。

了，吾凤悄悄告诉他："你东一刀西一刀地砍去啰。"冬瓜儿真的东一刀西一刀地砍，东砍一刀，东山的渣子全部铺地了；西砍一刀，西山的渣子全部断完了。三五刀就把九岭九弯的渣子砍落平了。

张天师摆脑壳了，第二天又叫他去烧火畲，冬瓜儿又为难了："那都是才砍的活树枝呀，怎么烧得燃呀？"吾凤说："你东一下西一下的去烧啰。"冬瓜儿真的东一下西一下的烧了起来，吾凤暗暗用五雷火助他，一眨眼，九岭九弯都烧得焦粹焦粹的了，岩头都烧成了灰。

张天师又没难住他。第三天又要他去撒小米。冬瓜儿背着三斗六升小米种，愁眉苦脸地说："九岭九弯，一个人唧门撒得高①啊？"吾凤又劝他东一把西一把地去撒。冬瓜儿真的东一把西一把地撒了起来，张天师派人看了，边头边脑②都没差一颗哩。

张天师又没难住他。第四天想了个绝招，要冬瓜儿把撒下去的小米全部捡回来，不准差一颗。冬瓜儿只差哭了。吾凤又安慰他说："你只管去啰，我请百鸟来帮忙。"冬瓜儿半信半疑地来到坡上，只见九岭九弯的麻雀密密麻麻，它们用嘴一颗一颗地把小米捡了起来，吐在冬瓜儿的口袋里，"叽叽喳喳"几下就捡利索③了。冬瓜儿背起小米种笑眯眯地向张天师交差去了。

张天师四次都没难住他，暗想：干脆把他放回去，派人在路上结果他。于是把冬瓜儿唤来说："你的本事已经很不错了。"冬瓜儿晓得没有商量的余地，眼泪吧嗒地告别吾凤，吾凤说："我跟你一路走吧。你把伞拿走，我就躲在伞里，在路上不是万不得已，千万不要打开伞。"

冬瓜儿夹着一把伞走了。张天师叫二媳妇布着④，二嫂见她夹一把伞，放心乐意地让他走了。张天师听说冬瓜儿一个人走了，便派了几个徒弟追

---

①唧门撒得高："怎么撒得到"之意。
②边头边脑：指角落处。
③利索：利落，完毕。
④布着："窥视"之意。

他，吩咐他们把冬瓜儿结果了。

一路上冬瓜儿与伞里的吾凤讲着悄悄话，吾凤说："我父亲肯定要派人来追，如果追来了你先与他们比法，不管比么子，你只管答应，我暗中助你。"

行不多远，前面一条大河，远近无人烟。几个徒弟赶上了，见面就说："你怎么悄悄走了？师兄师弟嘛，你的本事也该让我们领教领教嘛。"

"领教什么呢？"冬瓜儿问。

"这河水清清，我们都把脑壳砍了摔到河里洗洗吧。"说完，一个徒弟"唰"的一刀真的把头砍下，双手抛入河中。

冬瓜儿说："这算什么本事！我可以把脑壳划开洗哩。"说完就是两刀，一刀劈破，一刀砍断，双手拿起在河里荡来荡去，洗了一阵又乖乖安在颈上，其他几个只得把头砍了下来，双手抛入河中。其实冬瓜儿是用的遮眼法，他砍的是瓜哩。

冬瓜儿赶紧把伞打开，吾凤出来了。她顺手一抬，飞来几只魔鹰，把河里的几个脑壳都抓跑了。几个徒弟没有脑壳，急得这个找牛脑壳安上，那个找马脑壳安上，有的安的羊脑壳，有的安的雀脑壳。现在梯玛神像不是有这些牛头马面雀脑壳的吗，据说是冬瓜儿见他们死得可怜，才给他们分点烟火。

冬瓜儿引着吾凤回来了。爹娘非常欢喜，远近寨上的人都请他们驱邪看病，求福求子，从此土家人就有"梯玛"了。

新娘遇官不下轿

白员外有一个女儿叫白金莲。这白小姐人才出众,聪颖过人,诗词歌赋样样精通。

丙午年,白小姐与本城李员外三公子李占鳌订下终身。次年,选择黄道吉日,约好戌时来轿。李员外为找得这样一个好媳妇而感到高兴,巴不得早点接过门让儿子完婚,于是命接亲队伍提前出发。

白员外家张灯结彩,笑语满堂,喜气盈盈,好不热闹。这个老员外爱面子,加上平日做了不少善事,亲朋族友、四街五邻,宾客不少。有的猜拳行令,有的叙说佳话,白小姐也正与母亲叙离别之情。忽听外面鼓锣喧天,唢呐阵阵,家人禀报,迎亲队伍到了!白员外听了大吃一惊,时间本定为戌时,为何酉时便来。我这里宾客满堂,酒才过两巡,叙说佳话,兴致正浓,这一来岂不扫了众位宾客的雅兴,打了我白家的脸?转念一想,在这良辰吉日大发脾气,势必冲淡了喜庆的气氛!踱了几步,老员外想出了一个两全齐美的办法。为了不惊动众宾客,悄悄唤来能说会道的张桃、李约,命二人快去大门外拦住接亲的队伍,提出一些问题要他们回答,来个缓兵之计。张、李二人来到大门外,照此办理,双方据理一问一答,难解难分,李家帮忙的只好在门外干急,眼看戌时已到,张、李二人才高抬贵手,让接亲的人进屋。

第二天,接亲队伍抬着花轿,吹吹打打,欢欢喜喜,热热闹闹地出了白

家门，行到石马坪，忽然前面出现一乘大轿，前呼后拥，缓缓而来。两队相遇，一个小校上前喊道："本城蔡知县视察民情，前面坐轿的，请下轿让路！"丫鬟报知白小姐，小姐回答说："做官者大一世，为民者大一时。今日是我一世中仅有的一天，岂能下轿让路呢？"蔡知县听了，觉得这个妹崽说得有道理，只是难作退步：让她么？我堂堂一个知县岂不扫了面子；不让她么？道理上又讲不过去。正在左右为难，忽见这石马坪中有一匹岩狮子，他眉头一皱，计上心来，对白小姐说："我以石马坪这石狮为题，出诗一首，你若能即刻对答，不但不要下轿让路，本官还赠你花红宝轿一乘；如对答不上，那就只好请你小姐屈尊了。"白小姐答道："有请大人赐教！"

蔡知县想了想，吟道：

石马生长在沙洲，

沙洲留下几千秋，

小姐高升去，

经过此处听诗由。

白小姐马上回答道：

石马生长在沙洲，

受尽风霜不计秋，

肚饿不吃千般草，

扬鞭打来不回头。

小姐今日去，

喜结良缘赛公侯。

蔡知县大惊，民间有这等绝顶聪明的女子，不该挡她的花轿呀！于是马上赠送花红宝轿一乘。这以后，凡乘这花红宝轿的新娘，遇任何人都不用下轿让路。

杨老官神力退官兵

　　明朝崇祯年间，黄土坎的青裘坨土家寨子出了个大力士，名叫杨老官。说起这个名字，还有一段龙门阵。有一次，杨老官去帮人家送葬，见帮忙的人太多，就说："要那么多人做哪样？不就一个死人一口棺材么，我一个人就够啰。"有的人不信，就和他开玩笑："要是你一个人把棺材拾上山去了，饭菜全拿送你吃。"他老实，一个人把棺材拾上山去了，人们就叫他"拾棺"，叫惯了，就叫成"老官"。

　　杨老官不仅神力惊人，而且为人正直，敢作敢为。他不欺弱，尊敬老的，好打抱不平。当时，汤家有个汤老满，这家伙长得牛高马大，又仗着有股蛮力和几手三脚猫功夫，经常在黄土坎场上横行霸道，还侃天磕地吹牛："淇滩不打杨，官舟不打冉，黄土坎没人敢打我汤老满。"百姓们见了他，就像见了瘟神，躲得远远的。杨老官早就恨透了汤老满欺男霸女的恶行，决心要教训他一番。

　　一天，汤老满又灌够了黄汤①，在黄土坎场上耀武扬威，突然身旁有人喊了一句："黄土坎专门打你汤老满！"接着伸过一只大手来，汤老满还没回

　　────────────────
　　①黄汤：酒。

过神来，脸上就"叭叭叭叭"连响四声，等他两腮刚试出火辣辣的味道来，那位送他耳光的人早已走了三十多米远。素来只有欺侮别人、打别人的汤老满，今天却不明不白地受了四个巴掌，哪里忍得住这口恶气。他虽然认出了打他的人是大名鼎鼎的杨老官，但憋不下心里的恶气，他一面吐着口水骂，一面念着"霸王经"去追，等他追到打老垭，杨老官早已到了神仙坡半坡上，两人相距好远了，汤老满知道追不上，顺手拾起一坨碗口大的石头，喊道："是你的脑壳硬，还是我的石头硬！""呼"的一声将石头向杨老官砸去。好个杨老官，微微一笑，轻叫一声"来得好"，顺手将飞来的石头接在手中，说道："你也试试老子的厉害！"又将石头掷过去，汤老满怕自己的脑壳开花，吓得抱起脑壳像耗子一样乱窜。杨老官一边笑一边唱："杨老官打汤老满，打得老满满地窜，下次还敢欺侮人，就把你的脑壳打个稀巴烂！"

不久，李闯王起兵，官府坐卧不安，四处搜罗武艺高强的人去镇压义军。杨老官被纠缠上了，可他不肯为官老爷卖命，几次都推却、搪塞。这一来惹怒了官府，于是派了十二名官兵来"请"他。

杨老官见来了这么多官兵，明知都是鬼，却满面堆笑地说："各位辛苦，暂坐片刻，等我把水牯抱去清源洞滚个水。"杨老官家到清源洞有一公里路，又全是坡路，去时直下，来时直上。往返两公里路，官兵们一杆烟还没抽完，杨老官已抱着大水牯回来了，那水牯全身还在淌水哩。可杨老官既不喘气也不红脸，他放下水牯说："再等一会儿啊，我去找点柴火来烧开水。"正好院子外面有一棵枯枫树，黄桶般粗，杨老官双手轻轻一提，就连根拔起，又顺手几下把树干撕成柴块。接着，他又从竹林里拖来一根比碗口还粗的干楠竹，放在膝盖上，用拳头轻轻磕两下，竹子就被敲成小片的引火柴。十二个官兵早已吓得尿都屙到裤子里了，知道杨老官神力无穷，十二个脑壳没一个经得起杨老官一个指头轻轻那么一下的，哪里还敢自讨苦吃。趁杨老官进屋烧水的空儿，各自脚板擦油——溜了。

白云姑娘计谋多

　　白云姑娘是白总管的妹妹。她的主意，比天上的星星还多；她设计谋，好比那三国时候的诸葛亮。她头上没有头发，但一包上土家人的青丝帕，就和那天上的仙女一样漂亮。她去河边洗衣服，天上就有一朵白云为她遮住太阳；她下雨天出门，天上也有一朵白云为她遮雨。

　　白云姑娘的哥哥白总管来到阿蓬江边，听土家族人说，有一位客家人混进后寨，做了后寨的寨主。那个客家人唆使后寨人今天抢西寨的姑娘，明天抢东寨的牛羊。抢了这个寨子嫁祸在那个寨子的头上，搞得几个寨子常年打冤家，而且越打越厉害。后来，几个寨子识破了那个客家人的鬼把戏，决定联合起来攻打后寨，惩治那个客家人。白总管自告奋勇去攻打后寨。他虽是英勇彪悍，可是缺少计谋。带领的人马也不多，后寨又是个易守难攻的地方。白云姑娘听见这个消息想了想，觉得只有把后寨人赶上八面山，既不伤老百姓，又能活捉那个客家人。她就在吊脚楼上唱道：

　　　　九十九道弯哟九十九条河，
　　　　狡猾的狐狸洞儿多；
　　　　打虎要靠好猎手，
　　　　打仗要有好计谋。

土家族民间故事

白总管听见白云姑娘的歌声，唱道：

> 白云姑娘的智慧比天上的星星多，
> 白云姑娘设计谋赛过诸葛；
> 请姑娘快快下楼来哟，
> 为毕兹卡出个好计谋。

白云姑娘来到哥哥房中，白总管请她出计谋，白云姑娘唱道：

> 长长草鞋三尺三，
> 竹筒屙屎一大摊；
> 力大无比赛客家，
> 撒豆成兵万万千。

白总管明白了白云姑娘的意思，立即派一个人扮成后寨人，去后寨散布说："白总管能撒豆成兵。"接着，又吩咐部下打五双三尺三寸长的草鞋，磨烂了，横七竖八地摆在后寨出来的第一道关口；找来碗口粗的楠竹，将每节竹筒的节巴打通，把包谷面、麦麸、海椒面和在一起，装在竹筒里，筑紧，压出来，摆五堆在后寨出来的第二道关口；再派人编五个像小屋那么大的背篼，放在后寨出来的第三道关口，每个背篼里背五十背石头倒在里边。

后寨寨主听说白总管能够撒豆成兵，就在第三天夜里，带着后寨人赶着牛羊，撤出了后寨。后寨人来到第一道关口，发现一双双三尺三寸长的草鞋，拣起来一看，个个惊得目瞪口呆，心想：白总管的人马好大哟，草鞋都穿三尺三寸长，我们怎么打得赢哟！于是，连忙逃。后寨人逃到第二道关口，发现楠竹筒筒压出来的一堆堆东西，心里想：白总管的人好大哟，屙的屎都那么大一堆一堆的，我们怎么打得赢哟！于是，又赶忙逃。后寨人逃到第三道关口，看见那里的几背石头，更是吓得不得了，心里想：白总管的人马力气好大哟，一个人背的石头，我们五十个人也背不动啊，这么大的力气，我们怎么打得赢哟！于是，后寨寨主就带着人马，连夜逃到山顶上，把赶着的三百头耕牛也丢下了。

第四天，白总管的人马赶到山脚，一路上捡着了后寨人丢下的耕牛，准备杀来吃。楼上，又传来白云姑娘的歌声：

> 九十九道弯哟九十九条河，
> 狡猾的狐狸洞儿多；
> 打虎要靠好猎手，
> 打仗要有好计谋。

白总管听见白云姑娘的歌声，唱道：

> 白云姑娘的智慧比天上星星多，
> 白云姑娘设计谋赛过诸葛；
> 请姑娘快快下楼来哟，
> 为毕兹卡出个好计谋。

白云姑娘来到哥哥房中，白总管请她出计谋，白云姑娘唱道：

> 万杆旗帜江边插，
> 万个灶头江边挖；
> 千军万马住不下哟，
> 山顶江边把营扎。

白总管明白了白云姑娘的意思，立马吩咐部下把被面全部交出来，当作

旗帜，插在江边和山顶上；并在江边挖了好多灶，就在江边杀牛煮饭。

擦黑的时候，后寨人在对岸山顶上一看，山脚这面，江边和山顶上都插着旗帜，江边升起了一股股炊烟，心里想：白总管的兵好多呀，街上都住不下了，山顶上和江边都住满人了，我们怎么敢得过哟，快逃哟！于是，后寨寨主又带着后寨人逃到八面山上，把赶着的三百只羊也丢下了。

白总管的人马追到沙坝嘴，捡到了后寨人丢下的三百只羊子。白总管立即派一些人赶羊子，其余的人继续追，一直追到八面山脚下。天快黑了，白总管叫部下杀羊子吃。白云姑娘听到了这个消息，又在楼上唱道：

> 九十九道弯哟九十九条河，
> 狡猾的狐狸洞儿多；
> 打虎要靠好猎手，
> 打仗要有好计谋。

白总管听了白云姑娘的歌声，唱道：

> 白云姑娘的智慧比天上星星多，
> 白云姑娘设计谋赛过诸葛；
> 请姑娘快快下楼来哟，
> 为毕兹卡出个好计谋。

白云姑娘来到哥哥房中，白总管请她出计谋，白云姑娘唱道：

> 千万人马往山上冲，
> 千万支火筒映山红；
> 哥哥撒豆要成兵哟，
> 全靠羊群立大功。

白总管明白了白云姑娘的意思，立即命令部下赶做火筒，然后，把火筒绑在每只羊子的两个角上，点燃了，就吹起牛角号，赶着羊群往山上冲锋。

　　山上的后寨人逃了四天四夜，疲倦极了，睡得正香，突然听见号角声，爬起来一看，满山满坡都是亮光，啊，白总管真能撒豆成兵哪，千军万马上山来了，快逃啊！后寨寨主就带着后寨人继续逃。结果，进了包围圈，那个客家人被活捉了。

　　人们惩治了那个客家人，几个寨子又团结起来了。大家都不忘白云姑娘的功绩，白云姑娘的故事就传开了。

土地菩萨和农夫

从前，有个农夫抬起酒肉去敬土地菩萨，求土地菩萨保佑五谷丰盛。

土地菩萨对跪在案前的农夫说："只要你诚心敬奉我，将秋后收获的东西分给我一半，我可以保佑你。"

农夫听后，连连叩头说："只要丰收，保证给菩萨送下一半，绝不失信。"

当年农夫种的水稻生长繁茂，梗粗箆大，颗满籽圆，金黄闪亮。秋收后，坛坛罐罐都装满了。农夫把下一半的稻草，送到土地菩萨庙里。

土地菩萨气愤地说："你丰收了，怎么送稻草给我？"

农夫答道："当初我说的送下一半给您，我怎么能违抗呢？"

土地菩萨听了，气得瞪眼，心想：上了你的当，以后再也不保佑你了。

第二年开春，农夫又抬着酒肉去敬奉土地菩萨，再三乞求说："菩萨，如果今年丰收了，一定把上一半敬奉给您，绝不失信……"土地菩萨听后，心里顿了一下，还是答应保佑农夫得丰收。

农夫这年栽的红苕，由于深耕浅栽，重施底肥，箆箆肥壮。请人挖了好久，大小苕窖都装满了。农夫把上一半的苕藤、苕叶送到土地菩萨庙里。土地菩萨看后，气得瞪眼，叹气连天，发誓再不保佑农夫了。

来年开春，农夫又抬着酒肉来到土地庙里，跪在香案前，再三乞求说：

"菩萨，请您息怒，您如再保佑我今年丰收，我将今年丰收的上一半和下一半全部奉献给您，绝不失信。"

土地菩萨听后，心里怀疑地问道："你说的是真的？"

农夫答道："是真的，绝不欺骗菩萨。"

土地菩萨也觉得这回错不了啦，上头一半，下头一半都给我，还有什么说的，于是又答应了保佑农夫丰收。这年，农夫种的苞谷，精耕细管，适时施肥，苞谷长得像牛角，丰收了。农夫收了苞谷，将苞杆全部砍完，一挑一挑地担到土地庙里，把土地庙四周围得密密匝匝。农夫高声喊道："菩萨，上一半，下一半全担来了，请收下吧！"

土地菩萨睁眼一看，气哽了喉咙，半天说不出话来，牙齿咬得扎扎响，吼道："真是可恶可恨！"吼声断后，听见庙后沙沙地响，土地菩萨循声看去，农夫不见了，只有一头老母牛在啃吃苞谷叶。土地菩萨气愤已极，走去将老母牛牵来拴起，不准农夫牵走了。一会儿，农夫吆喝着一条小牛来在庙前，乞求说："菩萨息怒，老母牛是我耕地的宝贝，请让我牵走，我愿以这头小牛换取。"

土地菩萨看着小牛肥鼓鼓的，比老母牛强多了，于是答应说："好吧，我要小牛吧！"

农夫将小牛绳子拴在土地菩萨的颈子上，牵起老母牛就走。小牛看见老母牛走了，直叫唤，朝着母牛使劲一拖，把土地菩萨拖在地上，哐当哐当拖出了土地庙，在石头上碰得土地菩萨遍体鳞伤，痛得哎哟哎哟地惊叫唤。农夫听到哭声，回头一看，叹气说道："唉！菩萨，你不要小牛儿嘛，叫我一声就是了，何必劳你远送呢！看嘛，把您跌成这个样子，谁又来保佑您呢？"

长发姑娘

　　从前有个姑娘，长着一头乌黑发亮的长发，人们叫她长发姑娘。她生得聪明长得乖巧，喜欢唱歌，嗓子特好，听了她的歌声，走路的忘了抬脚，吃饭的忘了动筷子，都听呆了。她家母女二人，都能劳动，日子过得不错。可是，好景不长，这年天大旱，一连四五个月没有下雨，庄稼干死了，老百姓连水都喝不上，莫说吃饱饭了。村子里二三十户人家，家家唉声叹气，忍饥挨饿。

　　一天，长发姑娘独自一人到很远的青龙潭去洗衣。见了水，她眼睛都亮了，暂时忘记了忧愁，唱起歌来。歌声飘进了龙宫，龙王听了乐滋滋的，立即派蟹将虾兵去找她。蟹将虾兵升到水面，都看呆了，听迷了，他们从没见到过这样乖的姑娘，没听到过这样迷人的歌声。直到姑娘洗完衣服回去了，他们才从"梦"里醒过来，回来报告龙王，龙王决定娶长发姑娘做妻子。

　　清早，长发姑娘到河边的阴山里去打猪草，边打边唱起求雨歌，忽然一阵狂风把她吹进了龙宫。龙王见了，觉得蟹将虾兵所说不假，便送她海味吃，给她宝衣穿，送她珍珠戴。长发姑娘什么都不要，只是哭骂，她想起年老孤独的母亲和饿得儿啼母哭的乡亲们，心里着急。突然，她想出了一个办法，脸上露出了笑容。

　　龙王见长发姑娘笑了，也很高兴，就和她交谈起来。长发姑娘说："几个月没下雨，乡亲们没有饭吃，没有水喝；自己的母亲年老多病，更是忍受不了，不知有什么办法？"龙王听了，告诉姑娘："你家后院有块大石板，石板上头有个大萝卜。只要把萝卜一拔，水就会自动流出来。但是，这个办法只准你一家人用，不然就要受到惩罚。"

长发姑娘回到家里，看到乡亲们痛苦的表情，心肠软了，她把大家都喊来，到屋后拔萝卜。他们把大石板撬开，立刻，一股清清的泉水涌了出来。乡亲们不仅有了水喝，还把水引到田地里灌溉。

长发姑娘没有按龙王交代的去做，她心里暗想：自己再去龙宫一定凶多吉少，便把母亲的后事做了安排。第二天早晨，她含泪告别母亲和乡亲，独自上路了。她边走边哭，突然前面来了个老公公，问明情由后，老公公告诉她说："只要你不怕痛、不怕丑，我有办法救你。办法是，把你头发拔光，变成光脑壳，龙王就不会再找你的麻烦，你回家去就是。"长发姑娘毫不犹豫，忍痛把黑油油的长发一根根扯光，变成个秃头。她正要感谢老公公时，老公公却不见了。

长发姑娘回到家里，龙王真的没来找她的麻烦，她母女二人和乡亲们过上了安乐的日子。

土家族民间故事

石马和清泉

　　走过甘溪河，来到梁水，在那层层梯田和碧峰秀岭之间，一泓泉水闪着光，哗哗地流过这里的大小山寨。在泉边，立着一匹石马。这匹石马已浑身长满斑驳的青苔，既没有头，又没有尾，但人们却十分爱护它。为什么呢？

　　传说很早以前，在酉水河两岸住着勤劳的土家族人民。那时候，酉水河上还没有桥，人们过河都靠一些小木船。在酉水河中有一条龙，它不高兴了或是嫌人们的贡品少了，就兴风作浪，闹得洪水泛滥，也不知打翻了多少船，有多少人葬身鱼腹。附近的老百姓恨透了这条龙，又毫无办法。

　　有一个仙女，叫美姑，她不忍心这里的百姓无辜送命，便偷偷下凡，变成一个小姑娘，来到酉水河边的一个寨子旁。这个寨子不大，只有几户人家，都是些老实厚道、心地善良的穷苦人。美姑一来到凡间就遇到一个老妈妈，老妈妈孤苦一身，无儿无女，就收养了她。

　　寨子里还有一个姓白的老汉，也是孤单单的一个人。他白天上山砍柴，再把柴晒干，送到河对岸的镇子里去卖，换些油盐过来。他见美姑机巧伶俐，嘴巴甜，很喜欢她。每次上山，总要给美姑带回些甜津津的果子。美姑也很喜欢白老汉，一天"伯伯、伯伯"地喊个不停，喜得老汉合不拢嘴。

　　酉水河清了浊，浊了清，日子一天天地过去了，美姑也一天天长大，长成了一个乖乖的女子。她走路，有蜜蜂跟着；她唱歌，有鸟儿应和。远远近近的人们都知道这里有个乖女娃，附近几百里的富家子弟、公子哥儿都想娶美姑，成天抬着金银绸缎来提亲。美姑不理睬他们，只要他们来对歌，谁对赢了便嫁给他。但那些公子哥儿哪里对得赢，只好热火火地来，冷清清地去。

这一年，田里庄稼收成不好，好多人都没得吃的。河龙嫌贡品少了，便又发了大水。河水又急又凶，淹了田地，冲毁了房屋，不少人流落他乡。美姑住的山寨也断了粮，几户人家都没吃的。白老汉不忍乡亲们饿死，便把砍来的柴装上船，运过河去卖，想换点粮食过来救大家。谁知这一去，就再没回来了。

消息传来，全寨的人都大哭不止，美姑更是悲痛万分。她来到酉水河边，望着河水又哭又喊，直哭得山摇水晃，把河龙吓得不得了，忙退了水，自己钻进洞里去了。美姑沿着河岸找到了白老汉的尸首，把他埋在了酉水河岸高坡上。这天夜里，美姑做了个梦，梦见白老汉又回来了。美姑还在哭，白老汉见她那伤心的样子，说："美姑，我知道你心疼你伯伯，但我已是死了的人了，哭也没用。我今天来是求你件事。"美姑忙问："什么事？"白老汉说："我希望你去修一座桥，让这里的人能平安过河，让河龙不能再逞威风。"

美姑醒来后，牢牢记住了这句话，一定不能再让河龙耍威风。她不再哭了，白天，她去看地势，夜晚便考虑如何修桥。几户穷人哪有这么多钱来修桥呢？美姑急得团团转，一点办法也没得。这天晚上，白老汉又托了个梦给美姑，告诉她用什么法子，就能有钱修桥。

第二天，美姑便告诉那些前来求婚的人：谁把我提出的一件事办到，我就嫁给谁。这一来，那些公子哥儿个个高兴得不得了，都说："莫说是一件事，就是百件千件也愿意。"美姑便告诉他们说："这件事并不难，你们都知道我美貌，想娶我，我呢，也想过富贵日子。我不知道谁最有钱，所以我要挑选一下。"公子哥儿们一听，都急忙说："我最有钱，我最有钱。"美姑说："现在我不相信你们口说，明天我划着船，从酉水河上划下来，你们全部站在两岸，都用金银来打我。哪个人的东西最贵重，并把我打着了，我就相信他是最有钱的了，我便嫁给他。"公子哥儿们都说："要得，要得。"一个个高高兴兴地跑回去准备东西去了。

这一天，酉水河两岸人山人海，公子哥儿们都穿金戴银，把个酉水河映得金光四放。美姑身穿一件素衣裳，把那些公子哥儿看得都从心里伸出爪爪来了。美姑一路顺水而来，两岸人喊马叫，一时间，金银财宝一齐向美姑飞去。这些财宝一样一样都叮叮当当落在美姑的船上了。美姑一路下来，没有哪个能打着她。这样，一天又一天，钱积得越来越多，美姑把钱交给百姓，让他们去修桥。

这事不久就让河龙知道了，它气得发昏，它想：这桥一修好，我还有啥威风？还有谁来怕我，还有哪个给我上贡品呢？于是它招来酉水河的河神，命令他去办一件事。

大桥开始动工了，可钱还差一点，美姑便想再去一次。这消息一传开，那些正在怄气的公子哥儿又高兴起来，一大早又来到酉水河岸，希望这一次交上好运。酉水河的河神也扮成一个求婚的男子，混在人群里。美姑还是穿着那件素净衣服，从高处把船划下来。那些公子哥儿又纷纷用银钱向美姑打来。可哪里打得着，不多一会儿，船上又堆满了钱。这时，人群里一声怪叫，飞出一道银光，直向美姑飞去。美姑一看，忙闪身，可哪里闪得开？眼看就要被打着了，忽然一阵大风掀起一朵浪花，把银光一下卷进水中。两岸的人先都看神了，这时才清醒过来。河神冷笑一声，又抛出一个银元，银元放着银光，又飞向美姑。美姑知道不好，忙使劲划船，可船往哪边划，银光也往哪边飞，把个美姑急得满头大汗。这时，又卷来一阵风，掀起一朵浪花，银元一见浪花，便升到高处，从上面直打下来，一下打在美姑身上。两河两岸，一下像开了锅，都闹了起来。美姑一边把船靠岸，一边看准一条路，拔脚就跑。河神带着人马在后面紧追，一边追还一边喊："人要讲信用啊，快嫁给我吧！"美姑又气又急地说："癞蛤蟆想吃天鹅肉，不成。"美姑跑啊跑，跑过小河，跑过山坡，看见前面一片树林，便钻了进去。河神的人追了进来，美姑又慌又急，又不熟路。正没办法，忽然发现前面有匹马，不由得又惊又喜，忙跑过去一看，却是一匹石马，不由得一下伤心得泪流满面，说："石马呀石马，你要是能飞有多好啊！"话音刚落，那石马一下站了起来，而且说话了："美姑，快上来吧，我等你好久了。"美姑不敢相信这是真的，吓得步步倒退："你是谁呀，怎么知道我的名字？"石马说："孩子，我便是你伯伯呀，你快来吧。"美姑一听，高兴地叫了一声"伯伯"，便骑上石马，那石马"呼"地一下飞了起来。

河神见石马带着美姑上了天，也作法飞了起来，在后面紧追不放。石马快，他也快；石马飞高，他也飞高。石马使劲飞呀飞，飞过高山，飞过森林，但总甩不掉后边的河神。这时，石马前面卷过一团黑云，美姑一看，不由得大叫起来，原来河龙亲自出来了。美姑忙向地下一看，只见一片碧绿的梯田，便对石马说："伯伯，我们下去吧，我不怕它们。"石马看看实在没法，只好落了下来。河龙和河神也降落下来，包围了石马和美姑。

石马见河龙围过来，忙说："孩子，你快跑吧，上天入地，你都能办到，我早就知道你不是一般的人，你可决不能落在他们手上。"美姑说："伯伯，你别为我担心，我自有办法。"这时河龙已来到他们面前，哈哈大笑说："你们怎么不跑了？也不想一想，你们能跑出我的手心吗？美姑，你是天上的人，怎么跑来和这些凡人为伍？昨天，你父亲给我说，叫你上天界去。"美姑跪在地上，捧了一把泥土一撒，说声"变"，这些泥土马上变得又大又高，成了一些怪石头。美姑站在大石中说："我决不上天，我没能为这里的人们修好桥，对不起他们！我现在就变一眼泉水来报答他们。"河龙一听，想近前抓美姑，但那些怪石把它挡住了。没隔一会儿，石缝里就浸出了清凉的泉水。河龙气得没法，用手在石马颈上和尾上一划，石马就一下没有头、没有尾了。

后来，当地的人们知道这事后都十分怀念美姑，也崇敬石马伯伯，他们添足了钱，把没修完的桥修完了。那河龙呢，就再不能逞威风了。

神奇的石碓

　　从前，有个渔夫，晚年得子，夫妇俩高兴得很，把儿子当成掌上明珠。不幸的是，孩子到两岁的时候，孩子的娘死了，老渔夫好不容易才把儿子拉扯到九岁。

　　一天，渔夫断炊了。他提起渔网下河，巴望捕得几斤鱼，换点米下锅。谁知沿河撒了几十网，都是空的，不禁长长地叹了一口气："未必我父子就该饿死？"他不甘心，再撒一网试试；收网时，网脚沉甸甸的。他很高兴，认定是网着大鱼了，便跳下河，抱着网脚往岸上拖。一看，原来是一个光亮亮的石碓。渔夫生气地把它扔在地上，背起渔网往回走。说也奇怪，这石碓辘辘地跟着滚动；老渔夫干脆跑起来，那石碓也快快地滚。渔夫想：这石碓跟着我走，说不定是神物，于是把它带回了家。

　　回到家，儿子迎面哭着要饭吃，老渔夫掉下了一串眼泪，对儿子说："儿呵，今天运气不好，没打着一条鱼，只网得这个石碓，你饿，就向它要饭吃吧！"儿子不懂事，真的对着石碓喊："我要白米！"也怪，石碓里真的装满了白米。父子俩欢喜死了，马上舀米煮饭。从此，他家再不愁吃了。

　　转眼间，儿子长成了大后生。一天，老渔夫叫儿子一起下河打鱼，儿子却说："神仙照应我们，有福不会享，还下河干什么？"老渔夫嘴巴磨破皮，儿子一点也没有听入耳，天天上街吃喝嫖赌。眼看儿子一天天变坏，老渔夫气得抱着石碓往河里走，他对石碓说："神碓呀神碓，多谢你对我们的照顾。可惜我那儿子不争气，你去吧，不该让这个好吃懒做的享福，你不要再回来了，除非他用火灰搓索来取你！"老渔夫回家不几天就死了。

老渔夫丢石碓下河时，他儿子也偷偷跟去了，躲在一旁，父亲的话听得一清二楚。懒儿子心想：怎么能将火灰搓成索呢？他去找那些赌友商量，他们叫他买几斤牛皮糖，拉长扭成绳子样，再拿到火炕里滚上灰。懒儿子照办了，带着火灰索来到河边，把它慢慢地放到河里，念着："神碓呀神碓，今天我用火灰索取你来了，请你回来吧！"一会儿，石碓真的跟着火灰索浮出水面。懒儿子紧收索子，把石碓拉上岸，得意忘形地笑了，说："神碓呀！说你聪明也不过这样，这回你该是我的了！"话刚讲完，只见石碓一滚，跳下河去了。

土家族民间故事

烟荷包里的妖怪

很久以前，有一个打鱼的人每天都要下到河里、深潭拉网打鱼，有一晚，他整整撒了一个通晚的网，一尾鱼都没有捞到，说也巧，却捞得一个烟荷包。

打鱼的人把烟荷包拿到手里一看，这烟荷包绣得很精巧，外面绣的喜鹊闹梅，那梅花硬像园子里的真梅花，那喜鹊好像正在喳喳喳地叫呢。打鱼人说："没捞得鱼，得个烟荷包也好，我正好装烟哩！"他把荷包一打开，嗨！一个豆子大的人儿从荷包里滚出来了。打鱼人看到很奇怪，哪晓得这小儿见风就长，长得很快，没有多久，就长到一丈多高，青面獠牙，十分吓人。看到打鱼的人蹲在旁边，妖怪喝道："我在深潭里自由自在，你把我拖上岸来，我已经是三千多年没有吃东西了，今天要借你填填肚皮哩。"说罢，一下子扑过来，就要动手。

打鱼的人和妖怪讲道理，他说："我把你从深潭里救了出来，你不谢我事小，还要吃我，天下哪有这样的道理！"那妖怪狞笑着说："管你理不理，我要吃你就是理。"打鱼的人没有办法，只好对妖怪说："你平白无故要吃我，我硬是不服，我们在路边问上三个过路的人，他们说应该吃，你就吃吧。"妖怪答应了。

妖怪和打鱼的人在路边等着。

等了一阵，来了一个算命先生。打鱼的人就把算命先生一把扯住，要求算命先生评理。算命先生问道："评个什么理？"打鱼的说："我把他从深潭救了出来，他不但不谢我，还要吃我，你看有这个道理吗？"妖怪说："我在深潭里自由自在，他无缘无故把我捞出来，我不应该吃他吗？"算命先生听了打鱼人和妖怪的话后，吓得要死，便说："我只会算命，不会评理，你这个打鱼的人，恐怕是命到绝日了吧。"他拄着竹棒棒趔趄着走过去了。

跟着，又来了一个打卦的人。打鱼人指着妖怪对打卦的人又说一遍，妖怪也再说了一遍。打卦的人看到妖怪的那幅凶相，实在害怕，哪里还敢多嘴，他只劝打鱼的人说："让它吃了吧，二世投个好爹娘。"他背起包袱飞跑了。

妖怪听了这个人又说可以吃，便笑着对打鱼的人说："你看，已经问过两个人了，可见你应该是我的点心哩。"打鱼的人说："你不要急，还要问第三个人哩！"正说之间，来了一个十二三岁的小学生，生得眉清目秀，手上提个书提篮，是放学回家的。打鱼的人对小学生又说一遍。小学生就问妖怪说："你为什么要吃他呢？"那妖怪哈哈大笑，也重说了一遍。那小学生听了点点头说："应该，应该，应该把他吃掉，谁叫他把你捞上岸呢。"那妖怪听得小学生说应该吃，又哈哈大笑起来，它向小学生道了谢，正准备动手，那小学生把他一拦，说："你讲的话，我有点不相信，你这么大的个子，怎么能够装在那个小小的烟荷包里呢？除非你当面试一试，然后再把打鱼的人吃掉，也不迟啰！"妖怪为了要吃打鱼的人，就答应试一试。那妖怪顺地一滚，身子缩小，小得只有包谷子大了，一钻又进到烟荷包里去了。这时，小学生叫打鱼的人赶快动手。打鱼的人手脚麻利，一下把烟荷包扣住，然后搬上一个鼎罐大的石头向烟荷包用力砸去，狠狠地把烟荷包和妖怪砸得稀巴烂。

打鱼的人脱险了，他连连向这个小学生道谢。

土家族民间故事

螃蟹姑娘

　　从前，有一个穷苦的孩子，名叫白林，父母早亡，经常给财主做小工维持生活。

　　一天，白林在山中一箭射进一个山洞，跑去一看，一只螃蟹身背箭杆向他爬来。白林赶快把螃蟹捉起来。回家后把螃蟹送给财主，财主却说："我不要，你自己拿回去吧！"白林就把螃蟹拿回了家，放在水缸里。第二天，他又去给财主做工了。螃蟹从水缸里跳出来，就去煮饭办菜。煮熟了，她就把香喷喷的菜饭放在锅里。又回到水缸里。等到白林收工回家、准备煮饭做菜，把锅盖揭开一看，饭菜做好了，感到很奇怪，白林二话没说，欢欢喜喜吃了饭。

　　从这一天起，连续几天都是一样，白林还不知道是谁做的饭菜。

　　一天，白林假装去给财主做工，却守在门边。他要看个明白，弄个清楚，究竟是哪个在帮他煮饭做菜。不久，白林便看到一位漂亮的姑娘从水缸里跳了出来，于是赶忙跑进屋去把她双手抱着，说："原来是你给我煮饭炒菜的。"姑娘回答说："是我，饭菜都顺口吗？"白林喜得连话都不晓得回了，过了一会，才连声说："太好了、太好了。"接着问姑娘叫什么名字？家住什么地方？姑娘说："我姓螃，人家喊我螃蟹姑娘。家住螃蟹洞。"

　　白林说："什么螃蟹洞？我全没听讲过。"

姑娘扑哧一笑，说："你只晓得做工夫，连附近的螃蟹洞都不晓得在什么地方！不知道也不要紧，我问你，你要不要我帮忙？"

白林说："要是要，不过你长得那么乖，我这个穷汉子怎么敢劳累你呢？"

姑娘说："这也无妨！我也是山沟里生，山沟里长，那粗细工夫，我都能担当。"

白林说："我没有吃的呀！"

姑娘说："吃在我们手上。"

白林说："我没有穿的呀！"

姑娘说："穿在我们手上。"

白林说："我住的是茅棚！"

姑娘说："我住得惯。"

白林说："那你是心愿跟我？"

姑娘说："不跟你，我不会来到这个地方！"

白林说："你同意了，你的娘和爹怕另有打算。"

姑娘说："爹娘早已不在，凡事归我自己主张。"

他们俩越谈越合适，越谈越喜欢。没过几天，他俩就结了婚，成了当地一对恩爱的好夫妻。人们纷纷奔走相告。

有一天，财主把白林喊去对他讲："我这四合大院全部给你，你把姑娘换给我。干，我换；不干，我也要换。"姑娘听说后，眼看财主就要抢她来了。她扑通一声跳进水缸里，又变成了一只螃蟹，财主就把螃蟹抢去装在碗里。船行到河中，财主过于高兴。便打开盖子看，螃蟹一下跳下河，一连喷了几口泡沫。只见波浪滔天，洪水上涨，那个黑心的财主被洪水活活淹死了。

白林有气无力的追到河岸，见到了螃蟹姑娘，两人又手挽着手，笑嘻嘻地回到了家里。

蛇 郎

　　从前，有一个贫寒人家，只有母亲和两个姑娘。两个姑娘长得一模一样，姐妹俩每日上山打猪草，然后到上镇把猪草卖了换得的钱来养家糊口。

　　有一天，姐姐上山打猪草，看到一棵大树底下有一蔸好猪草。正要去打，陡然听到树上有人说话："打猪草的姑娘，要是我和你有姻缘，就把猪草割走吧！"姐姐仰起脑壳一看，是一条大蛇盘在树上，差点被吓死，背篓也没要，就跑回去了。

　　第二天，妹妹上山打猪草，也看到那棵树底下有好猪草。妹妹正想打，陡然听到树上有人说话："打猪草的姑娘，要是你和我有姻缘，就把猪草割走吧！"妹妹仰起脑壳一看，是条大蛇在说话。妹妹心里想：蛇会说人话，好玩得很，也不管它，就把猪草割了。回屋跟妈说了这件事。

　　过了几天，蛇请蜂子做媒。蜂子飞到屋里，看到姐姐在扫地，蜂子说："嗡嗡嗡，蛇郎请我当媒公！"姐姐一听，举起扫把就把蜂子赶走哒！

　　第二天，蜂子又来了，看到妹妹在扫地，蜂子说："嗡嗡嗡，蛇郎请我当媒公！"妹妹好笑，就说："好好好，回去说我答应了！"蜂子飞回去，告诉了蛇郎，蛇郎又要蜂子来讨妹妹的生庚八字。蜂子飞来对妹妹说："好姑娘，真有心，蛇郎请我问生庚！"妹妹说："行行行，八月十五来接人！"

转眼就是八月十五，蛇郎变成一个英俊后生，和蜂子一路来，把妹妹接走了。

　　有一天夜晚，妹妹的妈做梦，梦见蛇郎要她和姐姐到南山去玩。妈心里想姑娘，真的就和姐姐在九月初九到南山来玩。找来找去，找不见人，妈就喊："姑娘，我看你来了！"陡然，岩壁上现出一个洞。妈和大姑娘往洞里走去，越走越宽，里头亮堂堂的。一条小河边上，妹妹在洗衣裳，看到妈和姐姐来了，喜欢糊哒[1]，连忙把妈和姐姐请到屋里坐。好大的瓦房，百宗齐备。蛇郎出来，姐姐看到，后悔得要死。过了几天，妈要回屋，姐姐不肯走，说要多玩几天。蛇郎送妈出洞，回到屋里对姐姐说："大姐玩到明年二月底，三月初三我要出门！"

　　姐姐起了坏心，想害死妹妹，自己和蛇郎过日子。有一天，蛇郎不在屋，姐姐和妹妹在水井边上玩。姐姐说："妹妹，你来看啰，鱼有两个脑壳！"妹妹勾腰[2]往水井里看，姐姐一掀，就把妹妹掀到水井里去哒。姐姐穿上妹妹的衣裳，看到蛇郎时就说："姐姐回去哒！"

　　第二年开春，水井里生出一根葫芦瓜秧秧，蛇郎天天去看，瓜藤一天长几尺，几天就爬上屋梁，开了一朵花，结了一个大葫芦。三月初三这一天，蛇郎和姐姐正要出门，屋梁上的葫芦滚下来分成了几块，妹妹从葫芦里钻出来了。树上有一只斑鸠在喊："咕咕咕，姐姐占妹夫！"蛇郎一听，就明白哒。姐姐吓得要死，连忙就跑，一跑跑到悬坎上摔死哒！

　　蛇郎身上的衣裳是姐姐做的，他就连忙换了一身新衣，和妹妹出门了。

　　从此，民间就有了"三月三，蛇出山"的说法，蛇出门的时候，要换"衣裳"，就是蜕皮。

---

①喜欢糊哒：高兴极了。
②勾腰：弯腰。

龙　妻

　　从前，有一个标致姑娘，年纪小小的就死了亲妈，后妈又生了个姑娘。两个姑娘的命不同，姐姐命苦，妹妹享福。

　　姐姐从小就放牛，后妈要她一边放牛，一边砍柴火。这一天，姐姐只顾砍柴火，牛到人家秧田里吃了好多秧子。姐姐被后妈毒打一顿，还被惩罚搓麻线，一天要搓一斤二两。

　　姐姐一边放牛，一边搓麻线。一大堆麻，堆在她面前，搓哇搓，搓得手出了血，还只搓了一半。姐姐伤心得很，就哭起来，说："牛儿，你不该吃秧子的，害得我一天要搓一斤二两麻线！"哪晓得牛儿说起人话来，说："是怪我，吃哒人家秧子的！"姐姐一听牛说人话，稀奇得很，就把伤心事都说给牛儿听，一边说，一边搓麻线。搓哇搓哇，天黑时，一斤二两麻线搓完哒。

　　后妈看见一斤二两麻线难不倒姐姐，就说："明朝要搓二斤四两麻线。"

　　第二天，姐姐去放牛，又要搓二斤四两麻线。麻堆起好高，哪门也搓不完。姐姐又哭起来，对牛儿说："二斤四两麻线，我哪门搓得完哟？"牛儿说："莫慌，我把麻吃哒，你只要拍我三下屁股，我就帮你把麻线屙出来！"姐姐要信不信的，到了天黑时，就只好让牛吃哒麻，然后拍了三下牛屁股，牛儿果真屙出几个光溜溜的麻线团子。

后妈一见麻线团，不相信姐姐搓得出来，就问姐姐："你哪门搓完二斤四两麻线的？"姐姐老实巴交，就把牛儿的事讲给后妈和妹妹听。

妹妹一听，喜欢得很，就想搓麻线，要姐姐上山打柴火。后妈连忙答应，让妹妹去放牛搓麻线。妹妹假装哭哭泣泣，对牛儿说："妈妈要我搓麻线，二斤四两麻线我搓不完！"牛儿晓得妹妹心不好，就说："你让我吃麻！"妹妹让牛吃了麻，天黑时，拍了三下牛屁股。哪晓得牛儿屙了一大摊稀牛屎，糊了妹妹一身，妹妹气得没得法，就要妈把牛儿杀哒！

姐姐听说后妈杀了牛儿，伤心得很。夜晚，她梦见牛儿对她说："你把牛骨头拣起来，挖个坑埋好。"姐姐第二天一早，就把牛骨头埋好。没几天，埋牛骨头的地方长出一根桃子树，结了好多好多大桃子。姐姐摘桃子吃，又香又甜。妹妹看到姐姐吃桃子，也去摘桃子吃，哪晓得妹妹摘的桃子吃不得，又苦又涩。妹妹气得要死，回屋拿刀砍断了桃子树。

姐姐看到桃子树让妹妹砍哒，伤心落泪。夜晚，桃子树托梦，告诉姐姐说："桃子树底下有颗夜明珠！"第二天一清早，姐姐从桃子树底下挖出来一颗夜明珠。

过端午节这天，河对门人家办喜事，整酒席。这一天雷鸣电闪，天上下大雨，河里涨大水。后妈逼着姐姐去给对门人家送恭贺。姐姐没得法，揣着夜明珠走到河边上。河上的小桥让水冲走哒，过不得河。姐姐没办法，急得哭起来。这时候，只见河里来了一条大蟒蛇，对姐姐说："你把夜明珠让我吃哒，我渡你过河！"姐姐大方得很，就把夜明珠给蟒蛇吃哒，骑在蛇背上过了河。送完恭贺，姐姐要回屋，一到河边，就看到那条蟒蛇在等着她。蟒蛇对姐姐说："我吃哒夜明珠，变成龙哒，我要你嫁给我，做一个龙妻！"姐姐答应哒，骑在蛇背上过了河。

后妈见姐姐没被水淹死，就问姐姐是哪门回事。姐姐又一五一十告诉了后妈，妹妹听到哒，起了歪心思，和妈商量，想害死姐姐，自己去做龙妻，后妈答应哒。第二天，后妈和妹妹假装要送姐姐，走到悬坎上，妹妹一掌把

姐姐掀到岩脚下，跌死了。到了河边，蟒蛇一见姑娘不是姐姐，心里就明白哒！后妈和妹妹骑在蛇背上，一到河心，蛇就沉到水底里，把后妈和妹妹淹死哒。

姐姐死后，变成一只水鸦鹊，总在河水上飞来飞去，还叫喊着"龙妻龙妻"。

狐狸报恩

　　过去有三个老庚，好得就像一个人。他们天天上山打猎，就是运气不好，空手去，空手回，这样的日子过了几年。

　　有一天，三个老庚吃了早饭后，跑了几座大山，翻了几条大岭，赶到荒庙堂活捉了一个一二十斤重的狐狸。三个人把狐狸用一根藤子捆起。大老庚讲："我去搬盆子来。"二老庚讲："我去磨刀，把狐狸杀了，好喝一餐酒。"三老庚就讲："快些去，我在这里守到。"

　　三个人各做各的事。

　　狐狸就用爪子把三老庚的衣角扒了两下，又接着用前爪蒙脸哭起来。三老庚感到奇怪，看了它几眼，不理，狐狸又扒他衣角，又哭，他也不理。狐狸再扒再哭。三老庚好为难，讲："我们打了多年的猎，没搞到一根毛，今天捉了你，要吃餐酒，偏偏你又哭，叫我哪子办才好呢？"狐狸哭得更伤心，三老庚心软了，说："好，莫哭，我放了你。"边说边解开藤子。狐狸走了两步，回头看看三老庚，舍不得离开。三老庚讲："你赶快去，我装睡着了，他们不得把我怎么样，顶多吵一架。"狐狸又走了几步，又回头看看，最后跑进大山里去了。

　　过了一阵，老大搬来一盆子滚开的水，老二拿来锋快的刀子，三老庚在睡瞌睡，狐狸却不见了。他俩把三老庚喊醒问他狐狸哪里去了，三老庚睁开

土家族民间故事

眼，"啊啊"地打一个哈欠。三个老庚分头寻了一阵，也没吵架，快快地回了家。

从此以后，大老庚硬不要三老庚一起了，三老庚左讲右讲，都不行。二老庚想留三老庚，见大老庚硬得很，又不好讲得。三老庚眼见无法，就一个人走了。

三老庚一个人无法打猎，就织了一个背笼，天天上山背柴到街上卖，买米糊口，衣服扯得稀烂，日子越过越艰难。

一天清早，他又清理了打猎行头，打算上山去碰财喜。

走了一座山又一座山，眼见太阳偏西了，连个斑鸠都没遇到，没有搞头，准备下山回家。

这时，迎面来了一个姑娘，年纪轻轻的，生得体体面面、利利索索。姑娘问："大哥，你一个人在这里做什么，怎么快快的？"三老庚叹了一口气，把自己的经过告诉姑娘，姑娘好开通的说："大哥，你莫着急，看你一个人家里无人照管，里里外外也忙不过来，若是不嫌弃的话，我们两个人住在一起，我给你做家务事，好不好？"三老庚一听，赶忙讲："你这位大姐快莫这样讲，男男女女，在一起讲这样的话，要是别人听见了，你的名声不好。俗话说：'墙内讲话，墙外有人。'"姑娘哪里肯听，越发大声夸气地讲要和他成亲。三老庚看看没得办法，就讲："莫大声嘛！我家无家，业无业，住的是一个茅棚，屋场是个蕨物子凸，没亲没故的，你跟我去受苦呀？"姑娘讲："吃苦受罪我不怕，只要你对我好，只要你对我好。"三老庚看看姑娘，硬是实实在在的，也就答应了。

三老庚把姑娘领到了蕨物子凸，进了矮茅棚。姑娘讲："我帮你起大屋。"三老庚讲："我穷成这个样子，一天两餐稀饭都糊不到口，哪里还有钱起房子？"姑娘也不作声，勾着脑壳出了茅棚，对到后面的蕨物子凸，用手一抹，就成了一个平平坦坦的大田坝，田里又竖着一幢大屋，把三老庚移到新屋里大床上睡了。第二天早晨，三老庚睁眼一看，自己睡在漂亮的屋里，就起来问姑娘："哪里来这么大的屋？"姑娘讲："这是我昨天夜里修的。"姑娘摆起桌子，端来山珍海味，叫三老庚吃饭，两口子的日子过得欢欢喜喜。

过了几天，三老庚想起大老庚和二老庚，就去接他们来吃饭。走到大老庚和二老庚屋里，弟兄好久不见，他们要给三老庚办饭吃。三老庚讲是接他们去吃饭的。大老庚讲："你那蕨物子茅屋有什么吃的？"三老庚讲："我今发财了，包你有好吃的就是了。"二老庚讲："我们都是老庚，不得见外，若三老庚差火，就把他接来一起住。"他们一起来到三老庚屋里，不禁感叹：嗬，好大的屋！朱漆大门，几重厅堂。三老庚媳妇生得好乖，世上少有。坐了一会儿，吃饭了，桌子上尽是山珍海味，两个老庚大吃了一餐，放碗后告辞要走。姑娘讲："婆娘老公一条心，同年老庚第一亲。来也不容易，多住几天再走。"两个老庚住了几天才走。

后来，这姑娘给三老庚生了四个儿子，又教儿子读书。儿子长大了，正好又逢皇上开科，四个儿子有的中了状元，有的中了探花，有的中了举人。三老庚真是富贵双全了。

有一天，姑娘对三老庚讲："我要回去了。"

"我们一家才刚刚办圆款，正好享长年福，你要回到哪里去？"

"我是你以前放的狐狸，是来谢恩的。现在，你也有了享不尽的荣华富贵，我该回去了。"说完，姑娘对外一指，三老庚以为老庚来了，往外一看，回头不见了姑娘，好不伤心。

老巴子妈妈

有只老虎呢，它每天帮一个单身汉弄饭。弄的饭就是猪肉、羊肉。单身汉回来吃饭呢，见到泡泡开，又没看见人，感到非常奇怪。

于是他就在深沟屋上趴着，想看个清楚。突然，他看到一个老巴子含着一只羊子呀，朝土地门口一架，几个滚一打，身上的老虎皮就掉了，随后就看到蛮乖一个姑娘。姑娘把羊子剥了皮呢，就弄到屋来，就弄着当饭吃。

这个单身汉呢，他看到他的屋里出烟了，他就把老虎皮架到屋头上，然后到屋里去。到屋里去呢，这个姑娘她就不好哪门搞的哟，她爬起来要跑，但老虎皮被单身汉又捡去了。听到单身汉对她说："看你给我弄了几个月饭啦，你到哪里去呢，我们两个成亲，做户人家不好嘛？"

就这样，她跟单身汉一起生活了几个月，之后生了个儿子。这个儿子落了①长大呢，又结了婚，又生了个孙伢子。

有一天，她就在这个茅屋上呢，看到那张老虎皮了。她就跟她的儿子讲："我要出门玩两天去的呀。"伢子们呢没看到老虎皮呀，当然，哪里都找不到。她的儿子说："你到哪里去玩的呀，这么大年纪？"他的爹说："你尽②你的妈去玩两天去，她这么大年纪呀，还不玩，没机会呀。"

①落了：后来。
②尽："让"的意思。

玩了半个月呀，她回来了，她的媳妇就说："妈，你去了半个月呀，回来没给孙伢子带点摘食①啊？"她说："我再去呢，就给孙伢子带摘食回来呀。"

过了个把月呢，她就跟她儿子讲她又要出门去。

去了回来呢，媳妇说："妈，你这回给伢子带了摘食没得呀？"她就抠出来几个伢子指头呀。她的媳妇呢跟她的儿子说："你看啦，你看妈在做坏事。你看，这哪门搞得呀？"她的儿子说："再不准妈去了。"

过了一段时日，她又要走哟，她的儿子说："妈，你再不能出门去啦，就在屋头，这么大年纪，怕跶倒②。"她就没有出去。

但是缓着③，她又偷着走了。媳妇对她儿子说："妈又走了的啊。"她的儿子就跟到她后头走。

她儿子跟到后头走呢，看到她把老虎皮一披就成了一只老虎。然后她走到一户人家，这户人家有个伢子五岁，她正要靠拢去，就听到她的儿子说："妈，妈，你这搞不得的呀，人家只有这一匹篾④呀。"她转身一看呢，看到是她的儿子，就不好意思了，就到老林去了。

没有办法，她的儿子呢就只好跟老林附近的村民说："一个歪掌子老虎来了，被打死了呢，你们就不要把它拿来卖了，那是我的妈呀。"

落了，她在西湾被打死了，她的儿子就去把她埋了。

---

①摘食：作为礼物的食品。
②跶倒：摔倒。
③缓着：等一下，等了不久。
④一匹篾：独生子。

蛤蟆精

有户人家没得儿子呀，就横直[①]敬老爷，敬土地公公和土地婆婆。

有一天，那个土地公公就说："你看这家男人啊没得儿子，又没得伢儿们，都快三十岁了，你看没得生的。我们是哪门跟他弄个伢子呢？眼睛也被他烧香、烧纸的烟子熏瞎了。"那个土地婆婆说："我们这个后头有个大蛤蟆子，一个金蛤蟆，尽他附体，去跟他做儿子去。"

土地公公就把这个金蛤蟆呢就尽他跟那个附体啦，这家妇人就怀娃儿了，一怀还是就怀了九个月。一生呢就生了个蛤蟆子。蛤蟆子的爹呢，他说："这，这，这，我们天天敬老爷，叫老爷保佑我们生个儿子，你看生个蛤蟆子，怄死个人啦。"这个蛤蟆子的妈呢，她说："就是蛤蟆子，我也引起。你去给我把嘎嘎[②]接的来，接嘎嘎来这儿洗吵。"蛤蟆子的爹只好去接嘎嘎吵。把嘎嘎接来洗了一看，还是个蛤蟆子啊。他还是吃蚂子。蛤蟆子的爹就说："这看得怄死人，这明明没得伢子们来接到我的根啦。这个敬老爷啊，结果生个蛤蟆子。"说完就跑去帮人家去了。

帮人家去了呢，这个蛤蟆子的妈呢还是把这个蛤蟆子引起。蛤蟆子四五

①横直：总是。
②嘎嘎：外婆。

岁时，教书那个先生就来约学。先生看到蛤蟆子后就跟蛤蟆子的妈说："你看，你的这个儿呀，尽他八岁了可以到学堂去，怕人家踹他一脚，这么个相。"蛤蟆子的妈就不准蛤蟆子去上学了。

但是蛤蟆子跟着先生去了。去了，就报了名，同时抱了本书回来。蛤蟆子说："妈妈，我抱了书回来了的。妈妈，给我送位子去。"蛤蟆子横直好歹要他的妈给他送位子去哟。送位子去时蛤蟆子的妈就问先生："你看我这个儿，他横直要读书呀，您啊，跟他发书啊。"接着又说："这么多的人，就是怕他们把他踹一脚哇。"过了一阵子，蛤蟆子的妈就又跟蛤蟆子送位子去。送去呢，蛤蟆子的妈就对先生说："您看，我这个儿读书怎么样？"先生说："这一堂学生呢，只有你这个儿呢会读书、会写字，写得还蛮好。"

蛤蟆子十二岁那年，大堂上唱灯戏。蛤蟆子就说："妈妈，今儿大堂上唱戏，我们去看去。"蛤蟆子的妈说："哎呀，你看你这么个相，怕别人把你踹下，怎么去哟，没得去看。""妈妈不去，我去。"蛤蟆子就直蹦地去了。

去了呢，蛤蟆子就在花堰的边上蹲着看。那个官家屋里的小姐也来看呢，小姐不小心就把她的戒箍子掉到那个堰里去了。蛤蟆子伸起脸看啦，蹦了下去，把那个箍子拿起来呢，就弄个碓窝祙子一下子揩呀，揩呀，揩了，就一下统起了。

过了几天呢，蛤蟆子就来跟这个官拜年啰。蛤蟆子喊："亲爷，亲妈，拜年啦。"这个官就说："你喊我亲爷亲妈，你有个什么把柄喊我亲爷亲妈的呢？一个什么把柄啦？""我还是有个把柄喊你亲爷亲妈的嘞。"蛤蟆子把戒箍子一抠就抠了出来，把给这个官。这个官问他的姑娘："你的戒指哪门会到他的手里去了的？"姑娘就说："那天晚上我们看灯戏，我看到堰边一大个蛤蟆子。我擤把鼻涕一甩呀，把戒箍子呢就甩到那个堰里去了。蛤蟆子多大个蛤蟆子，就朝那个堰里一蹦，他就把那个戒箍子摸了起来，看他用这个祙子揩，揩了呢，他就统起了。"那个官说："好。姑娘许配你也行。

你报期呢，要来几样礼物。第一样呢，是要这个虱子骨头四两，虼蚤①胡子半斤，还有簸箕大的鱼眼点，金砖面路，从你堂屋里面起一直到我这个大堂上，我的姑娘就把给你接。"

蛤蟆子样样都办齐了。亲爷一看，当真金砖面路哇，从那个堂屋里面起到大堂上，看屋里都是金银宝殿啦，蛮好哇。那个虱子骨头也谋来了，虼蚤胡子也拿来了，簸箕大的鱼眼点也谋来了。姑娘还是只有把给他接。这个官只好说："好，把给你接。那你回去给我择期②。"

把期择了呢，蛤蟆子就把帮忙的人都接去了。接了呢，就去找他的爹去。找他的爹呢，他就拿个红股子伞啦，他说："妈妈，在屋里跟我把事都持好，我去找爹爹去的呀。"他从沙市街过嘞，夹一把红股子伞啦，大家都赶着赶着看稀奇啰。哪来这么大的蛤蟆子呀，还夹个红股子伞啦，直蹦地去了。

蛤蟆子找到他的爹后，就说："爹爹，回去，我过事啊，回去，我办事去。"他的爹说："这么个丑相啊，谁个跟起你呀。"这个老板就说："你儿子来接你，你还是回去呀。"他的爹就去买了巴豆丸子，就和饭啦，给蛤蟆子吃。蛤蟆子吃了，直闹肚子。他的爹心想：屙死，屙死了他。吃了巴豆叶子，屙死了他。

晚上了，这个老板就要蛤蟆子跟起他爹同屋睡。半夜里，蛤蟆子果真直闹肚子，他就起来，这里屙一坨，那里屙一坨。早上起来呢，蛤蟆子说："爹爹，后头来呀，我就先回去办事去呀。"

蛤蟆子一下走了，这个老板到屋里一去呢，看见这里也是亮晃啦，那里也是亮晃啦。一看，这里两个银子啊，那里两个银子啊，甩了七八个银子在这屋里噢。"你看，你这个儿呀，胆子才是大，他挎的银子哈掉在这一块儿的呀，哈掉在我这个屋里，他没捡啦。那这你拿起去。"这个老板对蛤蟆子

---

①虼蚤：跳蚤。
②择期：看日子。

的爹讲。蛤蟆子的爹说："这，我不要噢。他的银子，我不要哇。"这个老板说："这是你的儿呀，你哪门不要嘞？你的儿子的，你拿起去呀。"他的爹就说："这我懒回去得，我也不要他的银子，我也不回去。"这个老板说："他拿的银子来接你，你看，它哪门哈掉在这一块儿的。"

蛤蟆子的爹就没回去，蛤蟆子就只好自己回去了。他去办事啊，办了呢，把新姑娘接来了。

他的妈就对新姑娘说："小姐啊，我的儿子生得蛮丑哇。你就那个啊……你就在这房里，尽他这个铺上睡呀，你们就不在一个铺上睡呀。我的儿子生得蛮丑哇。""你的儿子是哪里生得丑呢？"她就说生得不丑。蛤蟆子的妈说："这巧，白天里看的又是个蛤蟆子啊，黑了呢，他们两个讲得蛮亲热。他不是那么呱哩呱哩讲了。他讲话跟人一样啊，讲得蛮好。嗯，我是看看的。"就偷着一看去。一看呢，蛤蟆子把蛤蟆皮一脱，就是蛮乖的一个小伙子哦。

第二天呢，蛤蟆子的妈又对新姑娘说："小姐呀，我黑了些，到你的这个屋里来拿个东西的呀，你把这个房门不关啦。"晚上，那个小姐呢，当真就没关房门。蛤蟆子的妈看着他脱了蛤蟆皮之后就悄悄地去把这个蛤蟆皮拿去甩到茅厕里了。从此就没得这个蛤蟆皮了，也要不得金银了。他的儿子落了当了先王的，就是那个蛤蟆子的儿子。

野人嘎嘎

　　有户人家呢只有两个伢子，一个儿子，一个姑娘。有一天，伢子们的妈呢要到嘎嘎家去看下。原来是山大路远人口稀呀。去呢，当天是回不来的。伢子的妈就跟儿子、姑娘们讲："你们就在屋里照屋①啊，我已经捎话叫你们的嘎嘎来跟你们打伴②啦。"

　　母子三人的对话恰巧被藏在阳沟③里的野人听见了。天黑了呢，野人就假装去看伢子们，可门关着了呢，它就喊门："孙伢子啊，孙伢子啊，开门啰。"

　　孙伢子们问："你是谁个啊？"

　　野人回答说："我是你们的嘎嘎呀，来跟你们打伴的呀，你们的妈叫我来的哟。"

　　伢子们开了门呢，野人说："那你们就不点亮啊，我的眼睛疼啦。那亮一晃，就不行了的呀，看不得亮啊。"所以伢子们就没点亮。

---

①照屋：看家。
②打伴：做伴。
③阳沟：房屋后面檐下的一条沟。

野人到屋里去后一哈^①站着。姑娘伢儿就问："嘎嘎，您哪门不坐呢？给您搬的椅子。"野人说："你看我屁股上长坐板疮啊，又坐不得，你找个坛子来我坐。"

那个姑娘伢儿呢就找了个坛子来，野人朝这个坛子上坐呢，嘿，一欢喜哟，那尾巴就在坛子里甩呀甩、摆呀摆，于是发出了响声。因为野人有尾巴吵。那个孙伢子就问："嘎嘎，您这个坛子里是什么子在响呀，您看？"野人赶忙说："我这个屁股上长的坐板疮啊，滴脓滴得响的啊。"

野人又说："孙伢子呀，那你们跟我睡去。点不得亮的呀，兄伢子跟我一起去睡去啊。"

没有点亮，野人就把兄伢子引起睡呢，很快把兄伢子弄死了，就给吃了，不小心捂^②作声了。

姑娘伢子在脚头睡呀，她问："嘎嘎，你吃什么子啊？"

野人说："你的嘎公炒的炸豌豆，我心里慌，我吃两颗的呀。"

姑娘伢子说："嘎嘎，你的炸豌豆给我把两颗，我吃下看啦。"

野人就跟她递了几个她兄伢子的指头。姑娘一摸呢，是人指头哇。她就想呢，这是野人啦，脚上又有毛哇。姑娘伢子小声说："拐了^③，是野人，那这哪门……"

过了一会儿，姑娘就说："嘎嘎，我要出去屙尿去了。"

野人说："那你不起去啊，怕跶倒。"

姑娘说："嘎嘎，你怕我跶倒，我跟你把个绳子把我牵起呀，我就不得跶倒。"

姑娘伢子给野人把个绳子拉着呀，就把那根绳子系在柜脚上，然后爬到楼上去了。爬到楼上去了呢，就烧桐油哇。

①一哈：一直。
②捂：弄得。
③拐了：坏了，不好了。

147

野人就问："孙伢子，你到哪里去了呀？这么时候还没有来。"

姑娘伢子说："还没有哇，还有一下下呀。"

姑娘伢子又悄悄把楼板掀了。桐油烧开了，就朝野人脑壳上滴。

野人以为是夜蚊子在叮它，于是就说："夜蚊子，你不要叮我，我把姑娘伢子弄死了，我们两人要哇。"姑娘伢子听到后，更加气愤，就把烧开的桐油全部滴了下去，一下就把野人的毛给点燃了吵。野人还在说："夜蚊子啊，你不滴灯啦，我把她弄死了，我们两人分啦。"最后，野人被烧死了。

伢子们的妈第二天回来呢，儿子给野人吃了呀，姑娘也把野人烧死了。

虎儿娃

　　相传，很多年以前，山寨里有一个妹崽结婚，轿子抬到半路，突然一声虎啸，一只猛虎向人群扑来。于是，吹唢呐的拿着唢呐跑，过礼①的丢下嫁妆跑，抬轿子的丢下轿子跑，只剩下新媳妇还在花花轿里。老虎过去，掀开轿门，一口将新媳妇含了就跑。跑回山洞里，老虎就和新媳妇拜天地。

　　老虎和那妹崽成亲之后，生下一个孩子。那孩子的脸半边人形，半边虎形，他妈就给他取名虎儿娃。

　　虎儿娃一天天长大了，他像人一般的聪明，又像虎一般的勇敢，他妈非常喜欢他，可就是老虎守得严，怎么也出不了山洞。

　　虎儿娃五岁那年，他站在洞口，见大路上有人提着鸡、背着蛋过去了，他进去问他妈："那些人到哪里去？"

　　"走家婆屋去。"

　　"我有家婆吗？"

　　"有哇！"

　　"我也要走家婆屋去。"

---

①过礼：抬送嫁妆。

土家族民间故事

"儿啦，你怎么走得了呢？要是半路上碰上了你老虎爸爸，不就要了你的命吗？"

"妈，妈，快走吧，我们不能再跟虎爸爸一起过日子了！半路上它要来吃我，我有办法对付它。"

听了虎儿娃的话，他妈带着他走出山洞，走上了去家婆屋的路。可出洞不到十六七米远，发现虎爸爸蹲在岔路口。虎爸爸见虎儿娃母子俩要走，咆哮一声，张开了血盆大口。虎儿娃眼睛尖，手脚麻利，抱起一坨大石头，向虎爸爸扔去。虎爸爸一咬，把牙齿都梗脱了好几瓣。虎儿娃又捡起两个石头，左手向虎爸爸右眼扔去，右手向虎爸爸左眼扔去，把老虎两只眼睛打瞎了。老虎什么也看不清了。虎儿娃由他妈带路，朝家婆屋跑去。

母子俩来到家婆屋，天都已经黑尽，家婆已关上门睡下了。虎儿娃的妈将门敲了几下，家婆在屋里问："是哪一个？"

"我呀！"

"你是哪个呀？"

"你的女儿呀！"

"我哪有女儿？我女儿结婚那天，不是被老虎吃了吗？"

"妈呀，老虎没吃我，我还活着。"

"五年啦，老虎没吃你，谁信啦？"

"妈，你开开门看吧，我真的还活着。"

家婆点上灯，开开门一看，果真是她的女儿，右手还牵着一个脸上半边人形半边虎形的孩子。便指着那孩子问："那是谁呀？"

"你的外孙啦！"

家婆听了，又是喜，又是愁，那么一个样儿的孩子，怎么出门见人呢？可毕竟是自己的外孙。家婆说他家公已经去世，她一个孤老婆子过日子的艰难。虎儿娃听了，说道："家婆，家婆，你莫愁，好的日子在后头。"

家婆心想：我有啥好日子呢？女儿回来了，又带来了一个怪模怪样的外孙，好日子在哪里呀？家婆哭了一场，安排母子俩睡了觉。

第二天，虎儿娃要上山打柴。家婆见他人小，不让他去，可虎儿娃要干的事，怎么拦得住呢？虎儿娃跑上山巅，一声呼哨，山林的百兽都跑了来，见他脸上半边人形半边虎形，谁都怕他，便举他为王，一切听从他的调遣。他叫百兽砍柴，上街去卖。百兽将卖的钱全交给了他。虎儿娃回到家里将钱全交给了家婆。家婆见虎儿娃半天找回这么多钱来，十分高兴。

第三天是逢场天，虎儿娃要和家婆一起上街，家婆怕别人见了那模样儿见笑，不让他去。可虎儿娃要办的事，怎么拦得住呢？只好让他同行。婆孙俩到场上，见一匹烈马受了惊，狂奔乱跑，踢倒了三个摊子，踩伤了三个行人。虎儿娃连忙跑上前去，抓住马缰。那马见了虎儿娃，俯首帖耳，听他指挥。虎儿娃制服了烈马，满街人都称赞他，家婆也更喜欢他了。

过了三天，虎儿娃又和家婆一起上街。走到场上，见人们正围着看黄榜，原来是皇帝女儿被魔王山的妖魔摄了去，如果谁能救出公主，皇帝就将公主嫁给他。虎儿娃见了，要上去揭黄榜，家婆连忙出来阻拦。可虎儿娃要办的事，怎么拦得住呢？虎儿娃揭了黄榜，家婆便说："虎儿娃，你实在要去，将你家公祖传的宝剑带去吧！"

虎儿娃回到家里，带上祖传的宝剑，直奔魔王山。来到魔王洞口，他高喊道："魔王魔王快出来，快把公主交出来！"

妖魔听见虎儿娃的喊声，出洞一看，是三尺高的崽崽，便张口一吸。以往，妖魔一吸，就是大人也会被吸下肚去。可今天，它使劲一吸，虎儿娃却纹丝不动。妖魔又吐气，那气一吐，便刮起一股狂风，飞沙走石，石头顺风跑，大树连根拔。一会儿，风停了，妖魔一看，虎儿娃还站在那里，纹丝不动。妖魔又喷一口水，那水一喷，顿时波涛滚滚，在地面上冲出一条小河来，顺河的泥石全被卷走了，可虎儿娃站在江心，还是纹丝不动。那妖魔治人，就靠吸气、吹气、喷水三招。妖魔见三招都失灵了，回过头，拔腿就往洞里跑，虎儿娃追上去，拦腰一剑，把妖魔砍成两截。

虎儿娃救出了公主，把公主送回皇宫。皇帝见他脸上半边人形，半边虎形，说什么也不愿把女儿嫁给他。这时候，虎儿娃从怀里掏出黄榜来。公主

土家族民间故事

见了，上前说道："父王，你既然发了黄榜，你就让女儿跟虎儿娃去吧！"

"不行！"皇帝态度十分坚决。皇帝想：我若将公主嫁给这个半边人形半边虎形的怪物，岂不惹天下人耻笑？公主见皇帝不答应，便跪在皇帝面前，说道："父王，想我国民历来守信自约，说一不二，父王今日发榜而悔，将会失信于民的。望父王准女儿嫁与虎儿娃，何况虎儿娃还是俺的救命恩人呢？"

皇帝犹豫了，嫁嘛，心头实在不愿；不嫁嘛，又怕失信于民。皇帝半天拿不定主意。公主又说："父王，女儿嫁与虎儿娃将终身不悔。女儿主意已定，除了虎儿娃，我是谁也不嫁了！"

皇帝见公主意志坚决，只得依允。虎儿娃和公主成亲这天，山寨里的后生和妹崽一齐来向他们祝贺。晚上，虎儿娃走进洞房，见公主愁眉不展，虎儿娃便说："来，我俩来喝交杯酒吧！"

公主端起酒杯，虎儿娃叫她将酒含在口中，一下喷在自己脸上。公主听了虎儿娃的话，含上酒，朝虎儿娃脸上一喷，虎儿娃脸上那半边虎形顿时就成了人形。虎儿娃叫公主把另一杯酒喷在他的身上，公主一喷，虎儿娃顿时就成了一个高大英武的后生，公主欢喜不尽。从此，夫妻俩恩恩爱爱。

田好人献宝

从前，在鹤峰椒山玛瑙土司①里，有个名叫田长水的种田人，一年到头勤扒苦做，只糊得个肚子不饿，破衣烂衫，穷得没法。田长水有一副菩萨心肠，肯救济别人，人们都叫他田好人。

田好人住在两河口边上，河边有口水井。水常年不干，井里有个碗口大的螃螃②，一天到黑都"螃螃"地叫喊。田好人喜欢它，从来不让人来捉，把井口用牛网刺③遮了个紧紧扎扎。田好人每日朝朝，都来给螃螃把饭吃。

有一天夜里。田好人睡得正熟，梦见一个木盆大的螃螃跳到面前对他说："水井里头有个宝贝，能让牲畜起死回生，就是救不得人，要是把宝贝给你容美土司王爷，就能做大官，过好日子。"螃螃一说完，就不见哒。田好人一醒，连忙跑到水井边上，挑开牛网刺一看，螃螃不见了，只有一个岩头，在井里闪光。田好人连忙捞起宝贝，装在口袋里，天没亮就往王府里走。

田好人走啊走，陡然看到路边上有只死老鼠。田好人想起螃螃的话，连忙拿出宝贝，在死老鼠身上一滚。老鼠活哒，朝田好人点点脑壳，说出人话

---

①椒山玛瑙土司：属容美土司管辖，现下坪一带。
②螃螃：两栖动物，属蟾蜍科。
③牛网刺：荆棘丛。

来："多谢救命之恩，我愿作为你的兄弟，日后只要有哒难处，就喊一声鼠老二，我就来帮你！"说完，老鼠就钻进树洞里哒。

田好人走了不到半里路，又救活了一窝烧死的蜂子，救活了一条死蛇。蜂子和蛇都愿做田好人的兄弟，是蜂老三、蛇老四。蜂老三和蛇老四都说："只要日后有了难处，就喊一声，我们就来帮救命恩人的忙！"

田好人又走，天刚黑，走到了柘溪镇①边上，看到路边上死了一个人，他想救活他，但一想到螃螃的话，又稳住不去了。想转身走开，他又不忍心。田好人心里想：我当哒一辈子好人，看到遭孽人，不救不算是好人，管他三七二十一，救一回再说。

他把宝贝在死人面前滚一滚，死人没活。一看，死人没得心肝肚儿。田好人急得没法，正在这时候，一条狗子跑来吃人肉。田好人一岩头把狗子打死，又把狗心安在死人身上，用泥巴做了一个心，安在狗身上。他把宝贝先在狗子身上一滚，狗子活哒，又把宝贝在死人身上一滚，死人也活哒！

死人翻身坐起来，揉了揉眼睛。一看到田好人就抓住他，咬牙切齿地说："好个贝锦卡人，老子恨死你们哒！"他一岩头把田好人打死哒，搜出宝贝，就往柘溪镇里走。原来这个死人是野大熊②派来杀田土王的。野大熊挨了田土王的打，怀恨在心，跑到宜昌府从军打仗，当了大官，一心想报仇，杀田土王。这人来打听田土王的消息，让土兵抓到杀哒，还开了膛，破了肚，让狗儿拖了心肝肚儿。

田好人好久好久又醒过来，想起自己不听螃螃的话，果有今朝，伤心得没法。哭哒一会儿，陡然想起鼠老二、蜂老三、蛇老四，连忙喊起来。

不一会儿，鼠老二、蜂老三、蛇老四都来了。一听田好人讲出来龙去脉，都说不要紧。鼠老二偷来腊肉、米饭和衣裳，让田好人吃饱、穿好。蜂老三飞到柘溪镇，看到坏人把宝贝送给田土王，当了舍人。蛇老四吐着毒

①柘溪镇：鹤峰城的古名。
②野大熊：传说中的人物，容美土司的叛逆。

箭，说："让我去咬死这个坏东西！"

第二天，田好人和鼠老二、蜂老三、蛇老四一起进了柘溪镇，看到一张告示。告示上说：土王田明如的姑娘，眼睛瞎，耳朵聋，有嘴不说话，哪个郎中能诊好这些病，就请他当驸马！

鼠老二说："田好人，你把我耳朵割下来，安到病人耳朵上，她就不聋哒！"

蜂老三说："田好人，你把我的箭螫在病人嘴里，病人就不哑哒！"

蛇老四说："田好人，你把我的苦胆让病人吃，病人的眼睛就不瞎哒！"

田好人一听，连忙说不干不干，要是这门一搞，三兄弟不是要死的吗？

鼠老二、蜂老三、蛇老四都说："不要紧，只要把宝贝拿到手，就救得活的！"

田好人一听，有道理，就撕了告示，进了土王府。他让土王的姑娘吃了蛇苦胆，把鼠耳朵安在病人的耳朵上，又把蜂的箭螫到病人嘴巴上，果然，病人的眼睛亮哒，耳朵听得见了，话也说得哒。田土王喜欢得不得了，就要招田好人做驸马。田好人连忙说："我不想当驸马。我想看看你的宝贝！"田土王一听就不喜欢哒，问田好人哪门晓得宝贝的。田好人就把螃螃的话说哒一遍。土王恼火地说："干不得，老鼠、蜂子和蛇是害人的东西，不能救！"

田好人一听，当时就被气死哒！后来，老鼠、蜂子和蛇就和人作对，专门报这个仇。那个偷宝的坏家伙，在野大熊打容美土司的时候，当真做了内应。

李老三守坟

隋朝末年，有一位姓李的阴阳先生，膝下有三个儿子。李先生一生专给别人看地理风水，自己却穷困潦倒。老大、老二常发牢骚，很不孝顺，只有老三还好，李先生也格外疼他。

不久，李先生一病不起，已经是奄奄一息了，几个儿子守在床前等送终。老大、老二不耐烦地问："爹啊，你给别人看了一辈子地，未必没给自己看一块？"李先生半天才上气不接下气地说："我死了，你们找八个力士抬着往西走，抬棺材的绳子在哪里断了就埋在哪里。埋了后，你们守七七四十九天坟，保险有你们的好处。"说完就断了气。

第二天，几个儿子找来八个大金刚，抬起棺材往西走。第一天过去了，绳子没断，老大不耐烦，借故回家了。第二天，绳子还是没有断，老二不耐烦，也借故回家了。老三一个人跟着八大金刚走，直到第三天中午，绳子才"嚓"的一声断了。老三就把父亲埋在绳子断了的地方。

从此，老三一个人在那里守坟。没几天，干粮吃完了，老三饿倒在坟边，只见父亲走过来说："儿啊，我坟后有一个像菩萨的石头，你要什么，只要向它作三个揖。"说完飘然而去。

老三醒来，觉得奇怪，爬到坟后一看，果然有一块石头像菩萨。他按照父亲的吩咐，给那石头作了三个揖，求一顿饭充饥。果然，石头边摆出了几碗热腾腾、香喷喷的饭菜。第二天晚上，天下大雨。老三又向石头求一个遮雨的地方，不一会儿，坟边冒出一间青砖瓦房，老三非常高兴，守坟的心更诚了。一日三、三日九，老大、老二不见老三回来，料定老三饿死了，便一道来看个究竟。走到坟前一看，老三不但活着，而且有吃有住，大吃一惊，一问，才晓得是怎么回事。两人便合计也守起坟来。

守了两天，老大、老二又不耐烦了。老二说："哥哥，爹爹说有什么好处，只怕就是那个石菩萨，我们不如把它抬回家，免得老三在这里守坟。"哥哥听后便赞成，只是老三不愿回去，他要守满七七四十九天。

老大、老二把石菩萨抬回家，供在堂屋里，老大向它作三个揖说："我要三千两金子。"

老二也作了三个揖说："我要三千两银子。"可是等了老半天，没有一点动静。两兄弟气极了，找来一把大锤，老大朝石菩萨甩起来一锤。"啪'的一声，大锤弹回来把老大打死在地上。老二更加气愤，接上去又是一锤，大锤又弹回把老二打死在地。石菩萨"轰隆"一声飞上了天。

再说老三没有了石菩萨，忍饥挨饿地守了一天又一天，终于，守满了七七四十九天。这天，老三给坟上培了一层土，磕了几个头，痛哭了一场，告别父亲正要回家，忽听得一阵鼓锣声，从半天里飘下个仙女，对直绕到老三面前说："我是天上张四姐，奉王母娘娘之命，下界与你成婚。"老三一听，面红耳赤，低下头说："父孝在身，怎能成亲？"说完就要走。那仙女扯住老三的衣服说："看，有你父命在此！"说着递过来一封信。因为李先生死后成了天上神仙。老三打开一看，正是父亲的亲笔，上面写道："吾儿：汝虽孝期未满，但守坟心诚，今与王母娘娘议婚，命汝与王母娘娘之女张四姐速成婚姻。"老三遵照父命，与四姐在坟前拜了天地祖宗，结为夫妻。

从此，老三与张四姐男耕女织，相亲相爱，不久，生得一子，取名李渊，李渊长大后做了唐朝开国皇帝。

幺妹种瓜

从前，在小茅田山角落里住着一户人家，这户人家有一个老汉和三个姑娘，日子过得很穷。

一天，老汉在山上砍柴，弄好后他坐在柴捆边叹长气。忽然，一位白胡子老头来到他面前说："叹么子气嘞，老弟！"一边说一边拿出一颗金晃晃的瓜子递到老汉手里说："拿回家要姑娘们好好种上。"说完，白胡子老头就不见了。

老汉回到家。他对大姑娘说："把这颗瓜子种上吧。"大姑娘看了一眼瓜子说："这么好看的一颗瓜子，哪门要种到土里呢，给我玩吧！"老汉瞅了姑娘一眼。又对二姑娘说："你去把这颗瓜子种上吧。"二姑娘看了一眼瓜子说："这样标致的东西，怎么要塞到土里呢，给我玩！"二姑娘说着就去抢瓜子，老汉连忙往荷包里一揣，就对幺姑娘说："幺妹，你去把这颗瓜子种上吧，传个种。要深点种，莫让么子给刨了。"幺妹接过瓜子，拿到坝场边种上了。不几天，瓜子长出了嫩生生的芽子。大姐、二姐看见瓜苗苗，才晓得妹妹种瓜的地方，就去刨那颗种子。刨啊刨，把手刨出了血也没刨到。

幺妹每天给瓜秧浇两遍水，隔两天又淋一道粪，瓜苗长得好快！不几天，长了好长的藤子。

幺妹用两根树棍棍搭在猪圈屋檐上，不几天，瓜藤子就爬上了盖着杉树皮的屋顶，老汉看到瓜藤长得那门快，又高兴又觉得稀奇。

幺妹天天守在瓜藤跟前，给它浇水、上粪，不几天，瓜开花啦！幺妹喊爹："爹，来看，好几个丫巴里开了金黄色的花。"

瓜藤子从屋顶长到了屋后。幺妹还是天天在为着瓜忙，除了浇水，还爬上梯子上上下下地照护藤子。大姐、二姐都眼红，在背后说过场："开了花，还一天浇呀浇，弄呀弄的，像吃哒饭不得消化！"

过了几天，幺妹又喊爹："爹，真稀奇嘞，怎么在屋前开花，在屋后结瓜嘞？！"老汉去一看：真的是。屋脊前面，开着许多花，没结一个瓜；屋脊后面，没开一朵花，却结了一个绿嫩嫩的小瓜。他笑着在默经①：白胡子老头给的这颗瓜种真有点神气哩！

幺妹还是整天为瓜忙上忙下的。大姐、二姐总是看不惯，成天在背后咕咕哝哝地说："在结瓜了，还浇水做么子，硬是吃了饭不得消化！"不几天，幺妹又喊爹："那个瓜黄了嘞！"老汉去一看："嘿！真的黄了！"幺妹说："爹想吃不？想吃，我摘了给爹弄。"老汉说："让它长，长老，好弄点籽传种。"幺妹说："要得。就是怕别人偷哟！"老汉说："不要紧，白天你守，晚上我守。"

幺妹回答说："要得。"

那大姐和二姐见瓜黄了，口里就滴出清口水来了，见爹和幺妹他们又不准摘了吃，就在屋里咕咕哝哝，找岔子出气。后来，她俩就天天哄幺妹说："幺妹，爹大概是咬不动瓜了，你去摘回来，我们三姊妹吃吧，已经老黄了！"幺妹摇摇脑壳说："我看，那个瓜蛮稀奇，就不吃了吧，留着传个种。"大姐又横眉竖眼咕哝一句："你留着制陪嫁呀！"

这天，大姐和二姐再也忍不住了，要把瓜摘回来。她俩趁幺妹给爹送茶的时候，悄悄爬上了猪圈屋顶。

---

①默经：心里想。

说也真巧，那个瓜连影子也不见了！她俩翻来覆去地找，却连瓜把儿也没看见。

幺妹给爹送茶回到屋前一看，她大姐、二姐正在屋上找瓜，踩得杉树皮扑嚓扑嚓地响。幺妹慌了，连忙爬上屋。大姐、二姐一见她就喳①起来："哎呀，幺妹，你的瓜怎门不见了呢？！"

幺妹连忙爬过去找，"哎呀，真的不见了——呜呜呜——"幺妹边说边哭了起来，越哭越伤心。那大姐和二姐心里倒欢喜了，小声说："哼，活该！你白搞了一场！"她两个悄悄溜下了屋。幺妹哭了一阵子，睁开眼睛一看，那瓜就睡在她脚跟前。她边揩眼泪水又边笑起来说："这就巧哒，你从哪里出来的嘞？"她正在自言自语，那瓜把她的脚掀了掀，她眨了眨眼，瓜又在掀她的脚，她一瞄，更奇怪了：那瓜已经没有连在瓜藤子上了！

她抱着瓜进了屋。她把瓜放在床上，用铺盖蒙好。

这天晚上，幺妹横直睡不着，她生怕哪个把瓜偷去了。她把瓜挨着自己的身体放着，用手抱起。本来，那两个姐姐也不晓得她把瓜抱回了家。在要亮的时候，她才睡着，她刚一睡着，梦见一个白胡子老头对她说："要她把有把儿的那头切掉，会有好处的。"

天亮了，幺妹起了床，把瓜抱到堂屋的大桌上，然后喊来爹和大姐、二姐。一家人高兴得像捡了银子似的。特别是大姐、二姐，看见黄亮亮的瓜，喉咙早伸出了爪子，清口水也直往桌上滴。大姐连忙找来菜刀，准备动手，幺妹连忙接过刀，说："慢点，让我来！"幺妹用刀切下帽盖子后就被惊得痴里痴气的直眨眼睛——那瓜里装着花花绿绿的东西！幺妹用手拿出来一看，是一套新崭崭的花衣服，她高兴得跳了起来，她爹连忙帮她穿上，像是比着她身体缝的，尺寸不大不小，将然合适。她呼啦一下变得像一个下凡的仙女。大姐、二姐爱死了！她俩都争着把手往瓜里伸，想抓花衣裳，都捉住

---

①喳：叫喊。

布一样的东西往外扯，眼睛笑得合了缝。等她俩拉出来一看，心头顿时冷了大半截，眼睛也眨不动了。原来拉出来的是一套爹才能穿的蓝色衣裳！当她们把手再伸进去摸时，什么也没有了，只摸出几颗黄亮亮的瓜子。大姐、二姐的脸"哗"地一下红齐了颈项。

摇钱树

从前，有兄弟两人，哥哥贪心狠毒，弟弟老实善良。父亲临死前把兄弟俩叫到跟前，叮嘱他们要和和气气，哥哥千万要照顾弟弟，不要使坏心眼。父亲死后，哥哥当了家。

哥哥一心要独吞家产，他只给弟弟一把旧犁，一块瘦田，就把弟弟撵出了家门。

年幼的弟弟在走投无路的情况下，只好带着自己喂大的一只小黑狗，在山坡里搭了个茅草棚过日子。

春耕时节，弟弟没有牛耕田，去找哥哥借，哥哥给他一顿吼："你耕我也要耕，哪有牛借给你？"

弟弟没办法，只得自己去挖，可是什么时候才挖得完呢？他愁得吃不下饭、睡不着觉。一天，小黑狗跑过来含着他的衣角，把他拉到犁耙前，摇摇尾巴，点点头，然后自己跑到犁头前站着。弟弟爱抚地摸摸小黑狗的头，说道："狗啊狗，你难道能帮我耕田吗？"小黑狗点了点头。弟弟把犁给狗套上，黑狗真的拉起犁就耕起田来，不到半天，弟弟驾着黑狗就把田耕完了。

哥哥听说弟弟的黑狗会耕田，就跑来对弟弟说："把黑狗借我耕几天吧！"说着他就把黑狗牵回家去了。过了两天，弟弟去要狗子，哥哥恶狠狠地说："那只该死的狗，不仅不给我耕田，倒把我咬了几口，我已经把它打死了。"

弟弟心里很难过，又不敢和哥哥扯皮①，只好忍气吞声地把死狗弄回家，埋在自己的草棚边上。坟堆好后，他忍不住伤心地哭了起来，泪水湿透了衣襟，坟头的泥土也被打湿了一大片。过了几天，一棵小树苗从黑狗的坟里头钻了出来，望着望着地长，不久就长成了一棵枝肥叶茂的大树。又过了几天，树上开满了白色的花朵。

这么快就开了花，弟弟感到非常奇怪，想爬到树上去看个究竟。当他一挨到树的时候，树就自动摇了起来，只听"哗啦啦"一阵响，从树上落下一地白花花的东西，弟弟拾起来一看，全是银子！

弟弟知道这棵摇钱树是自己心爱的小黑狗变的，心里又是一阵难过。他拿来一个背篓，拣了满满的一背篓银子回家。他用这些银子置了许多东西，盖了一栋新瓦房，还买了一头大牯牛。

弟弟有了摇钱树的事又被哥哥晓得了，于是哥哥背了一个背篓来摇银子，谁知他抱住树干一摇，却洒了他一身狗屎。哥哥火了，抡起斧头就砍倒了摇钱树。

哥哥把摇钱树砍倒了，弟弟心里很难过，他把摇钱树扛回家，做了个大鸡笼。这鸡笼真怪，白母鸡进去生银蛋，黄母鸡进去生金蛋，弟弟日子过得越来越好。

俗话说得好，"没有不透风的墙"，这事还是被哥哥知道了，哥哥又赶跑来借鸡笼。谁知鸡笼到他家里全变了，白母鸡关进去生灰石头，黄母鸡关进去生麻石头。哥哥天天往外倒，总也倒不完。他家门口那条小河全是圆溜溜的小石头，哥哥气极了，抡起斧头把鸡笼劈成了八大块。

---

①扯皮：争吵。

土家族民间故事

哥哥生怕弟弟把砸烂的板子弄去再做出什么宝物，决定把板子烧掉。他把大门关得紧紧的，然后把板子堆在火坑里，他刚一把火挨近木板时，只听"呼"的一声，木板立刻着了火，火越烧越旺，哥哥想往外逃，但门被闩上了。那黑心烂肠的哥哥就被活活烧死了。

没有鼻子的哥哥

　　从前，有两弟兄，哥哥叫吴大，弟弟叫吴二，爹妈死后，他们一起生活。后来，哥哥成了亲，就把弟弟分了出去。哥哥很贪心，把房屋、肥田土都给自己，连锅、瓢、鼎罐也不分给弟弟。吴二只好牵着自己从小喂大的大黄狗走了。

　　从那以后，弟弟就天天牵着大黄狗去山林头打柴来卖，有时打一天柴还吃不到一顿饱饭。晚上，他就抱着大黄狗蜷在别人家的阶檐下睡觉。

　　有一天，吴二上山打柴，过了一个大山岭，忽然看见从大森林中间出来一群人，每个人都背着一个很重的大口袋，他赶紧躲到旁边偷看。那群人走到一块大石头下，就喊："石门开，石门开，我们要进来！"石门一下开了，那群人就进去了。过了一会儿，那群人又出来了，喊了一声："石门关，石门关！我们走了！"那石门又关上了。

　　第二天又是这样。吴二等那群人走了，想弄清楚这是个啥子洞，就跑到石门跟前去喊："石门开，石门开，我要进来！""哗"的一声，石门开了。吴二走进去一看，到处都是金银珠宝。他心想："定是走到响马①洞里

---

①响马：绿林人物。

来了。"他想出去，可是叫了半天，石门也不开。正在这时，却听到外面一阵嗒嗒的马蹄声，他急得头发根都竖了起来。突然，他身旁的大黄狗扯住他的衣服，把他拉到岩洞深处的一个坑坑里。吴二趴下身子刚躲好，石门就开了，七八个响马进了洞。

"好像有股怪味？一定有人进来了。"一个尖嘴猴腮的响马说。

快找找看，找出来让他尝尝我们的厉害！响马四面八处乱找，连个人影也没看到。

一个满身横肉的响马叫道："莫找了！莫找了！哪个跑得进来？"

响马跑了一天，肚子都饿得咕咕叫，赶紧提出一个壶来，大家围着壶坐成一圈，然后说："金壶一笃，满地酒肉！"一眨眼，地上就摆起许多酒肉。响马们吃完就睡了。

第二天一早，响马要出去，就打着石门喊："开石门，开石门，我要出去！"他们全走了。响马一走，吴二心想：那金壶一定是个宝贝。就拿了金壶，牵着大黄狗出了山洞。吴二拿着壶到村头，就喊："金壶一笃，高房大屋！"眼前马上就有了一幢漂亮的房子。从此，他再也不愁吃穿了。

有一天，吴二去请哥哥来家中耍。吴大见弟弟修了一幢新房子，很奇怪。吴二把哥哥请进屋头坐，陪着他耍，并不去弄饭。到了吃饭的时候，就提出壶来喊："金壶一笃，满桌酒肉！"桌子上就有了香喷喷的酒肉。哥哥知道弟弟得了宝物，想要霸占，又不好明说，就吓吴二道："兄弟，这样的宝物只有皇帝才有，你从哪里偷来的，我要去告你！"吴二怕他去告，只好对他一五一十地说了。哥哥说："既然这样，那你一定要带我去找那地方，要不，我就要去告你！"

于是，吴二就把哥哥带到响马住的山洞，教他说："石门开，石门开，我要进来！"哥哥喊开了石门，就急急忙忙地钻了进去。弟弟牵着大黄狗回去了。吴大一走进山洞，看见到处都是金银珠宝，口水都滴下来了。他赶紧把衣服脱下来，捡着好的往衣服里包。拿了这样想那样，一件衣服包满了，他又脱下一件衣服来，结果连响马回来都不知道，直到门"哗"地一声响了，他慌忙躲到装珠宝的罐子后头，吓得蜷成一团。

　　响马一走进来就又闻到一股怪味。他们上过一回当，连宝壶都被偷走了，这回就挨着找，硬是要把偷东西的找到。一会儿，尖嘴猴腮的响马就在珠宝罐子后面把吴大抓了出来，全部响马都跑上来围住他，又打又骂："上回你跑来把我们的金壶偷了，这回又来偷啥子！还我们的金壶！"吴大连忙说："我没拿，我没拿！"响马说："你还不承认？"抓住他的鼻子用力扯，一会儿，吴大的鼻子被扯得很长很长，长得拖在地上了。响马见他不像拿金壶的，就把他赶走了。

　　吴大拖着长鼻子回到家，对弟弟说："兄弟，你把我害成这个样子，今天你非给我医好不可！"吴二很可怜哥哥，就拿出金壶来喊："金壶一顿，鼻子缩一寸！"哥哥的鼻子果然缩了一寸。吴二又喊："金壶二顿，鼻子缩二寸！"哥哥的鼻子又缩了二寸。就这样，弟弟喊一次，哥哥的鼻子就缩一次。最后，哥哥的鼻子跟原来一样了。这时，吴大又凶起来："弟弟，是你骗我吃了这么大的苦头，你得把金壶给我！不然，我叫响马来杀你！"吴二心想：哥哥也太坏了，大屋大房住起，牛羊成群养起，还要贪别人的东西，一定要好好教训他，于是又喊："金壶千顿万顿，鼻子缩得干干净净！"

　　一转眼，哥哥就没鼻子了。

王小二娶胡妮

　　从前，有个叫王小二的打柴人，他爹去世得早，他和妈过日子。王小二勤劳、善良，又是个孝子，每天打柴卖了，都要给妈买点东西回去。

　　一天，他上山打柴，刚打好一挑柴，捆起要走，突然听到有人说话："王小二，救我一下！王小二，救我一下！"王小二抬头四下一看，没见到人，就准备走。突然，又听见有人在说："王小二，快救我一下！王小二，快救我一下！"

　　王小二问："你在哪里？"

　　"我在这里。"

　　王小二一看，是条毛狗①。毛狗在地上哀求王小二说："你救我一下，一个打猎的把我撵了三天。马上就要撵拢了，求求你救我一下，我跑不动了！"

　　王小二说："我怎么救得了你呢？"

　　毛狗说："你把柴打开，我躲到你柴中间，你捆上柴，挑起走就行了。"

　　王小二就打开柴，把毛狗捆进里面。刚刚挑上肩，走了才几步远，打猎

———————————

①毛狗：狐狸。

人就撵上来了，打猎人问："大哥，你看见毛狗没有？"

王小二随手往前面一指，说："跑过去了，你快去撵。"

打猎人听了他的话，扯伸脚杆就往前面追去了。王小二放下柴担，看到猎人翻过了山梁，这才解开柴担，把毛狗放了出来，说："猎人走远了，你快逃生去吧！"

毛狗点了点头说："恩人，今天要不是你救我，我的命就没得了。让我跟你回去吧，可以帮你做些事情，我要报答你的恩情。"

王小二心想：你一条毛狗，能帮我做啥子事？就说："算了！算了！救你，我也没费多大力，你各自去吧！"说完，挑起柴担就往回家的路上走。

没走多远，毛狗又出现在他面前，请求王小二带它回去。王小二还是不答应，照旧叫毛狗走开。毛狗不再说话，掉转头来，走小路赶到王小二家去了。

这时，王小二的妈正坐在院坝里补衣服。毛狗摇身一变，变成了一个美貌的女子，她走进院坝对王小二的妈说："阿妈，我叫胡妮，刚才赶路口渴了，求阿妈给口水喝吧！"王大娘一听，赶忙转身进屋捧了一碗水出来递给她。胡妮接过碗，边喝边问："阿妈，姓什么？家里有些什么人？"大娘告诉她："我家姓王，很早就死了男人，只有一个小二，上山打柴去了。"胡妮问她小二讲媳妇没有。王大娘叹口气说："唉，穷得连饭都没得吃，哪个愿把女儿给我家做媳妇哟！"胡妮羞答答地说："阿妈，我给你家做媳妇，行吗？"王大娘一看，胡妮长得像仙女，摇摇头，说："大妞，你莫逗我这个穷老妈妈哟，我儿哪有这个福气哟！"胡妮说："阿妈，我讲的都是真话。我是远方人，和父母出门投亲，路上父母已死了，丢下我孤单一人，无依无靠。今天走到这里，正与你儿有缘，你就收下我吧！"说着，跪在地上，哭泣起来。王大娘是个糍粑心肠①，听胡妮说得遭孽，又见她那样乖，

---

①糍粑心肠：软心肠。

土家族民间故事

就满口答应了。

王大娘刚刚扶起胡妮，进屋弄饭吃，小二挑着柴回来了。他见阿妈与一个乖女子在讲话，缩手缩脚不敢进去。王大娘把他拉进屋，指着胡妮，笑眯眯地告诉他："这是妈给你娶的媳妇，你看好吗？"王小二说："妈，你也不看看，人家是千金小姐，我是一个打柴的，穷得吊起锅儿敲铛铛①，和她成亲，这配吗？"胡妮听了，含羞带笑走来，说："我早和阿妈说好了，我不嫌你，你还嫌我吗？"王小二听她这么一说，哪有不愿的道理呢？于是，二人拜了天地，拜了阿妈，结成了夫妻。

婚后，夫妻俩恩恩爱爱。王小二照样每天上山打柴，胡妮在家纺线织布，阿妈料理茶饭，一家人生活得十分美满。过了两年，胡妮生了个白胖胖的儿子，两口子当成掌上明珠，取名天宝。天宝聪明乖巧，不到两年，就学会走路说话了。王小二看儿子越长越乖，家也越来越兴旺，心里甜得像灌满了蜂糖，经常做梦都在打哈哈。胡妮呢？好像有说不出的苦衷，越来越忧愁了。

一天，王小二打柴回来，吃完夜饭，逗着天宝玩，两爷子嘻嘻哈哈玩得很开心，胡妮却坐在一旁抹眼泪。王小二见了，感到奇怪，就问："天宝妈，你怎么了？是哪里不安逸吗？"胡妮痛苦地摇摇头，好像有什么话不好说。王小二着急了，拉着胡妮的手追问："你到底怎么啦？"胡妮一头扑在王小二怀里，眼泪汪汪地说："王郎，我们要分离了！"

"你说什么！"王小二急切地问："我们怎么会分离呢？"

胡妮知道再也瞒不住了，于是，告诉王小二她本不是人，是王小二救下的那条毛狗。那天她遇难，要一个善良的孝子才能救她，幸好碰到王小二才得了救。为了报恩，她才来给王小二做妻子。现在，过了三年，她劫难已过，恩已报了，她必须回去了，不回去就要受到惩罚。

---

①吊起锅儿敲铛铛：意为无米下锅。

王小二一听，抱着胡妮大哭起来，说什么也不答应她离开。胡妮想到夫妻三年恩爱，现在就要分离，也伤心得大哭起来，两口子抱着哭了一阵，实在难舍难分。于是，胡妮劝王小二说："如果你真爱我，也许我们还能团圆，不过要经过许多艰难险阻！……"

　　王小二听说有希望团圆，连忙接过话去："只要能使你永远和我在一起，上刀山，下火海，我也不怕！"

　　胡妮见王小二情意真切，很受感动，就告诉他说："等孩子满三岁后，你就到我家来找我，我的家在东方嘎嘎山上一个洞里。你如果到了那里，我母亲一定会百般刁难你：第一件事就是要你从我们穿戴一样、高低一样的七姊妹中找出我来。我们七姊妹每人头上都用帕子盖着，到时，我把帕子卷一只角，你就会认出我来，我妈就会招呼你。否则，我妈就要杀你的头。其余的事，我也难预料，只有到时再告诉你。"说完，含泪亲了亲天宝，对王大娘说了一声"阿妈，多保重"，就眼泪汪汪地走了。

　　一年过后，天宝三岁了。王小二安顿好阿妈和孩子，就出门找他妻子去了。他照着胡妮的指点，一直向东方走。他走啊，走啊，爬了一山又一山，过了一水又一水，走了七七四十九天，才来到嘎嘎山前。王小二打起精神往上爬，没到山腰，已汗如雨下累得很了。刚刚坐下休息，突然传来如雷的响声，随着跳出一只猛虎，向王小二扑来。王小二就地一滚，躲过了，爬起来一看，老虎又向他扑来，王小二向侧边一跳，又躲过了。紧接着，老虎扑前脚，蹬后腿，"嗷"的一声，第三次扑来，王小二向树后一闪，又躲过了。老虎见扑不到小二，威风去了大半，又见小二已爬上树，也就夹着尾巴逃了。

　　王小二梭下树来，擦干汗水，又往前走。来到山腰，突然飞沙走石，王小二一看，原来是条大蟒蛇，脑壳碗口大，身子水桶粗，昂首向王小二扑来。王小二心想：胡妮没见到，不能先死在蟒蛇嘴里，忙取出随身带着的斧头，对准蟒蛇砍去，刚好砍中蛇头。蟒蛇逃了，王小二才长长嘘了一口气。

　　过了虎蛇关，再往前走不久，来到一个幽静的地方。这儿青松绿树，奇

花异草，前面一壁巨石，石下一个大洞，上面写着"嘎嘎山仙人洞"。王小二十分欢喜，心想：总算把胡妮的家找到了。这时，一位老妈妈叫住他说："那位后生，你来这里做什么呀？"

"找我的妻子。"

"谁是你的妻子。"

"胡妮。"

"我这里有七个胡妮，我叫出来你认，认不出来，就杀死你！"

王小二就答应："要得。"

老妈妈喊出七个女儿，一字排着，让王小二认。王小二看七个女子，果然身材一样，穿戴也一样，每人头上罩着一张青丝帕，要不是事先串通，谁也莫想从中认出哪个是胡妮来。王小二因有胡妮事先打了暗示，心中不慌，慢慢把七个女子一看，见其中一个罩帕卷了一个角，便指着她对老妈妈说："她就是我的妻子！"说着，揭开罩帕，果然是胡妮。夫妻久别重逢，又惊又喜，少不了有许多许多的话儿要谈。老妈妈却不让他们叙说，让王小二进洞后，另安排了一间屋子给他住下。

王小二住下后，发现洞子又大又亮，只是一日三餐饮食很怪，顿顿端出来的饭都像茅厕里的屎蛆，大个大个的，菜都是曲蟮、蚂蟥，一条一条的。王小二怕吃，一连饿了三天，饿得肚皮都贴背了，又不敢吭声。胡妮知道了心疼，设法悄悄告诉他："王郎，你吃嘛，那些都是仙家食用的，阿妈故意弄成那个样子吓你的。"王小二听胡妮这样一说，放心了，吃饭时就闭着眼睛往嘴里拈。谁知那饭菜吃起来好吃得很，每顿都吃几大碗。两三天后，王小二精神饱满，浑身上下有使不完的气力。

王小二暗暗高兴，心想：这样吃几年，我不成仙，怕也要成大力士……正想得美，胡妮却悄悄跑来告诉他说："王郎，我们要搬家了。"

王小二一惊，问："搬到哪里去？"

"搬到海外仙山。那里路途遥远，山高岩悬，十分危险，你就不用去了。你回家好好抚养天宝，让他读书。现在日子艰难，你把我罩头的青丝帕带回去，需要用钱的时候，只将帕子一抖，那卷起的角角里就会掉下银子来，足够你父子和婆婆花费。将来天宝长大，你也可以跟着享福了。"

"没有你在一起，我觉得一切都没得意思！"王小二说着，一把拉住胡妮，说："要回去，我们就一块回去吧。"

胡妮连忙闪开，说："不行！阿妈不允许我长期跟着你！"

王小二一听，不禁泪流满面："你不是说，我们还有希望团圆吗？嘟个现在还不跟我回去呢？"

胡妮说："现在还不行！如果你真心爱我，回去安顿好阿妈和伢子，再去海外仙山找我吧。"说完，看了王小二一眼，便匆匆离去了。

这夜，王小二翻来覆去睡不着，想到自己经过千难万险，吃过千辛万苦，好不容易才找到妻子，谁知却是要自己单身回去。要是能和她一起回去该多好啊！……他想着想着，不知什么时候睡着了。第二天早上醒来一看，自己睡在一块大石头上，洞里的人和物都不见了，只有他妻子的一张青丝帕放在胸前。王小二没法，只好收起帕子往回走。

一回到家，王大娘就问儿子："你媳妇怎么没回来呢？"王小二说："她们要搬家，叫我先回来把你们安顿好了再去找她。"说着摸出青丝帕，把胡妮说的话、教的方法都讲给阿妈听了。母子二人想试一试，将帕子一抖，果然从那卷起的角角里掉下一坨银子来。王小二心里欢喜，知道家里不会再缺钱用了，就准备立马起身去海外仙山寻找胡妮。

王大娘听说儿子要去海外仙山找媳妇，又高兴，又着急。欢喜的是找回媳妇一家团圆；着急的是听老人们讲，要到大海边，路远十万三。要凭一双脚走完十万三千里路，那该多难啊！王小二却很有信心，他劝他妈说："不管有好远，走一天就近一天，总有一天会走到海边！"王大娘没办法，只好流着泪让儿子去了。

一路上，王小二起早摸黑，不歇气地走。饿了，吃点干粮；渴了，喝点泉水；累了，躺在草地上闭闭眼睛。他走啊，走啊，不知走了多少天，终于来到大海边。王小二一看，这海一眼望不到边，只见天连水，水连天，无边无际，到哪儿去找仙山呢？他实在想不出办法，急得在岸边沙滩上团团转。

突然，他看到远处有团黑影在动，走拢去一看，一个比簸箕还大的海龟陷在泥坑里，正拼命挣扎着想从坑里爬出来，回到大海去。王小二赶忙蹲下身来，用手刨掉坑周围的沙，又趴在地上用肩把海龟往大海里推。一个时辰下来，王小二累得大汗淋淋，精疲力竭，才把海龟推到海水里。

海龟到了海里，伸动脚游了几下。王小二见海龟得救了，心里欢喜，不觉长长松了一口气。他正想躺下休息一会，只见海龟从水中伸出头来对他说道："我是千年海龟，弄潮耍起了劲，退潮时把我陷进泥坑里了，多亏你救了我的命，你有啥子事，我可以帮助你。"

王小二一听，又惊又喜，就把要到海外仙山寻找自己的妻子，正苦于没法渡海的情况说了。海龟一听，说："那好办，你坐在我背上，我驮你去就是了。"王小二欢喜得很，立马上了海龟背。海龟驮着王小二向大海那边游去。

游了三天三夜，来到海外仙山。海龟告诉王小二说："胡妮就在山上，只要心诚志坚，就会找到她的！"说完，告别了王小二，向回游走了。

这时，王小二才仔细把山望了一下，岩壁像刀切斧砍，又没路，怎么去呢？他站在岩壁脚下，仰着头，望来望去，忽见东南顶悬有一根鸡屎藤。王小二双手抓住鸡屎藤，像猴子一样，一点一点往上爬。爬呀，爬呀，手勒出了血，他不管；爬呀，爬呀，脚指丫出了血，他不管；累得精疲力竭了，他还挣扎着往上爬，终于爬上了山。

王小二坐在岩上抹了抹汗，正要动身去找胡妮，突然有人在呻吟："哎哟，那是哪个哟，快来救我一下哟。"王小二急忙循声找去，在一块岩头边，见一个面黄肌瘦、周身脓疮的老妈妈躺在地上呻唤。王小二问她："你怎么了？"她说："我病了，求求你给我弄点药吧。"王小二说："到哪儿去弄药呢？"那老妈妈挣扎着坐起来，用手往前头岩边一指，说："那下面岩壁上，有根小橘子树，树上有两颗橘子，你去摘来我吃了，病就好了。"

王小二见她病得遭孽，就答应说："要得。"谁知他走过去一看，好一座万丈悬岩，往下一望，叫人头昏眼花，要摘那悬岩上的橘子，硬是难！老妈妈见王小二有点害怕，又哀求他说："好心的人呐，你快下去摘上来我吃吧！不吃那橘子，我就要死了呀！"说着又痛苦地呻唤起来。王小二听了，忙安慰她说："老妈妈，不要着急，我舍了这条命也要去摘来给你吃！"说着，从腰上背的刀匣子里，抽出柴刀，去坡上砍来软绵坚韧的古藤，搓成索子，捆在岩边树上，然后顺着藤子往下梭。梭拢橘子树，果然看见上面结着两个绯红的橘子，急忙把它摘下来揣在怀里。王小二欢喜登了，心想：这下老妈妈的病可以治好了。他正准备往回爬，突然，"嘣"的一声，藤子断了。王小二一下跌了下去，人事不醒了。

王小二醒来一看，自己睡在一张舒坦的床上，胡妮和那生病的老妈妈站在床前，笑眯眯地看着他。原来，王小二的真诚感动了胡妮的阿妈，她命海龟去海边接来了王小二，又变成了生病的老阿妈，再次考验他。当她看到王小二确实真诚、善良，就亲自把王小二接进了洞里。老阿妈见王小二醒了，含笑对他说："难为你对我女儿这么真诚，难为你心地这么善良，我对你放心了，现在你把胡妮领回去吧。你怀里那两个橘子是仙药，你二人一人吃一个，转眼就可回家了。"

王小二欢喜登了，一下翻身起来，磕头谢了老阿妈，欢欢喜喜领着胡妮回去了。从此，一家团聚，生活过得十分美满幸福。

土家族民间故事

一根藤

这是好多年前的事了。

龙山洛塔界的垭大沟有个姑娘，名叫七乃。七乃从小就乖，唱山歌，吹冬冬奎，挑花绣朵，砍火畲①挖土，样样来得。周围的后生、姑娘家，都喜欢叫她唱歌、吹冬冬奎，看她织西兰卡普，同她嗨②。七乃和老五嗨得最好。

老五住在搓它捏，和垭大沟只隔一匹坡坡儿。七乃和老五从小就在一起守牛、捡菌子，扯着葛藤荡秋千、打嗬嗬。长大了也时常在一起砍火畲、种小米、挖葛、吹木叶、唱盘歌。年长月久，两人就有意思了。

大寨上有一家官人，叫田佘，外号叫"老恶蛇"，是土司王殿下的家政③。他儿子田光福，诨名二癞子，生得矮矮胖胖颈项短，脑壳又疤又癞，腋窝下喷出一股狐臭，是人都怕接近他，嘴噪的姑娘们就要扯起山歌来却报④他。癞子偏偏不通皮，一见七乃就死皮赖脸的眼睛望出油，动手动脚，死死缠住不放。七乃见他就恶心，恨死了他。

---

①砍火畲：指砍荒山草木并用火烧，焚烧后的草木灰可用作肥料。
②嗨：方言，玩耍。
③家政：土司王殿下官职，总管、舍巴等。
④却报：捉弄、讥讽。

树大了，人高了，七乃的名声冒尖了，木屋门前的毛路踩宽了，踩平了，抬红庚的人像穿梭梭儿一样。哪个也没有把七乃的红庚抬到手，都被她的阿捏①好言好语回脱了。

老五也请人去七乃家探她阿捏的口边风，阿捏照直讲："老五嘛，是刺蓬里钻大的，勤耕苦做，忠厚老实，后生也乖逗人爱。"

阿捏肯了，七乃暗暗地欢喜啦，半夜还在吹冬冬奎哩。老五呢？心里浓成一坨蜜，甜登了。山歌唱上云雾里，做工夫不晓得白天黑夜了。

家政老爷为了选个称心如意的媳妇，派了四十六名土兵，寨寨选，户户挑，挑遍洛塔界，没找到一个像七乃那样乖的姑娘。家政主意打就了，一心要讨七乃做媳妇。

田家请来了老鸦婆。老鸦婆小眼睛，尖嘴巴，讲起话来叽叽呱，一讲就是一啪啦②。老鸦婆的舌头嚼烂了，数家政"仁义"；数了七十七宗，数家政的财产数了七百七十样。阿捏听了气不过，一刀把七乃布架上的西兰卡普割断了。红起脸来骂："老鸦婆，你这背时媒婆，你把乌鸦讲成锦鸡，你把妖怪讲成神仙，我跟你讲，羊与狼不交朋友，家政杀了七乃阿爸，仇人怎能成姻缘？你想逼我女儿跳天坑，白日做梦！"

老鸦婆叫土兵抬来的八衣四裤③，和金银首饰向阿捏身边一堆，取出红庚一晃，把鞭炮往火坑里一丢，噼噼啪啪就响了，老鸦婆喜哈哈地笑了，很神气地讲："八字按将相合，生的不给，死的也要，哼哼，你敬酒不吃吃罚酒。"她把屁股一拍就走了。

阿捏心里像刀割，五脏都痛了，晕倒在火坑边，眼泪水扯线线地流。她回想"老恶蛇"派土兵催春贡，垭大沟的穷人交不起，七乃阿爸邀伙抗贡，乖乖的一个后生被"老恶蛇"抓去，用葛藤缠住手脚，甩进天星眼里。唉，

---

①阿捏：土家语，母亲。
②一啪啦：很多很多。
③八衣四裤：土家族定亲时男家给女家送的衣裤。

土家族民间故事

十几年来，阿捏风雨冰雪，挨冷受饿，好不容易把七乃引大。好乖的七乃，阿捏心头上的一坨肉，哪晓得女儿也命丑，偏偏又碰上了白虎星①。嗯，真的要没有七乃，我的这老命也不要了。

漆黑的夜晚，垭大沟寨上静悄悄的。突然，狗叫起来，一路路的火把进寨了。哎呀，不好了，"老恶蛇"派人抢亲来了，七乃家的四门已站上兵。七乃想已到了这一步，不去是不行了，母女俩抱起哭，几个土兵拉开阿捏，用葛藤把七乃捆了，抬进花轿里，锁上轿门。阿捏拼命抱着轿杠不放，被土兵们推下坎，可怜的阿捏摔死在岩头上。寨上的人都哭了起来。后生、姑娘家们抬的抬锄头，提的提畲刀，要与土兵们拼个鱼死网破，被寨上的长老拦住了。长老讲："擒贼先擒王，'恶蛇'未到，不可动手。"

家政屋里蒸了糯米酒，烤了包谷烧，牵来了羊，背来了猪，枫木炮隆隆地响，五子家伙②呆呆地敲，大办喜事了。高山远寨几十里路的土家人都喊来送礼。癞子头上戴了吊须的礼帽，插上了状元花，披上了状元红。家里的摆设呀，雕花柜子、楠木箱、土花被子、象牙床……宗宗齐全。七乃和癞子入了洞房，七乃撕了蒙头帕，扯了露水衣③，家政派丫头来守她，老鸦婆来相劝，讲了一啪啦。癞子不耐烦了，他对丫头们讲："不早了，你们都出去，我要和七乃圆房了。"顺手关了房门。

"七乃，我个乖乖，我想你都想癫了，今日算把你弄到手了。"癞子嬉皮笑脸地去摸七乃的嘴唇，被七乃一手撇开了。"乖乖，你不要怕丑啰！我们是夫妻啦！来来来，圆房吧！"癞子去拉七乃的手，七乃一推掌，癞子跌坐在木椅上。

"吔嗨，你不爱我，爱老五！到了我家就像锦鸡进了铁笼，由不得你啦！不肯也得肯！不干也得干！"癞子从花柜里抽出把小刀子，逼着七乃上

---

①白虎星：民间一种凶神，谁碰上就有灾祸。
②五子家伙：土家族的特有打击乐器，由小锣、大锣两副钹组成，又称"打溜子"。
③露水衣：新姑娘出嫁上轿时穿的衣服。

床。七乃一脚踢掉了刀子，癞子弯腰去捡，七乃猛力一推，癞子翻了一个筋斗，脑壳撞在踏板角角上，太阳穴上穿了孔，一会儿就断气了。

田家乱成一团了，土兵用粗粗的葛藤把七乃捆了又捆，关在牢笼里，铁门上锁上把三斤半的牛尾锁，四个土兵守着。家政发兵各寨鸣锣，传令明日午时在土王祠由老五开刀，挖出七乃的心肝。

老五邀了几个勇猛的后生，每人藏带一把畲刀，摸到黑牢边，看好动静，一齐涌上，砍死了土兵，砸了锁，给七乃换上男装和老五从后园跑了出去。几个后生分散逃走。

七乃和老五逃到禁山里，他们在细微微的葛藤花下唱思念亲人的山歌，骂门高势大的"老恶蛇"。唱呀，唱呀！把心里的苦水都唱了出来。

田家的喜事没办成，又兴丧事了，家政老爷气不过。满脸横肉上青筋暴跳，牙齿咬得直直响，派人四路追赶、八方搜查，洛塔界上的四十八卡，卡卡坐了哨，好像要打仗了，不得了啦！

禁山里的鸟儿乱飞，老鸦呱呱的喊，土兵荷着鸟枪、梭镖、勾勾刀，来到禁山边。七乃一惊道："老五，听，有风声！""莫怕，我上树望望。"老五爬上青冈树，马上梭下来，悄悄地讲："七乃，'恶蛇'来了。"七乃一手捡坨岩头，老五拿起畲刀，躲在葛藤叶中。

"嗬嗬，这里的芭茅被踩倒了，莫不是他们……"一个小土官像得个宝一样，张起嘴巴笑。"报家政大人，这里有动静！"家政下马观察后讲："围住这匹山，给我搜。"

七乃听到"老恶蛇"的声音，对老五耳语后，两人悄悄地爬到山边，只见土兵都分散上山，只有"老恶蛇"骑在马上指挥。他们俩一步一步靠近"老恶蛇"，老五把畲刀交给七乃，一个纵步上去把"老恶蛇"抓下马来，七乃一畲刀砍掉"老恶蛇"的脑壳。

马嘶了，眼看土兵从周围包拢来了，有翅也飞不出去了。七乃帮老五整理着刺蓬挂破的衣服，把亲自挑好的土花肚带捆在老五贴身衣上。老五把阿

捏留给他的一串银首饰挂在七乃的胸前，摘两朵葛藤花插在她头上；解下头巾，双双拥抱，吊在一根藤上。

七乃和老五死后，山风刮了三天三夜，从风声里隐隐约约能听到他俩的歌声和木叶声。

如今，洛塔界上了年纪的人，深夜听到山风吹起的时候，还在讲："你们听，七乃和老五又在唱歌、吹木叶了。"

找"仙娘"

梳头溪寨上有个叫比其卡的后生，爹死得早，娘对他爱得像宝贝，有好吃的都给他，自己却不吃；遇到重工夫怕累着他，自己下蛮做。这样，比其卡从小娇生惯养，养成好吃懒做的坏习惯。母亲一天天的老了，做不起工了，他还是吃了玩，玩了吃，倒转来埋怨母亲没本事，搞得家里穷穷的。母亲苦口婆心地教育，比其卡反嫌啰唆，当耳边风。

一天，比其卡又被母亲教训了几句。他暗暗想：要能找到一个神仙做娘该多好，要肉有肉，要酒有酒，要金子有金子，要什么有什么，那我就成天下最有福气的人了！他先去找降仙娘①降仙②，问问到底有没有神仙，神仙住在哪里。门口正好来了个降仙娘，比其卡高兴地把她接进屋。降仙娘把蒙帕往头上一搭，念起咒语来，很快就"嘟嘟嘟"地颤跳一阵，便上云车登仙了，唱道："神仙神仙穿得怪，反穿衣服倒穿鞋，要问神仙住何处，需找三百六十寨。"比其卡听了很高兴，谢了降仙娘，回头对娘说："我要找个神仙做娘去。"娘很难过地说："俗话讲，'儿不嫌母丑，狗不嫌家贫'。要去找你就去吧，若是没找到，你还是回家来。"

---

① 降仙娘：封建社会中搞迷信活动的职业女巫。
② 降仙：指女巫搞迷信活动的一种方式。

比其卡日里串乡走寨，夜里歇树上睡岩洞，他忍饥挨饿，吃尽苦头。找呀找，找了三年，还只找了三百五十九寨，哪有什么反穿衣服倒穿鞋的。他想：不出门多好，在家事事有娘照应，哪会吃这种苦头！我怎么这样蠢，光听降仙娘讲鬼话。现在不知亲娘怎么样了，还是回家去看看。

比其卡回到自己寨上时，天已黑了，一进家门就大声喊："娘，开门！我回来了。"

再说，比其卡的母亲自从儿子出门后，久思成疾，卧病在床，田地荒芜，靠讨吃过日子。这晚，她睡在床上又在想念儿子，默默掐算，儿子整整去了三年，杳无音讯。猛然间听到儿子的喊声，高兴得忘了病痛，从床上爬起来，慌慌张张把衣服穿反了，鞋子也穿倒了，左手拿盏小油灯，右手开了门。

比其卡一看站在面前的母亲，猛然醒悟，她不正是降仙娘讲的神仙模样吗？便急忙跪在娘面前说："娘，你就是我要找的仙娘呀！"

母亲见到日夜思念的儿子，激动得眼泪长流，说："儿呀，我总算等到你回来了。"

比其卡悔不该抛弃年老的生母去找什么仙娘，决心今后再也不离开娘了。可是，娘说自己年老，吃得却做不得了，又爱啰唆，决不许儿子和自己过叫花子生活。

比其卡说什么也不依，痛心地说："娘啊！你放心，家里的事，只要你铺排，工夫我包做，我会孝顺你老人家的！"娘只好和儿子住在一起。

这年清明时节，娘说："儿呀，三天内你一定要下好种子，准备插秧。"虽然寨上人都还未动手，比其卡仍然照娘讲的去做了。到了秋季，寨上人的禾苗遭了苞中旱，比其卡的禾苗早熟了，获得了好收成。

第二年，寨上人全都下了种、栽完秧了，比其卡还不见娘喊他下种，便去问娘："娘，快到五月了怎么还不叫我下种栽秧呢？"娘说："不要忙，过五天后你再下种栽秧吧！"后来，整个六月间，日夜下大雨，寨上人的禾苗、苞谷正扬花，都被大雨浇洗，秋收尽是空壳壳；比其卡的禾苗、苞谷，因六月雨水好，正长苗，这一年又是好收成。

到第三年，谷子刚刚打苞，比其卡母亲说："儿呀，两天内你把禾谷全部割掉，背回阴干。"比其卡觉得可惜，不肯将正在打苞的禾谷割了。娘生气了，比其卡只好无可奈何地将禾谷全割掉，背回家中阴干。到秋天，寨上人都得大丰收了，只比其卡家得几担稻草阴干在家里。到了冬天，隔年的陈粮都吃尽，他只得对着这些阴干的苗谷暗暗落泪。

比其卡正在发愁时，忽然传来消息，皇上的公主得了怪病，四处张贴黄榜，需阴干的怀胎谷制药，才能治好公主的病，献药者可选为驸马爷，他娘忙叫他扯了黄榜，带上阴干怀胎谷，进京献药。公主吃了怀胎谷制的药，果然病情好转。于是，皇上要招他为驸马。比其卡说："我还有一老母在家，若是老母能接来，方可与公主成亲；不这样，我还要回家养母亲。"皇上答应他去接母亲。

当比其卡带着皇帝赐赏的礼品回到梳头溪时，不知娘到哪里去了。

比其卡一直四方查找了三天三夜，终于在寨后的山洞里找到了娘。原来阿娘不愿离开土家山寨，特意躲在山洞里。娘说："儿呵，娘像叫花子一样，怎么能和你进京城？要去你一个人去，当了驸马爷，一辈子荣华富贵享不尽，我也闭得眼睛了。"比其卡不依，说："我宁肯守娘，不当驸马爷。"他把娘从岩洞接回家，不去京城当驸马爷。

一天，比其卡母亲害了病，想吃岩蜂儿，说："我在后山岩洞时，看到洞里悬岩上吊着岩蜂窝，你去烧了取回来吧！"比其卡拼命攀上后山悬崖，他没有看到什么岩蜂窝，只见一个金饭碗高高地吊在那里，亮晃晃的，他高兴得很，将金饭碗取回送给娘收藏起来。这金饭碗果真是个宝贝，只要捧着一喊，要肉有肉，要酒有酒，要金子有金子，要什么有什么。

后来，土家人把寨上最乖巧最勤快的姑娘送给比其卡做妻子，生五男二女，一家人和和睦睦，团团圆圆，过着美满幸福的生活。母亲过世后，比其卡将娘的雕像安放在后山岩洞中，让世人供奉。直到现在，当地土家人称这个山洞为"仙娘洞"。

查妮细①

　　从前，老木山里有个姑娘，名叫查妮细。她从小就跟着娘老子在山里挖岩壳过日子，所以学得了一手种阳春的好手艺。她还能剪出很多花，会唱很多好听的山歌。她剪的花惹得蝴蝶往上飞，她唱的山歌逗得画眉子起合声。周围团转好多年轻后生没有哪个不想和她成亲的，甚至远乡员外的公子少爷们也来求亲，但她一个也没有答应，她总是说："等到我十八岁那年四月八日那天，你们再来，我还得挑选。"

　　日子一年一载的过去，好多人眼睛都望穿了，好容易等到这个日子。四月八日这一天，姑娘正在过节，一齐来了四个求婚的后生。其中一个是穿长衫戴大帽骑白马的，这个正是东庄王员外的大少爷，他马上驮着黄金白银。另外两个是邻寨来的老司和道士先生，他们也抬着香米利市、粑粑豆腐，穿得红红绿绿。剩下的一个穿的是粗蓝布衫，挽袖扎裤的庄稼汉。他们四个人一齐到边②，请姑娘挑选。这时正坐在房内的查妮细，早就看见了来的四个客人，笑嘻嘻地走出来招呼他们。

―――――――――――――――――

①查妮细：土家语，好姑娘。
②到边：到了约定地点。

过了一阵阵儿，查妮细开腔了，说：“我晓得你们四位都是求亲来的，现在我要求你们每人讲个四言八句，看哪个讲得好，我就许配他。但是，这四言八句又必须以‘我的’为开头和‘爱’字为韵脚。”这四个后生听了，就各自盘算。唯有王家公子最欢喜，他心想：“论家财数我第一，论文才，我这个满腹才学的当家少爷，难道讲不过这些人。”他就很得意地开口了：

　　　　我的笔头快又快，写起文章有人爱；
　　　　有朝一日当了官，我的婆娘是太太。

老司接着讲：

　　　　我的师刀快又快，吹起牛角逗人爱；
　　　　哪里赎魂打鬼去，斋粑豆腐一口袋。

道士又接起说：

　　　　我的镣钹快又快，行起法事逗人爱；
　　　　一场道场做起了，香米利市一口袋。

庄稼汉也开口讲：

　　　　我的犁口快又快，犁起田来逗人爱；
　　　　一年阳春丰收了，前仓拿米吃，后仓拿米卖。

姑娘听了他们的四言八句，也笑嘻嘻地讲：

我的剪刀快又快，剪起花来逗人爱；
我一心要嫁庄稼汉，几个先生你莫怪。

查妮细讲完，就请庄稼汉坐下，谈起家常来了。那少爷、老司、道士不好意思地回家去了。

布莉和格耶

（一）

卡卡山底脚，麻鹿峒主有个女子叫布莉。布莉多才多艺，无比乖巧。她的美比八面山上的金牡丹还要诱人，她的心比酉水河里的碧波还要圣洁。她爱百鸟，通习鸟性，不论是织锦还是挑花，百鸟都要来到她身边，翩翩起舞，引颈欢歌。她那双能干的手，描龙龙腾云、绣虎虎生风、挑出的花儿喷喷香、织出的鸟儿喳喳叫。因此，四十八峒的峒主都打发人来求亲，可是布莉一个也不答应。

麻鹿峒后小山上有一个寨子，寨里有个后生叫格耶，祖宗三代穷得莫奈何。吃的是蕨根、葛粑和苦蒿莱，盖的是蓑衣、麻绒和包谷壳壳。但是他穷得有骨气，本本分分，朴朴实实，不光做阳春是好手，还会木匠、瓦匠，是个百里难挑一的伢儿伙。

有一天，格耶来到麻鹿峒主家里检瓦①，当他检到绣楼上看到小姐时，两眼都望直了，心里扑通扑通地跳。不知几时，他的脚着瓦片扎开了口，一

---

① 检瓦：把破瓦翻新。

土家族民间故事

滴血正滴在小姐绣的"喜鹊闹梅"花帕上。小姐绣得正用神，见花上沾了血，赶忙用舌头舔干净，抬头望了屋上一眼，微微地笑了，笑得好动情。

格耶大吃一惊，心想：小姐不怕邋遢，亲口舔了花上的血，望我的时候脸上含笑，怕是对我有意思哩！晚上转回寨，专门到姆妈①屋里，请她去求亲。

姆妈讲："人家是峒主的千金小姐，门高树大，我们是穷人小户，你莫要拿茶罐做枕头——空想。"格耶却缠到姆妈不放，再三要求她去试一试，姆妈无法，只得硬起脑壳皮去，在门前走了几转都不好开口。太太见老人平日是很少来的，近日三番两次上门，莫非有事？就问她有何事相求？姆妈只得照直说了。

太太想：格耶穷得鼎罐吊起来做钟打，他衣无领裤无裆，想讨我的女子，真是黄老鼠想吃天鹅肉，怕他穷亡魂了！便对姆妈讲："唉，我不嫌贫，不爱富，只怕他舍不得聘礼。"姆妈问："要多少聘礼？""三斗三升虱子，三斗三升狗蚤——想必你们穷人家是不少的。"

姆妈转来对格耶讲了，劝他死心。格耶说："这也不难，明天我就请人送去。"他借了两担箩筐，挑来两挑荞壳，寨上的穷哥们也把盖过几代人的烂棉絮送拢来，抖的抖，捉的捉，一夜工夫，提得两大叉口虱子、狗蚤，把它封好放在箩筐皮头，径直挑峒主家里。太太打开一望，吓得倒退三步，忙说："好了，好了，快盖快盖，莫搞到我身上！"赶忙喊丫头抬出去烧了。

姆妈问太太："聘礼送过了，该定亲了吧！"

太太不好反悔，格耶欢喜顶了，布莉心里也甜甜的。布莉从此忙起来，她日夜挑花绣朵，想在过门那天，给寨上的穷苦姐妹们各人送一套花衣裳作为见面礼。

格耶又请姆妈去问太太接亲要什么礼物，太太讲："要一栋大屋送小姐坐，还要三百只猪，三百只羊，犁辕大的虾子三十二只，簸箕大的螃蟹

---

① 姆妈：姑母。

一十六双，顺带拿三十二根龙骨扁担来挑嫁妆。"

姆妈想：这不是逼着黄轱下崽崽吗？她连忙去报格耶。格耶讲："只要峒主肯把小姐送我，一定照太太的吩咐，宗宗不缺。"

（二）

格耶天天上山，用葛藤围树，围呀，围呀，围了九九八十一天，围得三千三百根树，实在累老火了，就坐在树脚下困着了。这时鲁班仙师来到他的面前，说："格耶，你好诚心哟，是个好后生。我带三千徒弟帮你修造大屋来了。"一阵狂风，他围过的树全部吹倒了，一阵闪电，树木都变得梁是梁，柱是柱，橡皮板子铺满地，只听得乒乒乓乓的一阵敲打，大屋修成了，格耶喜醒了。他搓一搓眼睛抬头望，好一栋四合天井，吊脚楼、大厢房，明窗亮格几多气派！

格耶做了许多套子，这时他遇到了梅山娘娘，就把讨小姐要猪羊的事讲了。梅山娘娘说："我南山有成千上万的猪羊，你去赶吧！"他谢了恩，夜晚上山安套，清早上山收套，没有一副落空，头天得野猪，第二天得山羊，套呀，套呀，套了七七四十九天，套来的野猪和山羊每样三百多只。

格耶一心要到海底去取大虾、大螃蟹和龙骨扁担，便拿祖宗几代留给他的一个破瓢瓜，天天舀海里的水。舀呀，舀呀，舀了九十九天，海水干了三尺，龙宫摇摇晃晃，龙王睡不安坐不稳，忙派虾兵蟹将出来问清情由。格耶如实讲了，虾兵蟹将转告龙王，龙王说："快请他不要舀了，他要的东西，我承认如数送齐。"

太太看到格耶送去的礼物，先是目瞪口呆，接着只好叹气说："布莉和格耶是天赐良缘，五百年前修订了的。不然鲁班仙师、梅山娘娘、龙王爷爷哪个肯来帮这个忙！"

布莉说："阿妮，不是的，明明是格耶心好，忠诚感动了天地神灵。"

（三）

布莉和格耶结婚后形影不离。清早，格耶上山进洞取水，布莉抬瓢相跟，布莉舀，格耶背；回到家，布莉做饭，格耶劈柴。夜晚，火塘屋亮起桐油灯，布莉织西兰卡普，格耶打草鞋，布莉织到鸡叫，格耶也打到鸡叫；布莉唱歌，格耶就帮腔……夫妻两个的日子过得比蜜糖还甜。格耶时时不愿离开布莉，一刻不见，心里就扑通扑通跳，实在不爽快。

一天，格耶上坡耕田，太阳还在当中，他就赶着牛儿转来了。布莉问："你是肚子饿了吗？"格耶摆摆手。布莉又问："你病了吗？"格耶摇摇头。布莉讲："没饿，没病，怎么这时节就回来了？"格耶不好意思地讲："半天不见你，我心里跳得厉害，比害病还难受，就催牛儿快快走，一天的工夫，半天就做成了。"布莉听了，心里实在快活。

有一天，格耶走到岩坡上去扯小米草，太阳热得像火一样烧。他只管勾起脑壳扯，一身汗渍渍的，手被芭茅割开了口，脚板心扎上一束束的板栗刺，还是忍着痛，一个劲儿扯呀，扯呀！雀鸟在树上笑他："格耶格耶，离不开罗嘎尼①，汗水渍渍，刺儿尖尖，身子苦了，心里甜甜。"

格耶对雀鸟讲："你们莫笑我啰！快点下来，求大家帮个忙，扯完了草，我要早早转去陪侍布莉，免得少伴。"雀鸟一齐飞到小米地里，用嘴巴啄掉一根根野草，一阵阵，只见小米不见草了。

> 汗水渍渍，心儿甜甜，
> 草扯完了去见罗嘎尼。

雀鸟唱着歌儿飞跑了。只半天工，格耶就欢欢喜喜吹着木叶转回家去。

---

①罗嘎尼：妻子。

阳雀叫了，桐油花开了，农忙季节到了。格耶正背起犁头去耕土，布莉拿出一条花丝帕，上面是用红绿丝线挑得有她自己的容貌，嘱咐格耶："我们的情义太深了，看你常时舍不得离开我，今后出门就带着这条丝帕吧！耕田就挂在田坎上，挖土就插在土坎边，看到了花丝帕，就犹如见到了我。好好做工夫，心里就不会再跳了。"

　　以后，格耶出门，就把布莉送的丝帕带在身边。

<h2 align="center">（四）</h2>

　　格耶在坡上砍火畲，照例把丝帕挂在树上。太阳落山了，天色灰蒙蒙的，突然满天乌云，狂风大作，花丝帕被风卷走了。

　　布莉的花丝帕在天上飘飘悠悠，一直刮进土司城，落进土司王的宫殿里，被荒淫无道的勾鼻子土司，诨名叫"鹞王"的捡到了。勾鼻子"鹞王"十分欢喜，心想：我官院内数不通的妻妾、丫鬟、乐女，从来未见有这等乖女子，何不把她弄进宫来，陪伴我土司爷爷快活快活？"鹞王"立即宣旨，要全城会挑花的姑娘家进宫临摹挑像。临摹成了，选派一千土兵，赴四十八峒，千查万访。

　　有一路人马来到卡卡山，听说山上有个布莉生得美，走去拿像儿一对，喜得土兵跳脚舞手笑起来，"哎呀，找到了，找到了，回城领赏去！领赏去！"这路人便刀枪林立围了山，七手八脚走上去要把布莉带走。

　　"眼皮扑扑跳，刹时起祸殃！"布莉和格耶哭得死去活来，难分难舍。土兵催布莉快走，布莉死死拉着格耶不放。土兵横强霸武把人扯上马，布莉哭得从马上滚下地，土兵再次把她扯上马，她又滚下地。土兵用葛藤把她捆在马上。布莉犟不动了，挣不脱了，她哭着对格耶讲："你要时时想着我呀，在后园桐树底脚修一个池子，把后坡的洞水引进来，每天让雀鸟在那里喝水、洗澡……"话音未落，就被土兵们架走了。

　　布莉走后，格耶愁愁闷闷，无时无刻不在思念布莉，每日擦黑从坡上转来，就点起枞膏油，挑泥巴，搬岩头，修呀、砌呀。池子修好了，凉水引来了，山上百鸟都来解凉①，它们在晒羽毛的时候，各自从身上啄下几根毛，嘴里唱着：

> 格耶格耶你莫急，
> 扯下羽毛你做衣，
> 日后穿进城里去，
> 会见你的罗嘎尼。

格耶每天都要拣起那羽毛，晒干藏好。

布莉自从进了土司官，时时刻刻都在挂牵着格耶，终日不展愁眉，不整容装。"鹞王"使尽种种法子，布莉不但没有展开笑脸，反而更苦愁了。布莉大骂土司重用奸贼，嫉恶贤能，强占民女，是个万恶的无道昏王。"鹞王"肺都气炸了，宣旨斩首示众，结果经田氏娘娘解交②，才贬布莉当了一个丫头。

（五）

好不容易啊，格耶看着桐花开了三度，小米熟了三秋，才做好了一件羽毛编成的彩衣和一顶羽毛做成的彩帽，然后用土花被面包好，进城去找布莉。

格耶站在宫殿外边一望，哎呀，好大一座宫殿，四面高高的院墙，哪能进得去呢！他闭着墙头转呀，看呀！看呀，转呀！三天三夜不休息，眼睛熬红了，就是没有见到布莉，他的心呀，比火烧还急，比鹰抓还痛。

有一天，风和日暖，格耶又来到宫殿后墙外边徘徊，一只花尾巴雀在他的前头飞，不停地唱着："格耶格耶，穿上彩衣，爬上桂花树，见到罗嘎尼。"格耶赶忙穿上羽毛衣，攀上桂花树，恰巧"鹞王"在后花园赏花设

---

①解凉：此指洗澡。
②解交：调解。

宴。这时，布莉正给田氏娘娘斟酒，猛一抬头见格耶站在树上，先是一惊，接着脸上的愁云散开，现出了笑容。

"鹞王"见布莉开了笑脸，十分欢喜，认为布莉已经回心转意了，正要上去拉她，抬头看到桂花树上有个穿羽毛彩衣的人，不觉火冒三丈，一脚踢倒了桌子，酒菜洒了一地，骂道："你这个贱人，进宫三年，不开笑脸，今日见那个穿羽毛衣的后生为何发笑？"布莉讲："那花羽毛衣好看。""鹞王"说："哦，原来如此，快把那后生请进来，我用一百两银子把那件羽毛衣买了。"布莉问："他要不卖呢？""鹞王"说："不卖，我用这土司袍跟他换了。"

格耶穿上"鹞王"的袍褂，拉着布莉，离开了土司城。第二天清早满城文武官员来朝拜土司，"鹞王"穿上羽衣，戴上羽帽走上殿来。卫士们一眼看见这"怪物"，一齐高喊："不好了，不好了，来了妖怪，快来灭妖！快来灭妖！"众人围拢来把"怪物"按倒地上就打，一阵阵儿，打断气了。揭开羽帽一望，哪个晓得变妖怪的就是勾鼻子"鹞王"。

布莉与格耶又回到卡卡山，男耕女织，过着甜蜜的生活。

附　记：

这是一个在湘西土家族、苗族、白族中盛传的古老故事。但各个民族的说法不同，这是流传在龙山县土家族地区的《百鸟彩衣》故事，当地叫《布莉和格耶》。

土家族民间故事

问三不问四

　　这个人叫李达，他从小就只做好事情，人家做不到的事情呢，他做得到，去帮人家，不为自己的私事啊，一辈子哩行善做好事。这一做呢，做到年纪三四十岁啦，婚都没结到一个，还是一个人啦。他就心里想："怎么搞的呀？我为人啦，没做过一点坏事啊，专门做好事。人家有些事情呢，我把自己事情不搞呀，帮人家搞去，去帮忙去。这是个什么道理，咋连婚都结不到一个呢？"他就想去问下菩萨老爷去。可是到哪里去问菩萨老爷呢？唉，干脆朝南武当去。他就捎了点银钱啦，挎起个包袱啊，去朝南武当去。

　　朝南武当的路上呢，他走到头户人家借歇。这户人家的老板呢就去问他："你这是到哪里去的呀？做什么呀？"李达说："我去朝南武当去。"老板说："那你有什么事呢？"李达说："我从小专门做好事情，现在我这么个年纪啦，婚都结不到一个啊，这到底是个什么原因呢？我要去问问菩萨老爷。"老板就说："那我请你带到问一笔事啊？"李达说："那你问一笔什么事啊？"老板说："你看我呢，桃树开花不结果，李子结果不开花。这是个什么原因呢，你帮我带到问一下啦。"李达说："那可以，我帮你带着问。"李达就把个笔记本子拖出来，把问的事情记在笔记本子上啦。并说："这我负责，好歹帮你问。"

　　第二天又借歇，这家老板又问："你是到哪里去呀？"李达说："我去朝南武当。"老板说："你搞么事呀？"李达说："你看我搞了大半辈子啊，连婚都结不上。我专门做好事啊，还是一个人。我去问下菩萨老爷，看是什么原因啊。"老板听后就说："那你顺带呀，给我帮忙带到问一笔事看。"李达说："那你说。"老板说："你看我十八岁的姑娘她不说话，你问下看到底是个什么原因啦，帮我问下看。"李达就又把这件事记在本子上，说："这我保证帮你问。"

末后又一走啊，就走到南海去了。这南海呢，就没得渡船过到河对岸，没得船。李达去看呢，一只乌龟呀好大哩，像只船啦，在河边呢。李达也寻着呢，这乌龟是来求他的，他就往乌龟背上一爬，那乌龟呢就问他："你到哪里去呀？"李达说："我到南海去，我问观音菩萨看，我搞了一辈子好事，都这个年纪了，连婚都没有结。"这乌龟就说："那你带着帮我问一笔事啊。"李达说："那你说。"乌龟说："我修了三千年啦还不能上天，这到底是什么原因？"李达就又把这件事记在了笔记本子上了。

到了南武当，李达就到了那个庙的去敬菩萨去。敬了菩萨呢，长老和尚首先几句话给他封到啦，长老和尚说："我们这里呢有规矩啊，问人家的事情就不能问自己的事情，问自己的事情就不能问人家的事情。事情只能问三件啦，再也不准超过三件。"

李达说："这问自己的事情啦就不能问人家的事情，又不能超过三件。这咋恰不恰呢跟人家带起三件事哈。"考虑了一下他决定不问自己的事啦，就问人家的事情。他就对长老和尚说："那我问三件事。"长老和尚说："那你说。"李达说："驮我过海的乌龟请我帮忙问啦，它说它修了三千年，什么原因还不能上天呢？这是一笔事。"长老和尚就答复说："你跟乌龟说啊，它的嘴里呢含了两颗夜明珠。过了海呢，你把手一摊，叫它把两颗夜明珠吐到你手里，它就上天啦。"李达说："第二笔事情呢，这户人家十八岁的姑娘不说话，这是什么原因？"长老和尚说："这个我跟你说呀，你回去跟这户人家主人说呀，姑娘一见她的亲丈夫，就说起话来啦。"李达再问："第三笔事情呢，这一户人家啊，种的桃子开花不结果，种的李子结

果就不开花，这是个什么原因？"长老和尚说："你跟那个老板说啊，他的桃子树、李子树的兜子底下窖了一个坛子。把这个坛子拿开，桃子、李子就开花结果。"李达跟人家把三件事情一问啊，一下问清白啦，他就再不能问了。他就只好转来。

李达转来哩，走到海边时，那乌龟就在那里候起的啊。乌龟说："你帮我问去啦？"李达说："我帮你问了的。"乌龟说："那是什么原因啦？"李达说："就是你嘴里呀含了两颗夜明珠。你把我驮过了海，上了岸呢，你把你的两颗夜明珠朝我手里一吐，你就能上天了。"乌龟把李达驮过了海，等他一上岸呀并把手一伸啦，乌龟把夜明珠一吐就化作一股青烟似的往天上去了。李达就把两颗夜明珠给统起了。

李达又继续往回走，走到这个十八岁的姑娘家了。姑娘的爹在坡上耕田，姑娘呢看到他，就喊起她爹来了。姑娘说："爹呀，你看李达来了。"姑娘的爹想：姑娘怎么能开口说话？姑娘的爹就问："我十八岁的姑娘不说话，你问了没有？那是什么原因呢？"李达说："菩萨说了啊，姑娘一见她的亲丈夫，她就说起话来呢。"这个耕田的老板说："哦，你就是我的女婿。"他就把李达留在家里和他的姑娘结了婚。婚后呀小两口就准备回李达家。

李达一走就走到托他问桃子开花不结果、李子结果不开花的这户人家。这户老板就问他："我托你问的事你帮我问了没有？"李达说："我问了的。"老板说："那是个什么原因啦？"李达说："你种的桃子开花不结果、李子结果不开花，原因呢，是你这两棵树兜子底下窖了两个坛子，把这两个坛子挖起来呢，它们就能开花、结果子了。"这户老板心地不善良啊，是个害人精老板。

等李达小两口离开后，这户老板呢，他说："个咋的，请他帮我问的呀，看究竟是不是真的啦，挖那个树兜子底下看是不是真的窖了个坛子。"于是他就拔那个兜子啊，拔呀拔，拔到呢，果真里头有个坛子。把坛子挖出来，盖子一揭呢，一看哈是条毒蛇啊。蛇的脑壳直动直动，看到蛇要出来了，这个老板连忙盖起来。他又到另外一个树蔸子底下挖呀，恰不恰又有个坛子，把盖子一揭，却是一坛子毒蜂窝。这个老板就说："这个李达真会害人。他会害人，我也害他。"他就打夜工①把这两坛子一背，就背在李达的屋的大门口放起。"等他第二天一起来呢，"他说："等他揭开坛子，这两个坛子里的毒蛇啊，毒蜂啊，就把他给搞死。"

第二天，李达两口子起床后，一开门呢，就看到两个坛子，打开一看呢，是一坛子金子和一坛子银子。这是天意啊。

说这个李达做好事呢，是真正做好事。他能把自己的事情放下，专门朝菩萨老爷问自己的事情，最后自己的事情没有问，却帮别人问事情。这样倒过来一讲呢，他问人家的事情，不问自己的事情还好些啊。因为钱财有啦，金银有啦，姑娘婆婆得到啦，发了大财啊，对不对？所以凡是做好事的人，将来是要讨个好的。

---

①打夜工：夜里做事。

皮匠驸马

　　从前，有这样的两兄弟：哥哥是皮匠，弟弟是读书人。眼看弟弟要去过考的日子到了，哥哥就送弟弟，跟弟弟挑担子。于是弟弟对哥哥说："我是过考试的，你不是读书之人，在路上就不能多说话。我说个什么子，你就记个什么子，你找不到的就问我。"哥哥回答说："好。"

　　走了一截呢，两兄弟就碰到一个做屋的，哥哥就问："这是做什么子的唉？"弟弟就说："哥哥啊，这是做高楼大厦的啊。"哥哥记得了。

　　又走了一截，看到大风吹得树叶子一翻白，哥哥问："兄弟啊，你说这是哪门搞的呢？"弟弟说："这是风吹叶叶偏。"哥哥又记得了。

　　他们又走了一截，看到人家放了一对猪仔在那里拱泥巴，哥哥说："嗯，兄弟，你说它们是搞什么事的唉？"弟弟说："哥哥，这是挖地拱金吵。"哥哥记得了。

　　哥哥送弟弟到了考试地点哩，弟弟就说："哥哥，你就在外头等我啊，我到屋里考试。考取了，你就一个人回去；考不取，你就帮我挑担子回去。"哥哥说："那好。"

　　哥哥在外头候了一大会儿，弟弟还没考出来，哥哥想：他们到底在哪门①搞哇？怎么考这么半天，他们还没考取，我进去看看呢。于是就跑进去一看，看到弟弟他们考呢，哈②没得人考取啊，就说："哎呀！一篇好古文啰，我一字不识哦！"考官手下的一个人听到了。原来呀，有个员外跟这个考场的考官说了，从考取了的人中招个女婿。考官们就想：这么多学生考到这时候都没考取，他只有一个字认不到，就赶快报告那个员外去。他们把员外请来，说这个人文化好。员外就把皮匠弄到屋里招了女婿。

招了女婿呢，有几个月了，姑娘就嫌这个女婿不行。就回到娘家跟她爹撒娇说："您跟我找的这个人啦，不行，没得用。"员外说："怎么没得用啊，那么多考生过考，他们都没考取，那么多考卷子，他只有一个字不认得。你还要弄个什么样的人啊。"员外把他家姑娘说了一顿。姑娘就回去了。

回去啦，姑娘看到皮匠还是不行，姑娘又来望着她爹撒娇。员外就说："好，你这回去哩，找张纸啊，就叫他跟你大姐夫和二姐夫写封信，接他们回来过月半，要一天回来，看他会不会写？看他文字怎么样？"

姑娘回去就叫皮匠写，他不会写，想得没得法了，问："大姐夫和二姐夫叫什么名字呢？"姑娘就把名字写下来留下了。他写不到信，就到处找沙鳖子，再在院子里把沙鳖子用墨一揉，朝纸上一放，沙鳖子就在纸上一圈圈地爬，纸上面自然就印些墨印子，然后就把信一起寄出去了。大姐夫和二姐夫收到信后一看，说："这是写的什么字？我们都认不得，估计是接我们回去过月半的，这时候嘛！"

三个女婿都回来过月半，员外把三个女婿请坐在同一张桌上。员外问："你们哪门三个一路回来过月半呢？"大女婿和二女婿说："是三妹夫给我们写的信，是不是您叫他写的？"员外说："是的，我说了的。他信写得怎么样？"大姐夫和二姐夫连忙说："那报告岳父老人家，我们一个字都不认

①哪门：怎么。
②哈："都"的意思。

得，他一色的英文字，我们猜是您接我们回来过月半的。三妹夫的学问确实比我们高哇。"

员外就把他姑娘叫到房屋教训了一顿，说："哼，你到底要什么样的人啦？我说我看的人还行，你说不行。他跟你大姐夫、二姐夫写的信，叫他们回来过月半，他写的一色英文啦，他们都不认得，他们一个字都不认得。你还要弄个什么样的人啦？"姑娘就哭哭啼啼地回去了。

过了一段时间，姑娘又望到爹撒娇，还是说女婿没得用。员外说："我过生的时候，把你大姐夫、二姐夫他们叫回来，我再考考他。"

这时正好弟弟放暑假到了哥哥家，弟弟心想：我进了学的人就没有在官家里做女婿，哥哥一个皮匠在他们屋做女婿，他们该没有欺负他吧？他就问哥哥："你在这里，没得人欺负你吧？"哥哥说："没得人欺负我。"弟弟说："你又没得文化，我来看看，怕人家欺负你啦？"皮匠说："还没得人欺负我，就是你嫂子欺负我，她横直嫌我孬。"弟弟问："她哪门嫌呢？"皮匠说："她横直问我，还到丈人佬那里撒了几回娇了。最后丈人佬让我跟大姨佬、二姨佬写信啦。"弟弟问："你写的什么信？"皮匠说："你说我哪门写啊，我只写了大姨佬、二姨佬的名字呀，然后就立了个日期。"弟弟说："那你中间写什么？"皮匠说："那我寻到沙鳖子涂墨在纸上，大姨佬、二姨佬就一个都不认得。"弟弟听了后就说："那我就跟你讲啊，像这样的事再来嘿，他就不得跟你考文字啊，他那就要跟你讲盘古开天啦，那你就跟他们搞个老家伙。"皮匠说："那哪门哩？我哪门搞？"弟弟说："他们要跟你讲盘古开天呢，你干脆讲一个圆古开天。我跟你把个饼子统起来，你怕不记得呢，你把饼子一摸啊，饼子是圆的，你就讲圆古。"皮匠说："那是的。"

哥哥把饼子统起，可是一不小心把饼子弄破哒，成两个半边了。大姨佬、二姨佬来了以后，恰恰是讲盘古开天。皮匠说："盘古开天有什么讲头？"大姨佬、二姨佬说："那你说讲什么子？""要讲就讲瘪古开天。"皮匠用手一摸，饼子是个瘪半边了。大姨佬、二姨佬又说："瘪古开天在哪个朝代呀？"皮匠说："瘪古是盘古的爹，你们看是哪个朝代？"

讲散了后，员外就问大女婿："你们盘古开天是哪门讲的？"大女婿说："那我们奈不何他！我们讲盘古，他讲瘟古；我们问盘古是哪个朝代，他说瘟古是盘古的爹！他连盘古是瘟古的爹都知道，那我们讲不到。"

员外就又把姑娘训了一顿，说："他写的信，你大姐夫、二姐夫都认不得。讲盘古开天啦，他连瘟古都晓得。你到底要个什么样的人？"

姑娘哭哭啼啼回去了，后来还是说这个女婿不行。过年的时候，员外就让大女婿问三女婿做了什么学。大姨佬就问皮匠："三弟，你这么高的文化，是做的什么学？"皮匠说："我没做什么学，我做的是高楼大厦。"大姨佬又问："那你又读了什么书呢？"皮匠说："读书，我只读了个风吹叶叶偏（篇）啦，挖泥拱金（经）！"大姨佬就跟员外汇报："那怪不得我们奈不何他！他做的学我们没做过，他读的书我们没读过。他做学做起高楼大厦，读书读起风吹叶叶偏（篇），我们没看过风吹叶叶偏（篇）。四书五经我们都读过，挖泥拱金（经）我们没有读过。"

皮匠对他老婆说："你就是嫌我孬哒，大姐夫、二姐夫还是奈不何我！"姑娘还是晓得他根底子浅，还是跑到员外那里撒娇。员外就亲自去考他。

员外进门就死活不说话，把脑壳一摸，三女婿就脚一顿；员外把肚子一拍，三女婿就把屁股一拍；员外把大拇指一伸，三女婿伸两个指头。

员外一句话没说就走了，把姑娘喊去又训了一顿："我说他行呢，你说他不行。我今天声都没出！我见面把脑壳一摸，我头顶三十三重青天；他就把脚一顿，他脚踏十八层地狱。我把肚子一挺，我称天下；他就把屁股一拍，他独坐江山。我伸一个指头，世上除了我还是我；他伸两个指头，是尊重我上辈，除了我就是他。你还要找个什么样的？"

姑娘回来后，皮匠就对她说："你还把你爹弄来考我，他把脑壳一摸，要我给他做顶皮帽子；我把脚一蹬，我只奈得何做皮鞋。你爹把肚皮一拍，让我做肚皮上的；我把屁股一拍，屁股皮扎实些。你爹伸一个指头，是怕我做得不合脚，先做一只他试着穿；我伸两个指头，我要做就是一双。"

土家族民间故事

梦神先生

这个人呢叫黄蛤蟆子。都不晓得，这个黄蛤蟆子呢他要走运了。那一天的夜里呢，他就撞到这么一个毛草荒坝。到那么一过啊，他听到猪伢子在喊啰，他一看呢，是一个猪子下了猪伢子的。他一下子把猪伢子衔起跑了，在荒坝林子里。他呢就把那猪伢子提了两个，过①葛藤一系，系了就不动了，就不跑了。跑的这个猪子啊是他丈人佬的，这具猪子就不见了。黄蛤蟆子就看得清清楚楚啊，他说："那这个我会做梦，我跟您梦得到，我跟您梦下看。"黄蛤蟆子就在丈人佬那里歇呀。第二天早晨，他就对丈人佬说："我把您的个猪伢子梦到了。"于是就说在某地某处，并且还有两个小猪伢子啊。丈人佬一找去，恰不恰就找到了哟。一下子就找到啦，他的丈人佬就说："我这个女婿狠啦，那确实是个梦神先生，那会梦，狠！"

黄蛤蟆子的丈人佬一说呢，就一传十，十传百，就传得普天都晓得，而且还传到皇上那里去了。那时下大雨啊，冻大凌啦，皇上的个鹦哥雀子不小心跑了，但不知道跑到哪里。他这个鹦哥雀子在外面飞这里玩啦、飞那里玩啦，但是呢，这雪一大了，一冻啊，把尾巴、翅膀啊一下冻起，飞不动了。

---

①过：用。

飞不动啦呢，就不得回来啦。不得飞回来了呢，皇上最欢喜的爱妃呢就说这鹦哥雀子好，可怎么也找不到啊。皇上说："我们找下梦神先生看，把梦神先生找得来。"

把梦神先生查到了呢就问他，梦神先生就想：这怎么梦呢？心里不断埋怨：丈人佬这里说，那里说，说得名声这么大，这哪门梦得到呢？那又不能不去啊。

梦神先生就一去呢，皇上就问他："你是梦神先生啦？"他说："是。"皇上又问："你会梦啊？"他说："我会梦。"皇上说："我的个鹦哥雀子，那你要跟我梦到在哪里？"他说："要皇上把城门不关，梦三天呢，能把它梦到。"梦神先生心里想呢，城门不关，说梦三天呢，梦不到，我就跑了哒哟。皇上呢就依他三天，把城门不关。梦神先生他说："这个三天呢，哪里梦得到这个鹦哥雀子啦。"于是他就一跑。一跑了呢，就听到在雪地里那鹦哥雀子在那里喊。他过去一看，那翅膀啊、尾巴啊，被雪凌住了，就在那里喊。啊，个咋，他就欢喜倒了，就连忙转回皇上："梦到啦。"他说："鹦哥雀子梦到了。在某处某处一个山林里。这个雪大了，把它的翅膀、尾巴凌住了，那走不动的。"皇上就派人查一查去啊，果然在那里把个鹦哥雀子找到了哟。皇上就传名呢，一传出去呢，全国啊都知道梦神先生会做梦。梦神先生还得到了蛮多的赏银啊，他就欢喜倒了。

又过了两年呢，皇上盖的个印不见了。印不见了，又去找梦神先生去，找他来梦。在找梦神先生的节巴呢，派的两个人，一个叫周文，一个叫周武。周文、周武找到梦神先生后，把事情说了。梦神心里想：这哪门梦得到？但是，又无法不去啊，去了，这又哪门搞得到呢。他就想啊想啊，就打个了主意。打了个主意呢，他就跟他姑娘婆说："我走了呢，你就把这个板凳呢，这个树上啊，那个树上啊，就挂起来，就那么搞起啊。"他姑娘婆就听了他的啊。梦神先生就跟周文、周武走了。

走到半路上，梦神先生就说他要转来哟。周文、周武问："那你怎么转去呢？"梦神说："那你看，我一出门，家里出些稀奇事。"他们说："什

么稀奇事啊？"梦神说："我屋里那些椅子、板凳这些都上到树去了。"周文、周武呢也有点不相信啦，周文、周武说："那我们转去看看。"转去一看，这个树上啊，那个树上啊，这些椅子、凳子挂起啊。周文、周武想：梦神先生确实狠啊。

到皇帝那儿，这又不得不去呢，这不去不行啦。这去的节巴呢，梦神先生就一路走，一路念啦。他说："我去了也是死，不去啊也是死。"就横直边走啊，边念啊："我去了也是死，不去啊也是死。"周文、周武他们两个呢就商量，他们说："这个印是我们偷了的，就跟梦神先生说一下。说下呢，他就到那里去梦去呢，本来是我们偷了的，就叫他说不是我们偷了的。我们就没有罪啦哟。"周文说："你看梦神先生总是念'我们去了也是死啊，不去也是死'。他是不是梦到我们两个把印偷了的？那还得到活命啊。"于是周文与周武两个就跟梦神先生说："梦神先生啊，我们跟你商量一件事啊。"梦神先生说："商量个什么事？"周文和周武说："皇上的印是我们两个偷了的啊，你就救我们一条命。"梦神先生说："呃，只要你们啦坦坦白白望到我说，我还能做害人的事啊。这我不得说是你们做的。"听梦神先生这么一说，周文、周武想：梦神先生已经搞得清清楚楚的啊，两个人更害怕了。

回到皇宫，周文、周武就回皇上的话："我们把梦神先生找得来的。"梦神先生这次就不像前头啊，大摇大摆的这么样子啊。他这有把握了嘛，怕么事呢。周文、周武已经告诉他一清二白，这还梦不到？皇上呢就跟梦神先生说："我这个印不见了，所以把你找来。你会梦，你跟我把印找回来了就给你重奖，还招你为驸马。梦不到呢就要提斩。"梦神先生说："那没得问题，这我梦得到。第二天呢回你的话，给你梦到。"梦神先生就在那里歇了一夜啊。周文、周武呢告诉梦神先生，印放在城隍庙的一个菩萨老爷座子下压起来了。第二天梦神先生就回皇上的话，说："你的印我已经梦到了，是强盗偷了啊。在城隍庙里，并且是架在这个菩萨老爷座子兜的^①"。皇上派人到城隍庙里去一查，恰不恰印被压在菩萨座子底下。君无戏言啦，印找到了，就招梦神先生为驸马。

但是皇上的小姐哪门看得上了他呢，就不同意这个事情。不同意呢，但是又犟不过皇上，于是这个小姐就说："你会梦。我搞一笔事情，你给我梦到了呢，我跟你结婚，招你为驸马；梦不到呢，就要提斩。"那皇上的小姐有权把他斩了的。小姐就用一个花盒子呢，提一个黄蛤蟆子，这是小姐自己做的事，哪个晓得呢。小姐说："你如果梦到这个花盒子里是装的什么呀，那我就跟你结婚；你梦不到，就提斩。"梦神先生心里就想：那哪门梦得到呢？梦不到就要提斩的。他就哭呢，说："丈人佬的母猪不见了，是我撞到的；皇上的鹦哥雀子不见了，是我抓到的；皇上的印不见啦，是周文、周武告诉我的。今天，我黄蛤蟆子就死在你花匣子里。"恰不恰那个花匣子里装着一只黄蛤蟆子。这个小姐就说："你真会梦啊，我一个人装进去的，你还是梦到了。"于是梦神先生就成为驸马，他命真大。

---

①兜的：里面。

人心不足蛇吞象

　　从前，一个叫张望的学生在上学路上捉到一条小蛇。张望把蛇带到家里，天天把东西喂给它吃，一而三、三而九，蛇慢慢长大了，天天帮张望看家，还做一些力所能及的家务事。

　　后来，张望进京赶考中了榜，当了宰相。有一天，张望病了，请医生一诊脉，说要吃活龙肝才能治好。张望便想起了家里喂的蛇。他回到家里，对蛇说："蛇呀，如今我得了个怪病非要吃你的肝才能治好。你能让我钻进肚里割一叶吗？"蛇听后，想起过去张望对自己的养育之恩，便张大了嘴巴，张望拿着刀子钻进蛇肚子里割了一叶肝子，吃后就把病治好了。

　　过了些时日，张望怕自己的病没好脱体①，又对蛇说："蛇呀，我怀疑我这个病没好完哩，你能再让我割一叶肝子吃行吗？"蛇听后，张开了嘴，张望手拿着刀子，钻进蛇肚子里又割了一叶肝子吃了。

　　就这样张望连续吃了几次蛇肝，吃香了嘴儿，觉得蛇肝比羊肝味道儿都鲜。一天，他又对蛇说："蛇呀，我怀疑我这个病还未断根，你能让我再割一叶肝子吃好吗？"蛇听后，马上张开了嘴，张望拿着刀子忙钻进蛇肚子

---

①脱体：完全，完整。

里。谁知道，张望刚刚用刀子一割，蛇嘴巴就闭住了，张望还来不及喊一声便丧了命。

原来呀，这蛇的肝子一连割了几次，只剩下那么一小叶了。张望再用刀子割，蛇哪还忍得住疼？嘴巴一闭，就活活把张望吞食了。

当了宰相的张望，最后一次割肝时被蛇吞吃了，人们说他是人心不足，罪有应得。

所说"人心不足蛇吞象"就是这么个出典。

"万恶朝天"镇城隍

从前有个穷木匠，生就一副凶神像，说话又凶叉叉的，人们都叫他"万恶朝天"。但他心地善良，手艺高超，给大家帮忙很热心，又不收礼，寨上不管哪家立屋都要请他去。

一天，一个叫杨义的人家请他去立屋，主人家看中城隍庙后面一棵古树，那是城隍爷的树子，想拿来做房梁。可是来帮忙的许多木匠，谁也不敢去砍，怕触怒城隍老爷。"万恶朝天"不信这个邪，带几个徒弟去，几斧子就把这棵树砍了。

这下，惊动了城隍爷，城隍爷把手下的喽啰叫来问："哪个这样大胆，竟敢把我的沉香木砍了？"手下小鬼道："是个叫'万恶朝天'的木匠砍的。"城隍爷气得吹胡子，说："我就不信这个'万恶朝天'这样厉害，胆敢来冒犯我。"第二天，城隍爷派了几个小鬼去提"万恶朝天"来问罪。

这天，"万恶朝天"把沉香木砍倒拖到杨家，用斧子修直，木屑掉到地上，方圆一公里内都闻到了香味，一些娃娃崽闻到了香气就跑来围住"万恶朝天"，"万恶朝天"起初看见娃崽很乖，就没有吼他们。娃崽们平时看到"万恶朝天"都要跑开，他们怕他，不敢乱动。后来见"万恶朝天"没骂，他们就乱来了。娃崽们把木渣烧起来，这下香气散得更凶了。于是娃崽们越来越多，跑来围住火耍。这时，"万恶朝天"怕木渣飞起打着他们，叫他们回家去。可是娃崽们玩得正高兴，赖着不走。"万恶朝天"就生气地骂道："你们这些小鬼，不走老子就一斧一个砍死你们！"

原来，娃崽里面混有城隍老爷派来的几个小鬼，小鬼误以为"万恶朝天"的话是骂他们的，吓得转身就跑回城隍庙来禀告："城隍爷，这个'万恶朝天'了不得，他说要一斧一个砍了我们，幸亏我们跑得快，要不全被砍死在那里了。"

城隍爷见小鬼不行，就派判官去提"万恶朝天"。当判官来到杨家时，"万恶朝天"正在上梁木。这时，绊官①松了，卡不住梁木，徒弟没得经验，就对他们的师傅"万恶朝天"大声说："掌门师，梁木上不起。""万恶朝天"就对他们大声说："上不起，你们给我用斧子只往绊官上打就行了。"这下，判官吓了一身冷汗，误以为"万恶朝天"看见他了，叫徒弟们用斧子打他，于是撒腿就没命地逃跑了。

城隍老爷见判官回来，心里一阵高兴地问道："这么快就把'万恶朝天'捉来了？"判官气喘吁吁地说："'万恶朝天'真是凶恶无比，不但要杀小鬼，连我也不放过。他叫徒弟们用斧子打我，幸好我脚杆长，跑得快，不然就被打死了，我哪还敢捉他？"说完，还不住地发抖。城隍老爷一听，气得吼起来："这个'万恶朝天'无法无天，我要亲自去会会他。"

第二天，城隍老爷慢慢地来到"万恶朝天"家，躲在柜子里，心想：等"万恶朝天"晚上一个人回来睡觉时，再把他捉走。等到天黑，"万恶朝天"回来了，但不是一人，还有一个徒弟和他一道。这个徒弟肚皮痛，"万恶朝天"要给徒弟治病，就对徒弟说："你坐好，我去给你拿雄黄酒来泡酒喝，喝了就好了。""万恶朝天"说的雄黄是一种药，可以治肚皮痛。可是城隍老爷误把雄黄听成了城隍，以为"万恶朝天"要拿他来开斋，泡酒给徒弟吃，吓得在柜子里打抖。"万恶朝天"说完就朝柜子走过来，准备取雄

---

①绊官：木匠把两边卡梁木的木楔叫"绊官"。

黄。城隍老爷听到"万恶朝天"的脚步声逼近了柜子，眼看死到临头了，逃命要紧，一发势撞开柜子冲出门去。

这天，天全黑了，"万恶朝天"也看不清是人是鬼，就大叫一声："有强盗，有强盗！"徒弟一听有强盗，肚皮也不痛了，拿起扁担就跟"万恶朝天"追出去。城隍老爷幸好跑得飞快，又因天黑看不见，要不就死在"万恶朝天"手里了。

城隍老爷虽然逃回城隍庙里，可这一回差点儿被吓死了，他蒙头大睡了三天。从此，城隍老爷再也不敢小看"万恶朝天"了。

斩"天"字

乾州人爱斩言词。这是一种说话的艺术，把四个字一句的"言词"斩去第四个字让人猜，转个弯，既隐讳，又有味道。不懂的人摸不着头脑，一旦懂了则令人好笑。

清朝时，乾州有个人最会斩言词，他特别偏爱斩一个"天"字，顺便讲一个言词，最后一个总是落在"天"字上。有一天，大老衙门的大老把他找去，问："听人说你爱斩'天'字，今天就斩个让我听，看你到底会有好多斩'天'字的辞藻。"他说："老爷，您若是爱听，我讲百把个不在话下。"大老说："好，你就讲一百个让我听，满了一百老爷有赏，不满一百，又怎么办？"那人说："当然该罚了。"大老说："好，君无戏言！师爷，他讲一个你就用笔写一个，不许重了。满一百赏纹银十两，不满一百打三十大板，现在开始。"

那人真的就一个一个地"斩"出来，他"斩"一个，师爷记一个，"斩"两个，师爷记两个。他讲了一大堆，师爷记来记去，除去重的，一共得九十七个。大老问："还有没有？"那人想了好一阵才回答说："抬头望——天"。老爷说："现在已经九十八个，还有没有？"那人实在想不出只得认输，说："无法再——添"。大老说："你既然认输，还是该罚，捡个乖。"于是喝令左右，把那人打了三十大板，赶出堂外。那人被打得吃

亏，一步一瘸地走出衙门，边走边想：平日最爱斩"天"字的人，今天怎么斩不满一百，只得九十九个，最后那一个到哪里去了？他挖空心思想来想去，总想不出，心里硬是不快活。

这时他婆娘等在衙门口，见男人走出衙门的样子实在好笑，说："打得好，打得好，我喜欢！平日白口聊嘴，默神自家好本事，今天老爷要你斩言词你斩不出，打得你个'屁眼朝天''黄油翻天''气烟熏天''哦喝连天'快活了，看你打后还斩不斩言词！"他听到婆娘一路言词，猛然醒悟，骂道："背时婆娘，你不早讲，偏偏等我走出衙门才讲。你早讲，我得一百零三个，还多敷他三个，领赏是手到擒来的，可惜你讲迟了，害我挨打。"

看来生经

那个地主啊，完全是靠剥削老百姓来发财的，他大秤进啦小秤出，大斗进啦小斗出。这是亏良心的事。

有一天他请了个长工，给长工的待遇是：三条耕牛一年。"一年弄三条耕牛啊，那还是不简单。"那个长工说："我去帮他去。"于是就和地主写了合同。

到了年底，长工说："老板，跟我结账，拿家伙来。"地主说："什么家伙？"长工说："耕牛啊，你把牛把给我，我牵起走啦。"地主说："我讲的三调羹油啊，不是讲的三条耕牛。"就喊家人拿调羹来，就用调羹跟长工量了三调羹清油。地主说："你拿合同来看，合同上写的三调羹油哟。"长工就想：这是哪门搞的呢，搞了一年，得了三调羹油。三调羹油还炸不了一个广椒，干脆呢到庙里把这三调羹油啊上功德去。

庙里那个得了道的和尚呢，他已算到长工要去，就跟小和尚说："你们把地下、山门啊都打扫干净，今天有一大个香客要来上功德。"小和尚刚打扫完整，长工就去啦。

长工对着佛像说："城隍爷啊，我来跟您上点功德。"上完功德，长工正要走时老，和尚就对长工说："阿弥陀佛，施主请跟我走。"老和尚就把长工引到去看来生，看长工来生再变人的时候做什么事。长工就把来生子一

土家族民间故事

看，只看到八个人抬一顶轿子，走去走来。那个老和尚说："抬轿的就是抬的你，你来生的话呢就是有官做。"

长工上了功德回去后，地主就问长工："你上香去，有什么回报没有呢？"长工说："有。"地主说："什么回报啊？"长工："那个老和尚把我引去看了来生经，我来生再变人啦要当大官，八抬大轿抬着我。那要发财啊！"那个地主想：这个咋的，长工三调羹油上个功德，来生就当大官，那我挑三挑子油去上功德。

地主就请了三个人挑了三挑子油啊，挑起上功德去啊。老和尚对小和尚们说："今日你们不用打扫的，今日是一个烧香的香客。"地主一去呢就喊："今天我来上功德的。"大和尚啊，小和尚们啦就还是跟他参经念佛啊，念到之后呢，他就要走了。那个老和尚就说："阿弥陀佛，施主请跟我走，我们到来生经去看一下。"地主跟老和尚到来生经一看，看到一个双目失明的毛驴在旋腰磨啊。地主一看啦，他就喊："老和尚，你带我到这里来看，什么也没有看到，只见一个双目失明的毛驴在旋腰磨嘛。"老和尚说："阿弥陀佛，这就是你来生的事，你来生就是要变毛驴，跟人家旋腰磨。"地主说："那为什么啊？"老和尚说："因为你一生刻薄，恶事情做多了，所以呀你来生就是这个回报。"这个地主就急了，他说："那还有没有解？"老和尚说："我说的解怕你做不到？"地主说："那你说下，看我做不做得到？"老和尚说："我跟你解了，你来生也只能做一个平常百姓。"地主说："就是平常百姓，只要我不变成毛驴就行啦。"老和尚说："那你回去就要把大儿子一刀两断，把二儿子一斧头劈两开，让姑娘施三年粥，你做得到吗？"

地主回到家，三天茶水不沾，更没有吃饭啦，他的姑娘呢就跑得来问："爹呀爹，你上香回来有什么回报啊，你哪门闷闷不乐啊？茶饭不沾啦，你有什么为难事啊？"地主说："你不知道啊，我上了香啦，老和尚领我看来生经去。他说我来生要变一个双目失明的毛驴跟人家旋腰磨啊。他说我这一辈子坑人刻薄的事做多啦，我后悔不及啊。"地主家的姑娘说："那有解没得呢？"地主说："我解有解啊，解了呢，来生可以做一个平常百姓啦。"姑娘说："那哪门解的啊？"地主说："不好那么说的啊。他说要把你的大哥一刀两断，把你二哥一斧头劈两开，要你施三年粥啊，我哪门做得到啊？"姑娘想了下，她说："那不要紧吵，这个问题不是叫你把哥哥杀了的，要你悔过自新。你把家里的大秤啊一下剁了，把大斗赶快劈了，你把这两件事情做了，我跟你施三年粥也不要紧，我到庙门口施三年粥去，做三年功德。"就这样才改过来。

干鱼庙

　　武陵山下的土家山寨有个书生，名叫张元秀。他去京城应试路过青风山。忽然，树林里有"叽呀！叽呀！"的惨叫声，原来是一只麂子吊在肉套①子上了。元秀看它遭孽，就把它放了。回过头又想：我把麂子放走了，套野肉的人又怎么办呢？想来想去，只好把自己口袋里带的干鱼拿出来吊在肉套子上，才走开了。

　　到了下午，套野肉的王二来收肉套子。见套子上吊着三斤重的一条干鱼，用手扯点尝，觉得很香。这里是十里青风山九里茅冈，听不到狗吠，闻不到鸡叫，这鱼一定是菩萨赐的！大家都来看稀奇，认为确实是菩萨所赐，这个菩萨一定还在青风山里。于是，王二不敢忙着取鱼，跑到寨上喊了几十个人。大家你一吊、我八百的把钱凑了很多，几天工夫就修了一座庙，取名叫干鱼庙。干鱼庙一修成，那干鱼菩萨真是灵得不得了。每天敬菩萨的人络绎不绝，像赶场一样，放炮火，放三眼铳，敲锣打鼓，闹热得很。

　　张元秀上京考试回来，又从青风山经过时看到了干鱼庙，心里正在疑惑：怎么搞的，原来这里是青山老林，今天怎么修了一庙啦？到底是什么一

----

①肉套：用肉做饵，猎取野物。

回事？他决定进庙去看看。庙门口，斗大的"干鱼庙"三个字金光闪闪，庙内很多善男信女在烧香磕头。神台上还供着一块三斤重的干鱼。他一切都明白了，便在庙门墙上题了一首诗：

去听麂子叫，

来见干鱼庙，

菩萨那里有，

说起真可笑。

写完后，他念了一遍，下山去了。

敬菩萨的人们不知道这书生写的什么东西，都围拢来看。大家都不识字，把王二喊来，王二也不识字，又叫识字的人来认。识字人读了一遍，大家还是搞不清楚是什么意思，只好差人把土家山寨唯一的大秀才张元秀喊来破开诗的意思。张元秀一到庙前哈哈大笑，把自己路过青风山的事一五一十数出来，最后说："看到你们庙门上'干鱼庙'三个大字，我想一定是我那干鱼作的怪，才写了这几句话。"

"呜——嗬"，原来是那么一回事！大家都像受骗，又讲不清是受谁的骗，各自不声不响回家去了。从此，再没有人到干鱼庙敬菩萨。王二还是靠套野肉过他的生活。

土家族民间故事

春风夜雨

有两兄弟，春风是哥哥，夜雨是弟弟，他们的大人呢都死了。

哥哥春风就培养弟弟读书。培养弟弟读书呢，后来弟弟就在教学，成教学先生了。帮弟弟把婚结了呢，他就跟弟弟说："夜雨呀，我培养你读书，你教学，又帮你把婚结了，我要睡头三夜的。"于是夜雨呢就到学校去教书去了。春风呢，就在弟弟的寝室里坐了三夜，坐在那里看书。

第四天呢，夜雨就回来了，睡觉时，他的妻子说："你看了三夜书，你到底瞌睡来了，今日还是睡啦。"夜雨就晓得他的哥哥是谎他的。

有一天，哥哥春风说："夜雨，我培养你读书，又帮你结了婚，我跟你把五百两银子，你们两个去选地方去，随你们在哪里都行。"

夜雨就把五百两银子拿起呢，夫妻两个人啦就慢慢地走，走到呢一座桥边，但这座桥哪门还没有修起呢？跟他的人就说："这不是一般的桥，是仙人桥。这个要花功德修的，花不了功德就没有修了的。"夜雨呢就在那里领导呢修好了这座仙人桥。仙人桥修起了呢，就花二百五十两银子去啦。桥修起来，就打了个纪念碑呢，碑上刻有"春风夜雨"四个字。

桥修起来了，夜雨夫妻二人就又继续走，走到呢一座庙前。庙修到个半拉子也没有修起来，夜雨就问："这哪么庙没有修起呢？"跟他的人说："这不是一般的庙，城隍庙要花功德修的。功德花不到啦，就没有修的。"

夜雨呢就又领导把这一座庙修起了。修起了呢，这个城隍庙呀它得有万人伞，万人伞高头①也写上"春风夜雨"。他横直把哥哥的名字架在前头。

他们就又接着走，接着走了呢，哥哥给的银子用完了。这到哪个地方去呢？天黑了，他们看到一家屋，蛮好的啊，那到这个屋里讨个歇去。一问，知道是王员外家。

夜雨就到屋里去呢跟员外说："哥哥跟我发的五百两银子用完了，修了一座桥啊，修了一座庙啊。"员外说："好好，那你们就在我家里歇。"然后招待他们把饭吃了，就安排他们去睡去。睡觉的那间屋是金银宝殿啦，有金龙银龙，据说命小的呢，会被金龙银龙吃掉的。夜雨很高兴地说："你看，这个员外呀把这么好的房子给我们睡呀。"

睡到第二天早晨呢，员外起来就去看，看金龙银龙把他们吃了没。看到他们两个一头睡一个，睡得粗声大鼾的啦。等他们醒了后，员外呢就跟他们讲："你们跟我当接班人好不好啊？你们就在这里过。"夜雨他就欢喜倒吵，终于找到安身的地方啦，而且还跟员外呢当接班人啦。

夜雨呢比春风的命大些。春风家里搞穷了，屋也都垮了，春风跟家里人说："我去找夜雨看下，看他们在什么地方落地。这屋也垮了，看他有钱呢跟我借点钱，把这个屋做一下。"

春风就边走边问，问到桥上，他们就说夜雨在这里修了一座仙人桥的，仙人桥高头有他的名字。春风寻着桥的碑上看，看到夜雨桥的碑上有"春风夜雨"呀。春风又一走呢，这走哪里去呢？有人对他说："那你直接走，走到前面有一座城隍庙，看到城隍庙呢，那里有万人伞，那是春风夜雨修的。"他就慢慢地寻，果真看到万人伞上头的"春风夜雨"呀，还是把春风放在前头，夜雨在后头。他就又慢点走啊，慢点寻啦，就看见夜雨了。

看见夜雨了呢，春风就跟夜雨讲："夜雨啊，你走了呢，我的屋也垮了

---

① 高头：顶部，顶端。

土家族民间故事

啊，没有地方住了啊，你把钱跟我借点啊。"夜雨说："你在我这里玩，我有事要出门三年。玩到我回来呢，你就回去，我就跟你借钱。"春风就在这里玩呢，夜雨就去跟春风把屋哈做好了。把屋一换啦，搞的是金银宝殿啦，跟员外家的一个相啊。

三年后夜雨就回去了。回去呢，春风说："那你跟我借点钱啦，你开铺几年了。"夜雨说："我有事嘛，我要把事办好了才能回来吵。"跟春风把五百两银子，春风心想："好吧。夜雨好狠的心，我培养他读书呀，又帮他结了婚啊，他恰恰跟我把五百两银子做的个路费呀。"

春风就拿着五百两银子路费回去了。回去呢，他屋的呢？"这是哪门搞的呀？我不是这样的屋啊。"他到屋里去呢，屋的金银宝殿啦。他的姑娘婆婆就出来了，她说："你看你，你到哪里去了的？去了两三年。你看，夜雨来跟我们把屋做得这么好，金银宝殿的。你看你操了一下心吗？你到哪里去了啊？"他说："夜雨要我到他那里玩。我谎了他三夜啊，他谎了我三年啦。"

善报与恶报

　　从前，善报与恶报是拜把子兄弟。一天，他们商量后，一起出去跑江湖做生意，不几个月，因生意顺当，两人就赚了一大笔钱。

　　回来的路上，他俩走到一个万丈悬崖的地方，恶报暗自盘算，如果这笔钱都归他不是就发了大财？想到这里，恶报顿生歹意，他走到悬崖边上向下望了望，说："善报兄弟，你快来看，那半山腰是个么子宝贝金光闪闪的呐！"善报不知是计，走到悬崖边只顾低头往下望。恶报这时趁善报不注意，就从后头狠狠地朝善报的背心一掌，善报"哎呀"一声喊就被推下了万丈悬崖，恶报一人背起装银两的口袋头都不回地走了。

　　也是吉人天相。善报被恶报一掌推下悬崖并没被摔死，原来是落在一个长满乱草落满枯叶的二台上。他刚从一场噩梦中惊醒过来，抬头一看猛见不远处蹲着一只大老虎，睁着两只大眼睛正愣愣地瞪着他。善报被大老虎吓得双脚发抖，心想：苦命，刚逃过一难，又遇到一劫。上下无路，插翅难飞，此时的善报自知生还无望，只得坐以待毙。哪知已过半个时辰，老虎还是原地不动，善报见它并无吃人之意就壮起胆子向老虎磕了三个响头，说："畜生，你若有吃我之意就摇头三下，有救我之心就摆尾三下吧。"老虎就像听懂了善报的话似的，急忙走到善报面前摆了三下尾巴就躺卧下来，善报会意，翻身骑上了虎背，那老虎一声长啸，一个飞步就把善报送上了悬崖。

善报得救后，天黑时到了一个破庙里，夜里全身伤痛难当，便钻到神龛后面躺下。睡到半夜，善报忽然听到庙里有人说话，定睛一看是几个古模怪样的人坐在那里谈白①。只见红头发怪老头说："我看山下王员外家的小姐是被枇杷精害哒，那些郎中用药哪门治得好哟，除非用十斤毛铁打把叉，指到他家后花园里的那根大枇杷树一阵乱叉，那小姐的病自然就会不治而愈。"蓝头发怪人接过话头，说："王员外本来就是个有福之人，就说他门前的那两根桃子树，一根开花不结果，一根结果不开花，可惜无人知晓，只要一挖开，左边那根一窖金，右边那根一窖银。"几个古怪老头越说越起劲，又一个黄头发怪老头插嘴道："那个王员外也真傻，屋后的那个大坪坝又不晓得开成田。"一个白头发老汉不服气地说："讲起来容易，开成田地你从哪里找水灌？"黄头发怪老头一听哈哈大笑，说："老兄，你这就不晓得，后面山上半中腰有蔸大芭茅草，只要你把芭茅草一挖掉，还何愁没得水灌田？"

四个怪老头你一言我一语，一扯好像没完没了。这时只见红头发怪老头站了起来，说："天都快亮哒，我们快回洞府去吧！"说完，几个人走出了破庙。

四个怪老头的一番谈话，善报都听得清清楚楚，心里不觉暗自高兴，身上的疼痛早已减去大半。天刚亮，善报就动身去山下找王员外了。一打听，善报很快就到了王员外家，自称是专程为他家小姐治病，吩咐人进屋通报。员外听说有人登门为小姐治病，亲自出来迎接，把善报当作座上宾，吩咐厨房快办酒席，盛情款待。

酒过三巡，员外举杯道："先生，我女儿被病魔所缠，多年来访遍远近名医，还是久治不愈，眼下病情更重，若承蒙先生能妙手回春的话，我甘愿将家产分一半送你；如不嫌弃，待小女病好以后我愿许配给你，以报救命之

————————————

①谈白：摆龙门阵。

恩。"善报听后十分高兴，举杯道："小辈承蒙员外抬爱，小姐的病我会竭尽全力治好的。"

席毕，善报进房中看过小姐后，就叫人用十斤毛铁打了一把叉，吩咐扛到后花园，对着那根枇杷树乱刺起来。说也奇怪，那铁叉刺到哪里，哪里就流出一股酱红色的血水来。众人一见大惊，又是一阵乱刺乱叉，把那根枇杷树连根都翻起来了。

善报见枇杷树已刺得皮落根断，松了一口气，与众人一道去见员外。哪知此时小姐已顿感浑身轻松，神志清晰，正在房中与员外讲得亲亲热热，见善报进来，父女双双忙起身让座。这时，员外拉过小姐的手，要她向善报道谢，并当面说了许婚的事。小姐见善报一表人才，又救了自己的一条命，当即就答应了这桩婚事。

不几天，员外择了吉日，善报与小姐拜了天地结为夫妻，二人相亲相爱。不久，员外在善报的指点下派人挖了门前的两根桃子树，刨得了一窖金，又刨得一窖银；屋后荒坪坝也开成了良田，引来了泉水。从此，员外家直是日罩紫阳，夜放豪光，善报再也不是往年的那副穷酸相了。

第二年，善报又喜得贵子，员外吩咐大摆酒席宴请亲朋。满月酒的那天，员外家高朋满座，喜气盈庭。正在这时，门外来了一个高声讨饭要吃喝的叫花子。善报派人唤他进来，吩咐多赏些酒菜。善报看到那叫花子饿急渴坏的样了，不免又生出一丝怜惜之情，便上前细一打量，却是拜把子兄弟，谋他财、害他命的恶报。

原来，恶报谋得了银两并没有讨到好，生意做一回亏一回，不出一年几个本钱折个精光，恶报万般无奈，只得靠讨饭度日。善报认出恶报后，么子都没说，只是把他拉进客厅中另备上等酒席款待，亲自把盏作陪，一时让恶报好生纳闷：主人家为么子如此盛情相待？这时善报见恶报还没有认出自己，便说："恶报兄弟，我就是被你推下悬崖的善报呀！"这话虽是善报轻言细语说出来的，可恶报听到如五雷轰顶，顿时就从椅子上跌了下来。待善报扶起，恶报竟口吐秽血，两眼发直，一命呜呼了。

天高地厚

　　曾经有三个姨佬坐在一起喝茶，讲起了谁见过的东西最大这个话题。大姨佬说："我们一人说一宗，说输了的就管办明日的酒饭。"

　　大姨佬说："我见过一面大鼓，鼓面上铺了四十八床卷帘晒包谷籽。一个婆婆拿根响篙赶鸡子，赶了一天到黑，四十八床卷帘还没有赶高①。"二姨佬说："我见过一个大腰盆，装了一个冬的雪，来春化成了半盆水。一个老头赶了四十八条水牛下去洗澡，没曾想那盆沿子太高，四十八条水牛洗完澡就往上爬，爬了一天到黑，连一条都没有爬上沿来。"

　　幺姨佬老实巴交，一句也没说上来。大姨佬、二姨佬催他："趁早回去哟！回去跟姨妹讲，好好备点酒菜，我们明日来吃中饭。"

　　幺姨佬回到家，一五一十讲给堂客听了，末了叹口气说："唉，就跟他们两个会日白②的办一顿酒饭吧。"堂客笑着说："会日白的喝白酒，不会日白的出白钱，哪有这种道理呢？你明日跟往日一样，只管到坡里做事；他们若来了，我来打发他们。"

　　第二天中界③，大姨佬、二姨佬果然来了。幺姨妹打招呼说："你们来吃

---

①赶高：高，"遍"的意思；赶高，即赶遍。
②日白：吹牛。
③中界：中午。

饭的吧？可惜这一时还没人陪酒呢。我男人出门去了，你们还等一会吧。"

大姨佬问："他哪里去了？"

幺姨妹答："他呀，上天去了！"

二姨佬问："他上天有什么事呀？"

幺姨妹说："昨天他一到屋就上后山去放一棵杉树，唉，请了四十八个人锯了一夜到亮，横直只见树巅摇摇晃晃，树身好歹不倒。没曾想晃来晃去的杉树巅子倒把玉皇大帝的眼睛戳了！我急呀，催他赶着上天赔情去了。"

大姨佬不信地说："哼，他怎么上天的？"

幺姨妹说："就顺那棵杉树唦。"

二姨佬也沉不住气地说："我不跟你扯上天去！我问你，他放那么大一棵杉树要做什么用？"

幺姨妹说："他说放倒了锯成三截，一截摆上四十八桌酒席，请帮忙放树的和五亲六戚喝酒，一截送你做盆瓦，一截送他做鼓架唦。"

大姨佬、二姨佬气红了脸，颈项也气粗了一圈，还不认输地说："我们就上山去看看，看那棵树到底有好高好大！"

幺姨妹笑着说："我劝你们不要去。那棵树呵，我只晓得树巅比天高四十八丈，树根比地深四十八丈。昨日有两个日白佬想弄个究竟，坐在树下数天到底有好高、地到底有好深，饿起肚子数了一天到黑，硬不晓得天高地厚哟！"

苦生和甜生

　　从前，土家山寨里有一个后生，名叫苦生，十五岁就失去了双亲。双亲去世时，房没一间，地没一块，苦生为安埋双亲又欠下了一笔债。好在苦生自幼勤俭，双亲去世以后，他四处找活干，帮长工、打短工，打柴放筏，背脚抬轿，什么苦活儿都干。平日里当吃两口他只吃一口，当用两个钱他只用一个，苦挣苦熬了十年，终于还清了债务，娶了媳妇，置了一点家业。苦生还勤扒苦做，省吃俭用，渐渐地，也有了一点积蓄。后来，他妻子生了一个孩子，他觉得日子比他小时好多了，就给孩子取名甜生。苦生天天外出做苦工，回来累得精疲力竭，对家事过问得少。他妻子对甜生娇生惯养，要月亮不敢给星星。到甜生十五岁那年，苦生发现甜生用钱如流水，叫他读书犹如逼上皂角树；叫他做活路犹如拉他上杀场。成天不干一件事，放了碗就去玩。苦生想：再让甜生这样混下去，将来一定是个败家子，便打定主意，叫他外出挣钱，让他知道甘甜苦辣，今后才能成为一个有用之人。一天早上，苦生把甜生从被窝里拉了起来，对甜生说："从今天起，你自个儿找饭去，七天以后再回来见我。回来时，还得带回三吊钱来。找不回三吊钱，你就别想再进这个家门。"说完，就外出做工去了。

　　苦生走了以后，甜生跑到他娘面前哭了起来，越哭越伤心，哭得他娘都陪着掉了两碗泪。他娘边哭边打开钱箱，取出一锭银子交给甜生，供甜生七天食用；又拿出三吊钱来，交给甜生，让甜生转来好在爹面前交差。甜生得了钱，欢欢喜喜走了。七天以后，甜生回来了，见了他爹，连忙从怀中掏出三吊钱来，交给他爹。苦生在甜生交钱的时候，见甜生的手仍然细皮嫩肉的，脸蛋儿也仍然白白净净，便断定那钱不是甜生挣的。于是，苦生接过钱来，顺手扔进房前的水沟里，再看那甜生，根本不当一回事。苦生心里全明白了。

第三天早上，苦生又把甜生从被窝里拉起来，对甜生说："这一回，你出去挣钱，要七七四十九天才准回来，过了七七四十九天，你得拿回三钱碎银。如果三钱碎银都挣不回，你就别想再进这个家门！"这一回，苦生一直看着甜生上了大路，才出门做工。

谁知苦生一出门，甜生又从大路上倒了回来，守着他娘哭，越哭越伤心，哭得他娘又陪着掉了两碗泪。他娘边哭边打开钱箱，拿出三锭银子，交给甜生，供甜生四十九天食用；又取出三钱碎银，交给甜生，让他回来好在他爹面前交差。甜生得了银子，高高兴兴走了。过了七七四十九天，甜生回来了，见了他爹，连忙从怀中掏出三钱碎银，交给他爹。苦生在甜生交钱的时候，仔细看了看，发现甜生的手还是细皮嫩肉的，脸蛋儿仍然是白白净净的，便断定那三钱碎银不是甜生挣的。于是，苦生接过碎银，顺手扔进房前的竹林里，再看那甜生，甜生还是不当一回事。苦生知道这是怎么一回事了。

第三天早上，苦生又从被窝里将甜生拉起来，对甜生说："这一次，你出去挣钱，要九九八十一天才准回来，回来时，一定得带三锭银子。如果三锭银子都挣不回，就别跨进这个家门！"这一回，苦生暗中监视了三天，直到确信甜生娘没给一个钱，方才出门做工。九九八十一天，甜生还是没有回来，甜生娘向着苦生骂，苦生却说："好吃懒做败家子，勤俭才是好儿孙，你不教儿学勤快，养个败家子有啥用？"

又过了九九八十一天，甜生还是没有回来，甜生娘骂苦生骂得更厉害了，苦生还是说："好吃懒做败家子，勤俭才是好儿孙，你不教儿学勤快，

土家族民间故事

养个败家子有啥用？"

又过了九九八十一天，甜生回来了，喊了一声"爹"！哽咽得话都说不出来。正是冬天，苦生和妻子正在火塘边烤火，苦生借着火光一看，甜生肩上的衣服磨破了，颈上起了一个大汗包。当甜生从怀中掏出三锭银子交给苦生的时候，苦生发现甜生满手都打起了茧巴，脸蛋儿也被太阳晒得红红的。可苦生还是不放心，接过三锭银子，随手扔进火塘里。甜生见了，眼泪扑簌簌往下掉，连忙用火钳去夹。银子被火烧得滚烫滚烫的，甜生握在手中，手烫起了泡，可他一点也不觉得疼。苦生见了，这次相信那钱真是甜生自己挣的。苦生感动得掉下泪来，说："儿啦，儿啦，你要记住，勤劳才是聚宝盆啦！"

张三李四

　　张三李四都是同年同月同日同时生的，两个人从小一起长大。张三家境好，不劳动也有吃有穿；李四家里穷，虽然爱劳动，但每天还是鼎罐架不上三脚。他硬想不通，就上天和阎王老评道理，说："阎王老，你太不公平了，张三和我同年同月同日同时生的，为什么他好，我不好呢？别人都讲是他的八字好、命好，我们是同样的八字，为什么命不同呢？"阎王对他说："李四你不要争，你们八字是一样的，但张三只有三十二岁寿，你有六十四岁寿，他把两倍东西放做一倍吃，当然要好些；你的东西是按日吃的，当然要差些。"李四说："我也只要三十二岁寿，只要得些好的吃就算了，落得去受苦受穷，再受穷受苦说不定我还活不到三十二岁哩。"阎王又说："你只要三十二岁，那么你回去，会有好日子等你。"李四说："我帮人做工，哪里来好日子啊。"阎王说："你的东西在山东，你到山东就会有的。"李四听了他的话，到了山东，一家大当铺老板的女儿正在选婿，一眼就看中李四，与李四完了婚。从此李四过上了好日子，再不愁吃穿。一日三、三日九，李四看看到了三十一岁，心里害怕，于是想他只有一年就要死，也回家去看看吧！他和丈人一讲，丈人同意了。走的时候，他不讲自己回去死，只叫妻子好好抚养儿女。

　　李四带着几个人，挑几副担子上路，走到一条河边，河没有桥，要踩水。他叫家人休息吃烟，自己上前找岩头，在河里垫了十六坨岩头，这样过河就不要踩水了。他们又走到一个村里，只听见有人吵闹，还有个女人在哭。原来是一伙赌博痞子在向一个后生取赌博账，没得钱，他们要拿他老婆抵。但这两口子感情很好，不愿意分开，正在抱着大哭。李四看到这个情况，上前问："他输给你们多少钱，如果有钱，你们是不是还要他的老婆？"那些赌痞们说："他只要有十六锭银子还账，我们当然不要他的老婆。"李四从担子里取了十六锭银子来送给他们，这两口子给李四磕头谢恩。李四说："我不要你们谢恩，以后男的莫再赌博，要好好地做阳春。"那后生说："我一定听你的话，以后要好好搞。"

真的，这个后生再也不赌博，老老实实地做阳春了。

李四终于回到家，听说张三穷得没有下场了，终日里不劳动，偷鸡摸狗，什么坏事都要搞。李四想："张三怎么变得这么坏了？"于是他把自己带的东西给张三送了一些，又告诉大家，所有家乡人，都到他李家来，他请客。那天他正满三十二岁，寿宴很热闹，来的客人很多。大家吃了很多酒，都说："李四是个大仁大义的好人，一辈子忠厚老实，肯做好事，硬要坐一百岁呀。"

李四心里却难过，自己反正要死了，所以酒吃得太多。到了下午，李四猛然听说张三死了，想到自己该死的又未死，心里很不舒服，他又找阎王评道理："阎王呀阎王，你又不公平了，我应该三十二岁死的又不死，为什么让张三死了呢？"

阎王对他说道："你不死是有道理的，你回家时，走到河边搞了十六坨岩头搭桥，让别人好走，这里添了十六岁；你又给人家赔了十六锭银子，保住人家夫妻不分开，又归了正路，这里你又添了十六岁，保你活到六十四岁。张三他什么坏事都去做，不走正道，伤害天良，应该折寿，只能坐三十二岁，明白吗？你现在还是回到山东去吧。"

李四后来又回到山东和妻子团聚，一家人热热闹闹、欢欢喜喜地过着美满幸福的生活。

害人精

从前，有兄弟二人，老大长得丑，老二长得乖些。老二到了十八岁，寨子里有人要给他说媳妇。老二想：哥哥比我大两岁，还没成亲，就让他先说。后来，哥哥就接了嫂嫂。

那嫂嫂是个恶婆娘，老二在跟前，她总是看不顺眼。她几次要老大害死老二，老大哪里下得手？好歹是自己的亲弟弟呀！这天，媳妇又对老大说："你再不把老二整死，我就与肚子里的孩子一道跳水死去算哒。"老大怕媳妇去寻短见，勉强答应下来。

一天，老大从坡上回来，对老二说："弟弟，后山那个坑里出怪事，敲锣打鼓几闹热，我听了一歇才回来的。你愿意听，我引你去。"老二觉得真是个稀奇事，就跟着老大来到后山的坑边。他刚刚躬下腰去听，老大用力一掌就把他推下了坑。老大见坑里没有动静，就回来对媳妇说讲了经过。媳妇好欢喜，全部财产就归他两口子受用哒。

老二滚下坑底，昏了过去。半夜，他被一阵说话声惊醒。一个说："你哪门天天坐在这里不出去玩一下？"一个回答说："我要看守灵芝和宝扇。"那个又问："这灵芝和宝扇有么子用？"这个回答说："再重的病，吃了这灵芝就会好；这宝扇，可以起死回生。"那个说："你这灵芝有这么大的用处，当今皇帝的大公主害了病，么子药都没治好。贴出告示，哪个能

治好大公主的病，就招哪个当驸马，你不如去试试看。"这个说："大公主的病不用药医，只要把她后花园芭蕉树下的两颗铁弹子挖出来就会好。我是修道的人，哪个愿去人间受罪？"那两人边吃边喝酒，不一会儿，都醉得睡过去哒。老二悄悄走过去，把那朵灵芝和宝扇拿了，拉着坑边边的树藤藤爬上了地面。

老二没顾回去，就对直朝京城去。他要去把大公主的病治好，救人性命要紧。在翻一座山的时候，他见一蓬花下死了一堆蜂子，就把宝扇取出来，一扇，那群蜂子活过来，嗡嗡地飞走哒；下坡的时候，又看见一只青猴死在路边，他用宝扇一扇，那青猴活转来，向他点几下头，跑哒。下午，他来到河边，见沙滩上死了一个人，又用宝扇一扇。那人活转来，见是老二救了他的命，跪在老二面前连连道谢。然后，二人坐在一块岩板上摆起龙门阵来。

那人叫王二疤子。他问老二："救命恩人，你到哪里去呀？"老二说："当今皇帝的大公主得了重病，我去给她治病。"王二疤子问："听说大公主的病经过天下的名医治都没好转，你奈得何？"老二是个忠厚人，没得心眼，就说："她那病不用药治，只把她后花园芭蕉树下的铁弹子挖出来就行哒。"王二疤子是个心狠手毒的坏家伙，诨名叫"害人精"。他听了老二的话，就起了坏心眼儿，说："这里去京城的路还远得很，我陪你去吧，做个伴也好。"

老二答应后，二人往前走去。走到一壁悬岩边，王二疤子趁老二不在意，一脚把老二蹬下了悬岩。王二疤子心里好欢喜，一路小跑向京城赶去。到了京城，他撕了皇帝的榜文，进了皇宫，叫人挖出了大公主后花园芭蕉树下的两颗铁弹子。大公主的病没过两天就好哒。皇帝叫人看了成亲的日子，准备女儿和王二疤子的婚事。

可怜那老二摔死在悬岩下，连尸体都没人收殓。这天，一群青猴来到岩下，其中一只青猴看见了老二的尸体，说："这是我的救命恩人啦，哪门在这里摔死哒？"它陡然记起是那宝扇把它扇活的，就从老二身上找到了那把宝扇。对着老二的脑壳一扇，老二就活转来哒。老二向猴子们道了谢，就向京城走去。

　　进了京城，没有听说大公主害病的事，只见有一张皇后长背疽求医的榜文。老二撕了榜文，进了皇宫，把灵芝给皇后吃哒。皇后吃灵芝后病就脱了身，皇帝欢喜得很，问老二要么子酬谢。老二说："我么子金银珠宝都不要，只要当驸马。"皇帝心想：大公主已许人，若把二公主许给他，真有点舍不得。但这人是皇后的救命恩人，又不好意思推托，就说："明天早晨，我选十七个美女和我二姑娘一起，乘坐十八乘轿子。你选中哪乘，轿里的姑娘就嫁给你。这就看缘分哒。"

　　第二天早晨，老二站在那里，十八乘一模一样的轿子到他面前来哒。老二正在想选哪乘为好，只见一些蜂子围着一乘轿子飞。其中一个蜂子飞到老二耳边，轻轻说："嗡嗡嗡，嗡嗡嗡，公主就在这轿中。"老二走上去，拉住那乘轿子，说："我就选这乘轿子里的姑娘。"皇帝没得话说哒，就答应了这门婚事。

　　这天，皇帝接亲友喝酒。老二见王二疤子在场，就站起来要走。皇帝问："小婿为什么要走？"老二说："我见有个'害人精'在这里，心里作呕。"皇帝问："哪个是'害人精'？"老二指着王二疤子说："就是他。"接着，他把王二疤子害他的经过讲哒。皇帝大怒，命令把王二疤子推下去斩首。又派人去把老大两口子捉起来，一样问了罪。

　　到了婚期，老二和二公主成了亲，老二当了驸马。

土家族民间故事

一包碎银

　　早年，有老两口，夫姓王，妻张氏，养了两个儿子。在大儿子才走得路，小儿子刚断奶的时候，老两口便拆了伴，王老头走了，靠张氏把两个儿子拉扯大。儿大了脾气也大了，忤逆不孝，把娘不当人，粗活重活，大务小事都堆到老娘一个人头上，一天忙得丢哒扫帚使扬叉。

　　一天，两个儿睡早床，把老娘催到坡上去放牛，太阳当顶了老娘都还没归屋。两个儿不去找不说，连残汤剩饭都没给娘留一口。天快要黑时，老娘牵着牛饿得东倒西歪地回来哒。一进屋，两个儿就劈头盖脸地问："今儿是不是在坡上遇着倒路鬼哒？这个时候才死回来！"老娘无可奈何，只好讲了她回来晚哒的经过。

　　老娘说在她赶牛回来的时候，看到路上掉的一包东西，拣起来一看，是一包碎银子。老娘接着对两个儿说："我一默哪个把这么多的银子弄丢哒，肯定是急得头魂都不在身上哒。于是，我只好坐下来等。直等到太阳快落土的时候，才见一个后生风风火火地往这里跑来。他一见我就上气接不到下气地问：'老人家，拐哒！我早晨大意，把一包碎银子弄丢哒。您老晓得有人捡到没得？'人心都是肉长的，我见他说得不差分毫就……"没等老娘说完，两个儿子就急不可待地吼道："就哪门的？未必还把到手的银子还给失主哒？"当两个儿子知道老娘真的把捡到的那么多银子又还给失主后，就是一顿臭骂，并恶狠狠地把她撵出了家门。

老娘被赶出来后只好靠讨米混日子。一天，她饿昏倒在一户人家的阶檐坎上，被主人发觉后扶进屋里。醒来后一问，这家主人才晓得她是被亲生的两个儿撵出来的。这家小两口见她如此遭孽，便拜她做了干娘，要为她养老送终。

有一天，老娘背着孙娃儿到园子里玩，看到园中的一块岩头占去了一块地，就找来根棒棒撬起来，心想搬走了中间这块石头可多种几棵菜。刚把石头撬开，下头却是口坛子。天老爷呀！坛子里原来装的是一满坛金子，看上去硬是金灿灿的！老娘连忙喊来儿媳把金子抬了回去。后来，他们用这些金子修了新屋，置了田庄，还接济了不少舀水不上锅的穷人。

新房落成的那一天，他们接了不少的客人来庆贺乔迁之喜，鞭炮锣鼓喧天，闹热无比。真是蚂蟥听水响，叫花子听炮响，那些讨米的要饭当然也要来找顿饭吃、讨杯酒喝。但这些人没资格入正席，支客的就把他们请进偏房里，酒哇肉的让他们吃个饱、喝个够。在叫花子席中，有两个人的眼睛却直在老娘身上望来望去的，觉得那个老娘好眼熟，几经周折才弄明白那就是被他们弟兄俩撵出门的亲娘。弟兄俩见娘如今如此家大业大，吃穿不愁，忙瞅机会走上前在娘的面前跪下，妈呀娘的一声不了一声地喊。老板晓得就是老娘那两个不孝的儿子后，跑出来扶着老娘，头也不回地进屋去了。两个叫花儿本想借此大闹一番，无奈众怒难犯，最后被支客的赶出了门。

两个叫花儿懒得烧虱子吃，鬼主意倒不少。他俩如此这般地谋划哒一番，就上县衙告哒一状，说他们的老娘前几年被人骗走哒，他们倾其所有寻找走失的娘，沿途乞讨总算找到哒娘的下落。但老板怕官府问罪，硬是派人把我们兄弟俩赶哒出来。两人哭诉道："这是什么世道哇，请县太爷为我们做主啊！"

县太爷听说有这等事，也感到非常气愤，但在审案之前要调查调查，于是，决定扮成平民亲自去查个明白。县太爷在乡下终于从左邻右舍弄清哒老娘的身世，并晓得哒她竟是当年拾得他的一包碎银的人。

　　这一天，差役进来禀报，说是那两个叫花儿又来喊冤了，忙升堂传了进来，一拍惊堂木，道："两个乞鬼，别再装模作样了。你们忤逆不孝，虐待亲生娘，把她当长工使唤，竟还因为一包碎银子把娘赶出了家门，让她无家可归，四处乞讨，是人家小两口菩萨心肠，收养了你娘，你们却诬告人家，说是拐骗，实在罪不可赦。"县太爷越说越气，大喊一声："来人呀，先给他们两个各打四十大板，再推进大牢！"两个叫花儿大喊冤枉，这让县太爷更加恼怒，说："还冤枉？"当即传来了老娘和收养她的小两口当堂对质。直到这时，两个叫花儿才不得不供认了他俩诬告人家，企图借此敲诈钱财的险恶用心。县太爷这时对两个叫花儿说："告诉你们，你们的母亲我已拜认做了我的母亲，由我养老送终。"

　　原来，这县官就是因为这位老娘退还了那包捡得的碎银做盘缠，才有了金榜题名的机会。所以，县太爷感恩戴德，给了收养老娘的小两口一笔钱，就接老娘到县衙一块过日子去了。

花好月圆

  有个家财万贯的人家，养了一个娇生惯养的儿子。这儿子生得体面，白净，读了一肚子文章，吟诗填词，样样理手。父亲把他视为掌上明珠，儿子要干什么，全部依从，哪怕是要天上的星星，都得想办法摘。

  有一天，儿子对老头儿说："爹爹，给我找个最漂亮的妻子吧。"

  老头儿依从了，带着儿子走了八八六百四十里路，翻了八八六百四十座山，过了八八六百四十条河，查了八八六百四十个村子，终于找到了一个十分漂亮的妻子。那姑娘乌云般的头发，透明的眼睛，雪白的脸儿，让人见了，像吃了蜜酒似的，醉得三天连饭也不想吃。

  谁知过了半年，那美丽的姑娘头上竟长出了癞子，到处求医，总是不见效。书生心想：这下完了，千挑万选，得了个癞子壳壳，多不像话呀。于是，聪明的书生想了个主意。

  一天夜晚，月亮出来的时候，他把头发梳得溜光，打扮得漂漂亮亮，走进竹园，对着月亮作了三个揖，说："月亮菩萨，月亮菩萨，我的未婚妻生了癞子，几多不般配呀，快叫她死了吧。"

  他天天夜里对着月亮作揖，咒他未婚妻早点死。然而，日子一天天过去了，他的未婚妻并没有死。有一天，他刚刚走进花竹园好像听见有人说话：

土家族民间故事

237

"喂！你看见了没有？"

"谁呀？"

"竹园里天天磕头作揖的书生。"

"他怎么啦？"

"他找了个漂亮未婚妻，未婚妻长了癞子，他就不要她了，天天磕头作揖，许愿叫未婚妻死呢。"

"那多不该呀！"

"是呀，心太黑了吧。"

"那样没良心的人，让他也长癞子好啦。"

书生吓了一跳，说话的听到了响声，终止了。书生伸手把头一摸，坏了，头发一根也没有了，全是高高低低的疙瘩，湿漉漉的，像一罐面糊。缩手一闻，糟了，臭气熏得作呕；对着月亮一看，原来是癞子流出的烂脓水。

书生的心碎了。回到屋里，伤心地哭呀哭，眼睛泡泡的，红得像个核桃。老头儿慌了，到处请人求医，问神卜卦。药用尽了，都没有办法。有人说："烧香问问月亮菩萨，兴许会知道。"

老头儿办了许多粑粑、豆腐、猪肉和香蜡纸钱，同儿子去求月亮菩萨。刚走进竹园，就听到有人说话：

"喂！你看见没？"

"看见什么。"

"那书生不要的姑娘，癞子全好了。"

"是呀！"

"那黑心的书生到处找药求医，癞子越烂越臭了。"

"是呀。"

"是不是让他烂一辈子呢？"

"这要看他自己，如果坏心不改，就让他烂死吧。"

"要得。"

"如果他有真心悔改，多做好事，还是让他好吧。"

"也是。"

那书生听罢，赶忙烧了香，摆好了斋粑、豆腐，磕了三个响头，说："月亮菩萨，月亮菩萨，我全错了。人吃五谷生百病，未婚妻长了癞子，我嫌丑爱乖，就许愿望她死，我错了，我有罪。请饶恕我吧，我一定多做积德的事。保佑我吧！"

从此，书生修善积德，做起好事来。

书生每天去上学，要从一家田坎中经过。坎上住一家有权有势的财主；坎下住一家本分的穷人。财主逞强，不让穷人从上边田里放水，那穷人的田里，就靠天上落点雨保禾。

天旱了，坎上的田里满田水，禾苗绿油油。坎下的田干裂了口，禾苗一天天枯黄。书生每天早晨上学去，给下面田里扒股水；中午，回家吃饭，扒一股水；晚上，放学回家，又扒一股水。枯黄的禾苗得救了，长得又绿又壮，秋收时节，一片金黄，颗粒饱满。

书生做了好事，癞子果然慢慢好了起来，脓不流，头不臭，疮疙瘩开始结了壳。

过了几天，河里涨了大水。奇怪，都秋凉了，怎么还在涨水呢？书生在岸上看，河水越涨越大，一浪压一浪，波浪大得像小山，河水发出的吼声像发疯的野狮那样可怕。

"救命呀！救命呀！"

河水的上游发出了凄惨的呼喊，书生抬头一望，只见波浪卷着一个人不停地上下翻动，他一个箭步跳进水中，拼命地向那人游去，好容易才抓住了那个人，把她托出水面。可是书生连吸奶的力气都用完了，怎么也游不到河的岸边了。他们被河水冲呀冲，一直顺水冲了三天三夜，被搁到一个沙滩上。仔细一看，原来是未婚妻，她头发还是那样乌黑乌黑的，真的比原来更加漂亮了。于是，书生拉着未婚妻的手，高高兴兴地接回家去了。

书生和未婚妻走到屋边一看，屋前屋后站满了许许多多的人，有的提着破罐子，有的背着烂背笼，一个个低着头。书生走上前去问：

"你们怎么啦？"

"水冲光了……"人们有气无力地说。

"老爷……行行好！"

"……救救……"

"……讨口吃吧。"

书生走进屋取了钥匙，打开谷仓，高声对大家说：

"仓开了，大家拿口袋来，匀着吃吧！"

书生又打开布仓，招呼大家说：

"仓开了，布在里面，大伙随意挑吧，拿回去给老小做几件衣，免得受冷着凉。"

说着，把金黄的谷子和绫罗绸缎一袋袋、一匹匹地塞给穷苦的乡亲们。

"谢谢你啦，相公。"

"相公，你的心真好呀，愿你娶个漂亮妻子。"

"没什么。"书生不好意思地摸摸头。呀！怎么头发好好的了，一点癞子疙瘩也没有了。

书生拉着未婚妻的手，高高兴兴地跳呀唱呀。月亮升起来了，书生拉着姑娘的手，来到了竹园，刚走进来，听见了有人说话：

"喂！看见了没有？"

"什么呀？"

"竹园里那一对儿。"

"看见了，要那样才好呢！"

"好！让他们结婚吧！"

"给他们送点什么呢？"

"送些花嘛。"

霎时，只觉天空吹来一阵阵热风，他们定神一看，身边开满了鲜花：石榴花呀、月月红呀、芙蓉花呀、牡丹花呀……数也数不清，他们看得眼花缭乱，清香阵阵……

月亮高高地升起来了，又大，又明，又高，又圆。

书生和姑娘拜了天，拜了地，拜了月亮，他们结婚了。

颗 哈①

很久以前，有个颗哈在土地庙里，什么都懒得做，拿个破碗讨现成的吃。有时吃不完的饭菜，就放置在神台上，准备饿了再吃。

一天，土地公公对土地婆婆说："你看，住在我们下面的这个人几多好，每天都用哈列食②和知食③孝敬我们，我想把我们修炼多年的由心符送给他，好不好？"土地婆婆说："要得。"于是土地公公趁颗哈还未睡醒，把他的碗底上画了一道"由心符"。

冬天的早晨，颗哈想吃剩饭，只见一颗颗都冷硬了，吃不下喉，他想："今天去讨饭，主人家都送热的吃那才好啰。"来到长街，果真家家都送热菜、热饭给他。颗哈心里很快活。

有一天，颗哈在路上碰到一个骑马的，他想："走路哪有骑马舒服！"他把攒积起来的钱，买了一匹大白马，神气十足地打马穿街。县太爷晓得了，说他违犯了官府的禁令，立刻吩咐手下人把马脚砍了。

颗哈不服气地说："做官能骑马过街，我何不做官去？"真话的，颗哈

①颗哈：土家语，叫花子。
②哈列食：土家语，狗肉。
③知食：土家语，猪肉。

当了县官。过了不久，又想："县官管的地方太小，油水不多，奉承的人太少，没有味，我要能当上皇帝，坐上江山，受文武百官朝拜，几多威风。"

"由心符"又让颗哈当了皇帝。当了皇帝每天要起早床，颗哈生成的懒，早不起，又心想："做皇帝真麻烦，我要能做个神仙到天上去玩，那才好啰。"想到得到，颗哈成了神仙，腾云驾雾，飘飘荡荡来到南天门，天门土地急忙接驾。正好，王母娘娘的五个采桃仙女过路，颗哈忙对土地说："这五个么么者①我都讨到，来做我的大婆子、二婆子、三婆子……"土地听得心上火起，一掌就把他推出了南天门。颗哈出了南天门，低头只见脚下五色云头被风刮得忽东忽西。他又叹气了："我要是大风，南来北往，不受任何限制，几多逍遥自在呀！"顺心得很，他马上变风，到处乱吹，不管房屋、树木都被他吹得倒的倒，歪的歪，可是有座尺多高的土墙，尽他怎么吹也吹不倒。颗哈不服，想："做风不好，连座矮墙都刮不倒，我该变座土墙。"颗哈毫不费力地变成矮土墙。这时附近一只老母猪，每天引一泼小猪儿来拱土墙玩耍，时间一长，颗哈被拱倒下来，他觉得吃亏了，叹息说："唉，我还不如一只母猪，我要变一只母猪，那才好啰。"想变就变，他又成了一只母猪，可隔壁有只大花狗，非常凶恶，它看见母猪就咬，颗哈敌不过狗，又想："做猪不如做个花狗。"于是，他就变成了大花狗，特别恶，不管人畜，一阵乱咬。

有一天，一个叫花子从这里经过，颗哈变的大花狗不管好歹，扑上去就咬。哪晓得那老叫花子顺手一抖，丢个"套狗圈"套住了大花狗，扯过来扇了几茶树棒头，打得他汪汪直叫。颗哈又吃亏了，想："做狗不好，不好，还是当我的叫花子好些。"

从此，颗哈还是原来的颗哈，懒懒地睡在破土地庙内，吃讨来的冷饭冷菜过日子。

---

①么么者：姑娘。

捏　达

　　很久以前，土家有一个狠人①，叫捏达。他身高十尺，头有斗大，习了一身武艺，柜子大的岩头，他一锤打得粉碎。两头水牯打架，他双手拉得开。可惜他依仗自己的本事，常常欺人，一年到头不做阳春，天天都要吃酒吃肉，走到哪家吃哪家，土家人见他就躲。

　　一天，他来到东岳庙，看见两边壁上画的那些阴司地狱里下油锅、上刀山等画面后，问长老和尚。长老答道："恶人死了以后都要进地狱受罪。阳间他怎样整人，阴间阎王就怎样去整他。"捏达一听毛骨悚然，想到自己过去所为，死后难免受地狱之苦，心里有些后悔起来。他又问长老："以前做了坏事，能不能赎罪？"长老说："放下屠刀，立地成佛。只要以后不再做坏事了了，可以赎罪。"

　　从此，捏达决心改恶从善，自己扶犁学做阳春，自己打柴烧火煮饭吃，碰到恶人胡作非为，他还站出来打抱不平。

　　有一天，捏达从老司城赶场回来，路过一个寨子，听到一间屋子里很伤心的哭声，便走了进去。只见母女俩抱头痛哭，捏达上前问她们哭什么，阿

　　———————————————

　　①狠人：有能耐的人。

妈说："我丈夫死时，借了寨上财主彭四老爷二十两银子。今天，丈夫的坟还没有干，彭四老爷就来逼我还账，本利一起五十两，若还不出，要抢我女儿抵账。"说着又呜呜大哭起来。

正在这时，门外闯进十几个人，捏达一看便知是彭四老爷抢人来了。他急忙挽起衣袖，拦在房门口，彭四老爷的管家问他是什么人，捏达报了真名，管家的凶相变成了笑脸，忙说："我有眼不识泰山，原来是毕兹卡的英雄，我家老爷今天办喜事，请你去喝喜酒。"

捏达说："早戒酒了！我问你，为什么要强抢民女？"

管家说了她们欠债之事，把手一伸："有银子就好办。"

捏达从褡裢里摸出白银二十两，递给管家，说："回去告诉你家四老爷，这姑娘是我的外甥女，欠的债我还了。若再打鬼主意，莫怪我的刀子不认人！"说罢，把身边的一个大擂钵抓起来轻轻一捏，擂钵变成了碎渣子，管家和打手们吓得屁滚尿流，连滚带爬地跑了。

捏达又给了母女俩十两银子，说："你们到别处去吧。"

母女俩给他磕了几个头，连夜逃走了。

救了母女之后，捏达天天上山赶肉。有一天，捏达赶肉太累了，在一个山神土地堂边歇了一阵气，慢慢睡着了。睡梦中，他梦见一只白额大老虎跪在土地堂前，口吐人言，说："大神，大神，我饿几天了，明天我吃哪个呢？"

土地菩萨说："明天去吃河边的一个蓝毛母猪。"

捏达听得清清楚楚，第二天天一亮，他就带了一把快斧，躲在河边一块岩头后面。只见一个穿毛蓝襟衣的妇女刚走到河边就有一只老虎向妇女扑去。捏达一个箭步上前，举起斧头朝老虎接连砍了几斧，结果了老虎的性命，救了妇女。

这妇女虎口逃生后，把救命恩人引到家里，煮了一碗小米饭感谢。原来这妇女很苦，丈夫去世不久，留下四个小孩，最小的还不满周岁。捏达听了十分同情，返回河边扛回那只虎，叫她赶场去卖，卖虎的钱可以暂时混一段时间。

土家族民间故事

捏达在回家的路上，越想越冒火，山神土地太欺侮老实人了。老虎若伤了这妇女的性命，她的几个小孩岂不成了无娘爷的孤儿。想到这里，捏达又回到妇女家里问道："你家得罪了山神土地没有？"妇女说："我家逢年过节都敬他呀！家里穷，办不起酒肉，只有一块豆腐和三杯清水。"捏达听后火冒三丈，这山神土地原来恨的是敬不起他的穷人。他手提利斧，直奔山神土地堂，指着土地神大骂，一斧砍去，将菩萨劈成了两块。他对看热闹的人们说了为什么要砍山神土地的原因，大家都说砍得好。

捏达百年归寿后，给寨上人托梦说："阎王见我为人正直，主持公道，封我当了山神土地。"于是，寨上人凑钱整修了山神土地堂，塑了捏达的偶像，放在原土地婆婆偶像旁边。晚上捏达又给人们托梦。不该把他的偶像和原土地婆婆像摆在一起，这是谋夫夺妻。第二天，人们把土地婆婆的像取掉了。从此，山神土地堂再也看不见土地婆婆了。

怀歹意，人财两空

苦李寨的田二，为什么要吊死在后园里的苦李树上，成为遗臭万年的吊颈鬼？这要从头讲起。

很久以前，苦李寨有两弟兄，哥哥叫田大，弟弟叫田二。自幼丧父殁母，兄弟俩很早就分灶吃饭了。到了授室之年，兄弟俩谁也不管谁，谁也管不着谁。

虽说是同胞兄弟，但个性却大不相同。哥哥田大为人正直、勤劳、节俭，常年在深山打猎，妻子彭妹是贫民之女，不仅心灵手巧，善良朴实，而且一表人才，美如仙女；弟弟田二为人奸诈，不务正业，整天打牌赌博，老婆覃氏好吃懒做，与丈夫田二是一窑货。

一天，田二在赌场上输了二百两银子，就是倾家荡产也无法付还陈光棍这笔赌账，于是对陈光棍说："陈老哥，我家嫂嫂年轻漂亮，你若是看得上就送给你，抵了二百两银子的账，随你给我找几个钱都行。"陈光棍说："那怎么行？你哥哥不会干的。"田二有把握地说："只要你干，我有办法，我哥哥进山去了，起码三个月才得回来，我模仿他的手迹写个假遗信给嫂嫂，说哥哥死了，嫂嫂不就嫁给你了吗？"陈光棍要急着去看人，田二说："等我写了遗信，嫂嫂忧虑几天后，再去看人不迟。"陈光棍依了他的。

田二回到家里，依照哥哥田大的字体，写好哥哥的假遗信，托人送给嫂嫂。彭妹拆封一看，立即伤心痛肠，悲泪夺眶，啼哭起来，哭一声丈夫，看一眼遗信，就这样边看边哭，边哭边看，半日不止。彭妹自是聪明之妇，越看越觉得字迹不像丈夫的手迹，不免心生疑义，为了不使田二看破，连夜赶缝孝衣穿在身上，照样终日泣不成声。过了五日，陈光棍又要看人，田二引他到后园墙断处探头窥视。恰巧，彭妹正一个人扶着一株苦李树嚎哭，见园外有人鬼头鬼脑地看她，疑心越发加重。陈光棍见了人，确实是个绝代美人儿，就当面答应田二二百两银子的事一笔勾销，另外还要给田二一百两银子，先给五十两定钱，事成后再给五十两；只怕事久多变，催促尽早结合。二人商定，明天夜里就抬花轿来接亲。田二得了白花花的五十两银子，欢喜得跳了起来，回到家里，又怕到了手的财落入像母老虎一样的老婆之手，于是先把银子拿到后园藏进墙孔里。心安了，他才交代老婆，要她明日到街上称两斤肉，请嫂嫂吃夜饭，把她灌醉，连夜就用花轿抬走，白花花的银子就取到手了。彭妹房与弟媳覃氏房只一木壁之隔，覃氏两口子讲的话彭妹都听得清清楚楚，但还是一副常态，哭泣不绝。

第二天，覃氏真的买了肉与酒，请嫂嫂吃夜饭，装着关心同情的样子说："嫂嫂，古人说：'人死一世，草死一秋，草死一秋根还在，人死一世不还阳。'哥哥死了，哭也是哭不回来的。今晚，妹妹请嫂嫂喝杯酒，解解忧愁。"说罢就扶起嫂嫂向她房中走去。彭妹将计就计，与覃氏对饮起来。一个心中有数一个心中有鬼，两人一杯接一杯，谁也不肯罢杯，覃氏一杯杯灌入肚里，彭妹一杯杯倒进袖里，装酒的楠竹筒空了，覃氏喝得酩酊大醉，聪明的彭妹把白孝衣脱下穿在不省人事的覃氏身上，自己回到房中睡觉去了。

屋后鸣锣响鼓，人声杂沓，接亲队伍来了。陈光棍在门前停了下来，问田二新人在什么地方，田二说："掀开我的房门，穿白孝衣的就是你的新人，把她抱进轿内，抬走就是。"陈光棍吩咐接亲人撞进田二房内，不问三七二十一，就把穿白衣的覃氏抱进轿里，吹吹打打，扬长而去。

田二送了三五里，辞别了陈光棍，十分满意地回到房中。房里也空空如也，不闻老婆声，不见老婆影，推推嫂嫂房门，却闩得梆梆紧，敲了好几下，彭妹才应声。田二发觉不对头，知道抬走的不是嫂嫂，而是自己的老婆，顿时气得七孔冒烟，一脚踢开彭妹房门，拿起柴刀，举刀欲砍。说时迟，那时快，田二正要下刀，一只粗壮有力的手握住了他持刀的右手。田二回头一看，哥哥田大回来了。田二又气又愧，又怄又恨，丢下柴刀，到后园去取他藏在墙孔里的银子，银子早被人盗走了。他绝望地靠在那棵苦李树上，想起自己昧了良心，落得人财两空，活在世上，与其受万人唾骂，倒不如一死为好。于是他爬到苦李树上吊死了，做了遗臭万年的吊颈鬼。

送瘟神

落好大的雪哟！过几天就是年关，可覃老司①屋里鼎罐吊起当钟打，年嘟过呀？他隆夜打了双两尺多长的草鞋，穿起后跑到对门大财主熊老爷的院墙走了一圈，然后换上布鞋回去哒。

第二天早晨，熊老爷开门看到那一双大脚印，吓得四肢像麻索子箍。天！这不是鬼进屋了么！忙把覃老司请来打卦。覃老司"啪啪啪"连打三卦，做出个惊慌的样子讲："哎呀！大年初一，长脚进屋，是背时的瘟神作怪哩……老爷，新年大节，我有句话只看讲得不？"熊老爷说："你讲吧。"覃老司说："只怕老爷家新年会背时——有凶哩！"

熊老爷吓到哒，就紧缠到覃老司要打整驱邪，覃老司讲："瘟神进门么，无非是想讨点打发，只要你用一石二斗粉面做一个八尺长、水桶粗的瘟神像，再请梯玛②三天三夜，把它热热闹闹哄出去，就没事哒。"

熊老爷心里的岩头这才落地，当下叫覃老司安坛梯玛，真的用面粉做了一个八尺高的瘟神像供在坛上。三天梯玛一过，熊老爷问："把瘟神送到哪廊场去？"覃老司说："该送到东方去。"

①老司：巫师。
②梯玛：土家族巫师，此处指消灾。

听讲熊老爷家的瘟神要送到东方去，东方村村民都不答应，瘟神还没被抬进村，就被一帮拿杉刀、扛扁担的挡住哒。熊老爷只好抬了回来，又吩咐往西方送去。西村的人要拉熊老爷上衙门见官，没搞场，又只好抬回来。南北村也都不让"瘟神"过路。也是，新年大节的，哪个又不怕"背时"嘞？

熊老爷见这祸害打发不出去，急得眼睛翻白，只好恳求覃老司想办法。覃老司莫奈何地讲："实在没地方送，就送到我家里去吧。人家怕，我做老司的人见多鬼了，不怕。我干的这行就是专门捉鬼降妖镇魔的，只是要多送点香米利祀，才好施法力。"

熊老爷当然好喜欢，忙叫人抬起"瘟神"，送了一坛丰厚的香米利祀，吹吹打打往覃老司家送去哒。覃老司接了这么大个"瘟神"，也喜欢，明朝的年关就不要焦心哒。

丝线吊瓜结良缘

从前，有个打柴的孩子叫覃世丹，他每天卖了柴后，在回家之前都要在李员外门前的一棵大树下歇气。

有一天，他因劳累过度，靠树睡着了。太阳晒得满头大汗，员外家的小姐在楼上吃西瓜，看到卖柴郎晒得遭孽①，就用丝线吊了一个西瓜，丢在他脸上。覃世丹醒来感到很惊奇。他吃完西瓜，临走时，在墙壁上就写了一首诗："楼上吃瓜楼下香，丝线吊瓜找情郎。有朝一日时运转，金銮宝殿结成双。"

李员外回家看到这首诗，进屋就问夫人："谁到女儿绣花楼上去过？沾女儿香赢②？"夫人便问丫环："绣花楼上来了什么人？"丫环说："绣花楼上没有来什么人啦。"员外怀疑女儿不学好。当即叫女儿来，一问，才知是打柴郎写的。李员外不问青红皂白就把打柴郎抓住关了起来。

又一天晚上，当朝的皇上做了一个梦，梦见日落、山崩、船干、花谢。

第二天，皇上召集很多人，宣布哪个人圆到了这个梦，就给谁奖赏，于是李员外答应圆梦，皇上限他三天后圆好，否则就要砍头。

---

①遭孽：受罪。
②沾香赢：占便宜。

员外心急如焚，回家与女儿商议说："你是当家女，我有一事与你商量：昨日，皇上做一梦。他说哪个圆上梦之后就有赏。我答应了，若三天之后没圆到，就要砍头。"

小姐便问皇上做的么子梦，员外说："皇上梦的是'日落、山崩、船干、花谢'。"

小姐说："要圆这梦，何不把柴郎叫出，他一定能圆。"

员外看女儿讲得有理，就只好请人把柴郎放出来问道："你的家在哪？叫什么名字？"

柴郎说："我是覃厚王的后代，名世丹。"员外一听是覃王后代，便道歉："我和你父亲原来是好朋友，酒醉后把你关进马栏，对不起，请多加谅解。"

这时柴郎就喊员外为么么①，员外又问道："侄儿，皇上昨日做梦，梦见日落、山崩、船干、花谢。请你帮我圆一下。"

柴郎说："日落西山天星顺，梦见垮坎得太平，船干龙王献出宝，花谢正是果团圆。"

员外一听喜出望外，当即谢了柴郎，回身便到皇上那里把梦圆了。皇上问他是哪个圆的，他说是他自己，皇上摇头不信地说："你没有这个本事。"员外吓得忙又承认道："是我女婿圆的梦。"

皇上于是要员外把女婿请了来，又问："这梦是你圆的吗？"

柴郎说："是我所圆。"

皇上说："我昨天又做了一个梦，梦见高、深、东、西。你再圆一下。"

柴郎说："高，天高不为高，人心第一高；深，诗书就深；文站东，武站西。"

---

① 么么："叔叔"或"伯伯"之意。

土家族民间故事

"圆得好！圆得好！"

皇上便问柴郎是不是李员外的女婿，柴郎说："我不是他女婿。"

皇上说："不是他的女婿，朕要你做他的女婿吧！"于是就当面做主，把李员外的女儿接来当下结成了姻缘。

李贵娶亲

  李贵很小就死了父母，跟着叔叔、婶娘过日子。叔叔、婶娘对他很不好，给他吃的是锅巴剩饭，穿的是破烂衣服，还要他没日没夜地做苦活路。有一天，李贵放牛时到路边一间茅厕里解手。他看见茅厕柱子上挂着个口袋，取下来一看，是一袋银子。李贵想：这一定是过路人解手后忘记拿走了。他就提着口袋，把牛赶在大路边放，等着丢银子的人来取。天麻麻黑时，有个人慌慌张张地跑进那间茅厕，进去了半歇也没出来。李贵跑去一看，那人正要上吊，忙问："你这大伯有么子事想不开，硬要寻短见？"那人半天才哭着说："我借三百两银子出门做生意，上半天在这里解手，装银子的口袋挂在那柱子上忘记拿了，我走了好远才想起，跑回来就不见了。我还有么子法哟，只想一死了事。"说完又哭了起来。李贵说："大伯，你的银子是我捡得了，等了你大半天，你拿去吧。"那人欢喜得把李贵抱了起来，问了他的名字，再三道谢后才走。

  李贵回到家，天已黑了。叔叔、婶娘问他为么事这时候才回来，他就把捡银子的事说了。叔叔、婶娘差点恼死，骂他是呆子猪，还打了他一顿，把他撵出了家门。

  李贵出门当了叫花子，讨了三年饭，长大成人了。他相貌长得标标致致的，被一个戏班老板看上了，收他当了徒弟。有一天，李员外接儿媳妇，请

了这个戏班子去唱戏。亲戚朋友和帮忙的都来了，哪知道接亲的刚要出门，员外的儿子突然害了病，倒在床上爬不起来，一屋大小快急死了。管家对员外说："戏班子里有个小生和公子的相貌相同，不如叫他顶替去把新娘子接来了再说，免得错过良辰吉日。"员外没别的法想，只好同意了。那个小生就是李贵，员外对他说了自己的难处，李贵就答应去。

接亲的人到了张老爷家，晚上下起了瓢泼大雨。第二天，河里涨了大水，把接亲的人隔着回不去了。有人给张老爷出了主意，一对新人就在张家拜了天地。这天晚上，张小姐先上床睡了，李贵坐着纹丝不动。丫环把这事对张夫人讲了，张夫人走到新房门口，问："娃儿，怎么还不歇息？"李贵开了门，把实话对夫人讲了，夫人一听脸都气白了，问："你是哪里的？叫么子名字？"李贵说："我是唱戏的，叫李贵。"张老爷在门外听见了，一步走进去，问："你就是李贵呀！那年你捡了一口袋银子退给了一个人，还记得吗？"李贵说："有那么回事。"张老爷说："那掉银子的人就是我呀。全靠你把银子退给了我，做生意发了财，奔起了这大个家业。做梦都没想到我们在这里相见，我们真是有缘啦，你就做我的女婿吧！"李贵说："不行，我不做这样的亏心事，再说，李家也不依的。"

正在这时，李员外派人来送信，说李公子已死了，他要收李贵做儿子，等水退后就接他们夫妻回去。一家人听了这个信，都说这事巧得很，说李贵和小姐有缘分。李贵这才跪倒在地，拜认了丈人、丈母娘。

巧媳妇

  张古佬有四个儿子，大的三个都已娶了媳妇，三个媳妇都老实不堪，更谈不上聪明。这年，张古佬叫媳妇们都回娘家去过月半，走之前对她们说："大媳妇去三五天，二媳妇去七八天，三媳妇去半个月，要同一天去同一天回来，回来时都要给我带点东西，大媳妇带红心萝卜，二媳妇带天上月亮，三媳妇带水中浮萍。"

  第二天，三个媳妇上路了，一路上怎么也弄不明白，急得都哭了起来。李屠夫有一姑娘，人长得好，又很聪明。每天帮她爹爹卖肉，在路上碰见了三妯娌在哭，便问是怎么回事。三妯娌一五一十地说了，李屠夫的姑娘听后说："几位大嫂不要急，三五一十五天，七八一十五天，半个月也是十五天，你们都是回娘家十五天。"三妯娌又分别问："红心萝卜是么子？""是鸡蛋。""天上月亮呢？""是月饼。""水中浮萍呢？""是阴米子。"这么一讲，三妯娌这才放心，半月后便回了家。

  张古佬见她们是同天回来，拿的东西又样样不错，怀疑其中定有人点破，便喊来三个媳妇问，才知道是李屠夫的女儿说破的。张古佬便想去李家试探一下。一天，他到李屠夫的肉店，刚好姑娘在卖肉，便说："姑娘给我称一斤皮打皮，一斤两层皮，一斤瘦无骨。"姑娘就给他称了一斤猪耳朵，一斤猪肚子，一斤猪肝。张古佬一看，正是自己需要的，惊喜不已，回家后

就与老幺商量，请媒提亲。提亲之事马到成功，李家答应了，于是李家姑娘就成了张古佬的幺儿媳妇。

过了几年，张古佬觉得自己也老了，不想再当家了。谁来当家呢？当然一想就想到了幺儿媳妇。可是如果指名道姓要幺儿媳妇来当家，又怕其他三个媳妇不服，得想个办法。于是张古佬把四个媳妇喊来讲："你们当中随便哪个马上给我做一份七样饭、十样菜，哪个做得出来，哪个当家。"大的三个媳妇都不敢答应，还是幺儿媳妇站了出来："爹爹，我去做。"不多久就把饭菜端了出来。张古佬一看说道："正是，正是！"原来饭是绿（六）豆和大米的；菜是韭（九）菜和鸡蛋炒的。这样，幺儿媳妇的名声就传出去了。张古佬一时兴起，便在大门上写下了"万事不求人"几个大字。恰好一个员外路过门前见到了这几个字，说："张古佬好大口气，皇帝死了还要人抬，你敢如此口出狂言。"便找到张古佬出了三道题："一要清油灌海，二要布遮青天，三要牯牛下崽。办得像就罢，办不到我要告你一个欺君之罪。"员外走后，张古佬闷闷不乐。幺儿媳妇问明原因后说："爹爹你莫急，明天早上你睡大觉，员外来了我来对付。"

第二天，员外来到门前大声喊道："张古佬，事情办到没？"幺儿媳妇道："我爹还没起来。"员外说："为何一大早还不起床？"幺儿媳妇说："我爹昨晚生儿了。"员外说："废话，哪有男人生儿的！"幺儿媳妇说："你昨天不是说牯牛下崽吗？"员外自知无理，眼珠一转，说："那清油灌海，布遮青天呢？"幺儿媳妇不慌不忙地说道："请你先把青天量一量有多宽，我再扯布；再把海水抽干，我再灌油。"员外哪能办到，只好溜之大吉。

张古佬的"万事不求人"引来了好多人对他的刁难，虽然他不再在大门上写这几个字了，但要他不夸幺儿媳妇还是做不到。他逢人便竖起大拇指说："我的幺儿媳妇是这一份的。"

一天，张古佬串门正碰上主人家在讲话，他也不分场合，就谈起幺儿媳妇来。那家女人顿生妒心，抓住张古佬说："你凭什么打断我的话把头？你以为你有个聪明的幺儿媳妇就了不起。你可知我的话把头该值多少钱？"张古佬被女人一顿闹，搞得莫明其妙。女人接着说："你得赔我一石谷，明天上门去挑。"说着女人把他推出了门。张古佬讨了个没趣，回家后免不了又把经过给幺儿媳妇说了。幺儿媳妇劝他说："今后在人前人后不要说我了，免得招来是非。"张古佬快快地睡了。

第二天一大早，那女人就上门来要谷子。幺儿媳妇说："爹爹打早去天边砍梭罗树去了！"女人答道："他是老糊涂了，天边哪来梭罗树？"幺儿媳妇说："你也是糊涂了，说话哪来话把头？"那女人无言以答，空手而回。

张古佬虽听幺儿媳妇的劝告，在人前不夸她了，但有这么个了不起的幺儿媳妇，总觉得比别人荣耀，出门去腰也挺得直，头也扬得高，一不小心把街上王老婆婆的一只猫踩死了。这老婆婆可不是好惹的人，当场抓住张古佬不放，说："张古佬，把我的宝贝弄死了，你看怎么办？"张古佬说："一只猫值多少钱，我赔你就是。"王婆婆说："哼，莫说得那么轻巧，我这猫行如龙，坐像虎。豆腐行递了五万五要我这只猫，外搭十块干豆腐我都没卖，你能赔我多少？"张古佬一听要那么多钱，本想骂她无赖，但又想自己已承认赔她，就只好回家找幺儿媳妇想办法。临走时，王老婆婆说："我明天来拿钱。"

幺儿媳妇得知，还以为王老婆婆在开玩笑，即使要赔也赔不了那多，不管怎么说还得有个准备。于是她大门半开，门槛内放一只破水瓢，把家里黄狗喂得饱饱的，专等要账的上门。

早饭时候，王老婆婆当真来了，老远就喊："张古佬在家吗？"话音未落，黄狗早就扑过去，吓得她抓脚舞手，边退边走。幺儿媳妇喊道："你这个老婆婆注意哟！"老婆婆以为叫她注意黄狗，一边打狗，一只脚迈进了门槛，正好踩着那只破木瓢，木瓢咔嚓一声破成了八大块。幺儿媳妇连忙赶来说："你这老婆婆，我叫你注意你不听，现在把我这宝贝瓢瓜踩破了，怎么办？"老婆婆说："你这有什么了不起，值不了几根毫毛。"

　　幺儿媳妇冷笑道："你倒讲得轻巧，我这宝贝木瓢，胜过天上梭罗树，萝卜、白菜盛瓢内，眨眼之间变成肉，屠夫出到六万五，外搭十块干腊肉我都没卖，你赔我多少钱？"王老婆婆一听呆住了，没料到张古佬幺儿媳妇有这么厉害，没奈何只好求饶。其实幺儿媳妇也只不过是吓唬她一下，哪里真要她赔？还打招呼请她吃早饭，王老婆婆不好意思地走了。

明年还来不来

从前，有家人，虽算不得豪门富户，却也是高门大屋的。他家有田有地，当门就有块大田，这块田方方整整的，年年收成都好，惹得对面那家财主眼红得没法。这个财主是霸道惯了的，又眼浅，见不得别人有点东西，每年他都要带些人来割些谷子回去。这家人惹不起，躲不开，年年忍气吞声，哑巴吃黄连，苦在肚里。

这家只有一个儿子，那年接来了媳妇，媳妇娘家是小户人家，陪嫁也不多，公婆不太中意，丈夫也小看媳妇。媳妇在家话都说不起，做啥吃啥，只乐得少操点心。

眼看谷子黄透了，一天，财主带信来说："明天要来割谷。"一家子都不吭声，媳妇还以为是来帮忙，问婆婆，被婆婆抢白道："人家要来抢谷子呢！年年都来。你明天弄点菜，做十来个人的晌午，伺候好一点，人家少抢点呢。"

媳妇说："哼，弄晌午！他们要割就割，这些谷子不要算了！"

她丈夫一听，气不打一处来，说："你癞蛤蟆打哈哈，口气不小。一家子就数你有本事？"她听了也不争辩，由他们去操心巴肝地愁。

第二天，公公、丈夫都躲出去了，眼不见心不烦，只有婆媳两人在家。到时候，财主硬是带了十多个人来了。刚要下田，媳妇跑出来喊："哪个要打我家的谷子？"众人一看，咦，是个新媳妇，睬都不睬，还以为照旧有顿晌午，都乱吼乱叫地喊："快去弄晌午吧！"

新媳妇说："哼，弄晌午，你们不怕吃错牙巴骨？我弄来喂猪喂狗也不给你们吃，你们打了谷子还规规矩矩地给我装起！"

那些人听都不听，闹哄哄地只管动起手来。新媳妇气得一头闯进屋来，把那口嫁过来大半年还从没打开过的箱子打开，里面只有几件衣裳，一双铜靴，一副手镯样的护腕，都是些艺人的行头。她把这些穿戴好，几步跑出去，又说一遍："你们到底听不听？"那些人头都不抬。气得她跳下田去，一手提担装得尖尖的谷子就往院坝头拽。财主一看，就吆喝手下人来抢。逼得新媳妇只好动手，一顿拳脚就把那些人打得七零八落。财主在旁边也吓呆了，众人都告饶："不打了，不打你家的谷子了。"新媳妇说："哼，你们不想打，我还要你们打咧，赶快割，今天非打完这块田不可！"

晌午过了，这些人也不敢要晌午饭吃；太阳快落坡了，这些人也不敢说歇歇；天都快黑了，一块大田才收完，一个个腰都直不起，也不敢叫累。最后，新媳妇问："明年还来不来？"

众人说："不来了，不来了。"财主也忙跟着说："再不敢了，再不敢了。"

哪知媳妇一下变了脸："哪个说不来？"吓得众人连忙改口："还来，还来。"

晚上，公公、丈夫回来一看，这么大块田，草都不剩一根，差点就倒在门槛外面。待进屋一看，眼睛都鼓大了。从此，大家对新媳妇刮目相看，新媳妇也再不是说不起话的人了。

考女婿

王员外家有三个女儿，大女叫梅香，二女叫荷秀，三女叫玉香。

三个女儿渐渐长大成人，个个都长得乖乖的，特别是三女更加聪明乖巧。王员外想给三个女都选个好人户，找三个好女婿。便把三个女叫到跟前，问她们："你们愿意嫁到什么样的人户家呀？各说各的想法！"

梅香、荷秀同时答道："由爹爹做主，嫁到有钱的人户就是了。"

王员外听后心头欢喜，见三女没开腔，追问道："玉香，你呢？"

玉香回答："民以食为天，我就嫁个种田人吧！"

王员外听了，眉毛胡子皱一堆，吼道："哼！好嘛，嫁个泥巴老壳！"

没好久，王员外就接二连三把大女嫁给了状元，二女嫁给了秀才，三女嫁给了一个种庄稼的小后生。

转眼到了七月十五日，这天是王员外的生日。大女婿请人挑了一挑寿礼，戴上顶帽子，穿着玻璃衫，去给亲爷拜寿。二女婿请人抬了一杆寿礼，打扮得很阔气，去给亲爷拜寿。当大女婿、二女婿一进门，王员外欢喜透了，立即迎进客房，递烟倒茶。三女婿用提篮提着一包面、两瓶酒，打个光脚板，来给亲爷拜寿。王员外歪起眼睛一看，嘴巴一斜，叫人把他引到灶房去。

酒席摆好了，王员外叫女儿、女婿到席上依次坐定。王员外坐在上席开

口说:"今天,你们都来了,我要出题考考你们,答得好,我重重有赏;答得不好,不但不能坐席,我还要将他赶出去,以后,再也不许进我家的门。"大女婿、二女婿都答应说"要得",只有三女婿没开腔。

王员外说:"今天,讲个四言八句。要讲天上飞的,桌子上摆的,圈头关的,还要把妻子的名字连上去。"

题目一出,王员外的管家就催着说:"现在从大到小,开始讲吧!"

大女婿出口讲道:

　　天上飞的是凤凰,桌上摆的是文章,
　　圈里关的是绵羊,我的妻子叫梅香。

大女婿一说完,王员外高声赞扬道:"讲得好!讲得好!快赏金子一两、银子一两。"亲手将事先准备好的两个红纸封包给了大女婿。

管家又催道:"二郎请讲!"二女婿想了一下,咳了一声后,说道:

　　天上飞的是斑鸠,桌上摆的是《春秋》,
　　圈里关的是耕牛,我的妻子叫荷秀。

二女婿一讲完,王员外也高声赞扬道:"讲得好!讲得好!快赏金子一两、银子一两。"又亲手将封好的红纸包给了二女婿。

管家又催道:"三郎请讲!"话才说完,王员外接着吼道:"快讲!讲不好给我滚出去!"

三女婿看了一眼妻子玉香后,说道:

　　天上飞的是火药枪,桌上摆的是火柴棒,
　　圈里关的是狗王,我的妻子叫玉香。

三女婿话音一落，王员外就高声吼道："滚出去！滚出去！快给我滚出去！"

这时，三女玉香站起来，给父亲王员外请了寿、拜了福后，开口说："叩请爹爹，我的丈夫比大姐夫、二姐夫都讲得好，为何不赏，还要赶他出去呢？"

王员外气愤地吼道："他哪些讲得好？你说清楚，不然，连你也一齐赶出去！"

玉香说道："天上飞的火药枪，打他斑鸠和凤凰；桌上摆的火柴棒，点烛好读《春秋》和文章；圈里关的是狗王，保他耕牛和绵羊；他的妻子是玉香，盖过荷秀和梅香。"

玉香一说完，众人齐声高喊："好！"三女婿站起来说："金子银子拿过来！"王员外只得将赏给大女婿、二女婿的金子、银子收回来，全部赏给了三女婿。王员外很不好意思地招呼说："大家，大家坐下，吃酒吧！"

陈木匠

有个陈木匠，蠢得很。他媳妇是财主的幺女儿。而财主的大女婿、二女婿都是有文墨的好角色，所以，陈木匠到了丈人家里都被人瞧不起。

有一次给丈人做寿，屋里人来人往，好热闹！吃饭的时候，大女婿和二女婿想挖苦陈木匠，叽叽咕咕一说，想出了一个鬼主意。趁陈木匠不注意的时候，给他帽子上插个萝卜，旁人见了，哄堂大笑。他媳妇看到了，心里气鼓鼓的，嘴巴翘得长长的，暗暗对他眨眼睛。谁知陈木匠体会错了，他以为媳妇叫他赶快夹肉吃。媳妇眼睛眨一下，他就赶快夹肉吃了，搞得太不像话了，旁人越发好笑起来。

吃完饭，媳妇把他帽子上的萝卜取下来，说："你啊！真是气坏人！以后吃饭时，我给你衣尾巴上拴一根麻索子，扯一下，你就吃一块肉，免得人家笑话。"

到了吃饭的时候，媳妇真的坐在他后面扯。扯了一阵，媳妇要去解大便。就叫他姐姐代替扯。她姐姐也不怀好意，一心要挖苦陈木匠，连扯直扯，陈木匠就连夹直夹，夹得碗里的肉放满了，回过头来说："我的老婆子呀！你再要扯，我的肉没有装处了。"弄得旁人又哄堂大笑起来。

客人散了，陈木匠和媳妇回到家里。陈木匠说："那些人就是爱笑。"媳妇气呼呼地回答："你少蠢些。"陈木匠不作声，媳妇就把自己的银货首饰都卖了，叫他出门读书去。

陈木匠走到一座大山上，看见一个老伯娘，问道："我出门好几天，找不到一个教书的先生。"那老伯娘问他："你要找先生做什么？"陈木匠说："读书嘛。"

老伯娘从口中吹出一股清风，出现一颗红色的珠子，在空中飘飘荡荡，她一手抓了过来，送给陈木匠，说："你走了这么远路，肚子饿了吧。"陈木匠照直说："嗯。"老伯娘吩咐道："那你快吃吧。"

陈木匠吃下那颗珠子，顿时聪明起来。原来那是一颗仙珠，吃了能使蠢人变聪明。

陈木匠沿着路打听，找到一个高明先生，只读了半年书便是满腹文章，到京城赴试，中了状元，皇帝封他为八府巡官。

陈木匠带着人马往家里走，到了屋边，依旧穿上破衣烂裤，想试探媳妇。媳妇是个贤德人，老母害病，她讨米供养，自己吃糠咽菜。见丈夫回来依旧穿得破破烂烂，说："你硬没得出息。"

陈木匠咧嘴一笑，拿出官印，在媳妇面前一晃，媳妇认不得，说："这不是道师公的那块令牌嘛？"陈木匠说："你讲得好，这是官印。"话音一落，骑马坐轿的随从人员都来了。媳妇这才相信。

又要给丈人做寿了，陈木匠两口子穿得破破烂烂的，回到娘家。大女婿、二女婿照旧很鄙视他，吃饭的时候坐在上席，陈木匠从两人中间一插，说："我陈木匠不知道上席下席，只晓得施破头撅①。"

大女婿、二女婿一心想挖苦他，把眼睛一眨，想出一个鬼主意，说："要坐上席不难，得讲一个谜子。"

人来人往很热闹，一齐哄道："要得。"

陈木匠不着慌，说："你俩先讲。"

_____

①施破头撅：文中指削尖脑袋，一心抢个好座位。

大女婿、二女婿料他没读过书，斗大的字认不满升，挖苦道："中间一堆土，两边坐的人，你说是什么字？"

陈木匠忍着羞怒，不动神色地回答："这是坐牢的'坐'字。"

大女婿和二女婿一听，暗吃一惊后，说："你讲吧！"

陈木匠说："大人在中间，两边坐的是小人。"

大女婿和二女婿异口同声地说："夹在中间的'夹'字。"

陈木匠点头道："猜对了。"

大女婿和二女婿认为自己饱读诗书，被这没喝过墨水的陈木匠讥笑一顿，哪里肯服，说："我们怎么是小人？"

陈木匠把官印"啪"地往桌上一放，说："你们在我面前不是小人，还是大人？"等在外面的随从人员听见官印的响声，急忙进来给他披黄袍，抹玉带，大女婿、二女婿赶忙跪下说道："大人在上，小人罪该万死。"

三姨佬混吃

我讲个三姨佬。有三个姨佬，大姨佬、二姨佬经常弄好的吃呢，三姨佬一看到就去啦，吃呀，喝的搞，就搞他们两个，但他们两个就搞不到三姨佬的。

有一天，大姨佬跟二姨佬一商量说："我们今日呢，搞东西吃哩。"二姨佬就说："三姨佬会寻，会查。今日我们要搞的他查不到。"大姨佬说："那哪门搞呢？"二姨佬说："我们把这个饭啦，菜啦，统统地一下搞好啦，把这个船一撑啦，就撑的那个河当中，就一块呀吊起来吃。三姨佬就晓不得啊。"大姨佬说："那是的，那是的。"于是大姨佬和二姨佬呢，就把这个船弄到河当中，再备上几壶酒啊就在船上吃呀，喝呀。

但是，三姨佬就还是会查，知道他们搞的河当中去了。他就搞了蛮大一个红箱子啊，就闯进红箱子搞的水里去啦。搞的水里去啦哩，红箱子就飘飘荡荡地流啊，飘飘荡荡地流啊。大姨佬、二姨佬两个在船上看到了哟。二姨佬说："吓，你看那是个什么子？那是个蛮好的东西，红彤呀。我们快起哩把船撑过去，把它弄起来看下子。"他们就一下子把红箱子拖起来啦。拖了起来哩，大姨佬说："等我们吃啦再打开。"二姨佬得了财呢，急不过，不看呢，心里不舒服，硬要打开看下子。把箱子一打开呢，是三姨佬。大姨佬、二姨佬就傻眼啦。

土家族民间故事

　　大姨佬和二姨佬说：“今天吃喝呀可以，不过我们今天要赞个四言八句，赞到了呢，就吃。”么姨佬说：“那好。”大姨佬说：“我们要赞这个糊糊涂涂、明明白白、容容易易、难上加难。啊，要赞这几个字。”大姨佬呢就赞：“雪在天上呢是糊糊涂涂，下下来呢是明明白白，要是雪融成水呢是容容易易呀，要它水成雪呢是难上加难。”大姨佬赞到了，就开始吃。二姨佬他说：“墨磨在砚池里哩糊糊涂涂，纸上一写呢是明明白白，要想墨成水呢是容容易易，要它水成墨呢是难上加难。”二姨佬也赞到了，也开始吃啦。三姨佬就说：“我先关在箱子里呢是糊糊涂涂，你们打开一看呢是明明白白，我吃你们的呢是容容易易，你们吃我的呢是难上加难。”

篾匠织背篓

往先，土家山寨有个手艺高的篾匠，篾器家什样样会编，又以织背篓出名。他织的粗篾背篓，压上一两百斤东西，篾不松垮，样不变形；织的细篾背篓，装上小米也不漏一颗，人人见了都夸好。

一天，他去给一家姓向的人家织背篓。向老公公见了他说："师傅呀，常言道三分手艺，七分铺派①，我家的工夫，要由我家来做主，今天织个柴背篓，你给我把底子织大些，我老了背东西歇气，才好墩得稳当。"篾匠为人老实，给人做工，从不多言，主人家喜欢哪样做，他就照哪样去做，因此答应一声："是的。"就剖篾做了起来。

一会儿，背篓底子快织成了。这时，向家的当家人做早工回来，见背篓底子起得很大，就说："师傅呀，背篓莫织大了，大了会松垮，背不得重的。"篾匠听了，想对他解释一下，怕不顺他心，就顺着应一声："是的。"于是，又把背篓底子缩小了。到了中午，向家婆婆来喊他吃午饭，见背篓底子织小了，就说："师傅呀，背篓小了，打猪草装不得好多，你给我织大点。"篾匠师傅听了，照旧道："是的"。又按向老婆婆的讲法，把背

---

①铺派：指挥，安排。

篓放大，系子放短。中午过后，向家媳妇割牛草回来了，她看了一眼背篓就忙说："老师傅呀，背篓织大了，系子短了，背牛草不好起身，还是织小点，系子放长些好用些。"篾匠听后，还是答道："是的。"就这样一收一放，放大又收，结果，织成了一个三不像的背篓，连篾匠自己看后都发笑了。他心想：我做了多年篾匠，才头一回碰到这一家各取所爱，点子真多的主人。

晚上，一家人都回来了，篾匠有意把背篓放在堂屋中央的大桌子上，请主人家来看。全家人看着这奇形怪状的背篓，大吃一惊。向公公就问："师傅呀，你织的是什么背篓？"篾匠照直回答说："我织的是你一屋人都喜欢的背篓。"向老婆婆在一旁很不耐烦的接道："什么怪背篓，我不喜欢！"媳妇也翘嘴巴："这个背篓不称心！"婆婆问公公是怎么铺派的？公公就问儿子，儿子问媳妇，一家人一个怪一个，把屋都闹抬起来了。篾匠忙劝道："莫吵，莫吵，婆婆多了，媳妇难做；艄公多了，倒转翻船。"

李三郎审瓜

　　李三郎上任的第二天，接到城西菜园老板辣狗娘的状纸，说是一个叫花婆偷了他五个北瓜。三郎便把原告和被告传上堂审问。

　　辣狗娘本名田腊娘，是城南有名的菜霸。她的菜园中间有条便道直达城内，不知多少生人误入此路，被田腊娘当贼抓住，为此发了黑财。人家就给她个"辣狗娘"的臭名。这被告呢，是个四十多岁的妇女。她背上背个小孩，手里还牵一个，一看就是个老实巴交的乡下人。她只喊冤枉，却又讲不出个经路来。李三郎觉得案子蹊跷。这时差役又传上一卷信纸，原来是个好心人劝三郎手下留情：这个菜霸，交际广大，几届知县都不曾得罪她。李三郎看罢，冷冷地笑了几声，传令送五个北瓜上堂。

　　"是不是有这么大？"三郎指着这个大北瓜问。

　　"嗯、嗯，有这么大！"辣狗娘说。

　　"再看，比这个呢？"三郎又指着那个大北瓜问。

　　"比那个还大些！"

　　三郎一连指五个，辣狗娘一口咬定："偷去的瓜，个个硬有这么大！"

　　三郎突然把惊堂木一拍，对着被告喝道："好你个妇道人家，竟敢过路行劫。今日把你的两个孩子判给她！"又转脸对辣狗娘道："这五个瓜就算赔给你了，现在，你可以把北瓜、小孩一起背回去，快！"

辣狗娘喜滋滋地叩头谢了，便把北瓜往肩上放一个，手里提一个，眼睛盯着那三个，却无能为力。三郎又吩咐取大背篓来，把另三个一齐放上去。五个大北瓜，少说也有百来斤，辣狗娘哪里背得起？几个踉跄，摔了个狗吃屎。三郎又命将两个孩子放在她身上，让她背着。孩子又哭又闹，脚蹬手抓，把辣狗娘抓得皮破血流。

"老爷，我做几次送罢，压死老娘哒！"辣狗娘启禀道。

三郎冷笑道："人家抱两个孩子都偷得瓜去，你莫背不回去，嗯？今朝非要你背回去不可！"说罢，惊堂木"啪"地一声拍在案上。

辣狗娘的脸"唰"地一下变得铁青，忙跪在堂前服罪。当然，犯了诬告罪，四十大板是少不了的。

附记：

关于清官李尚清的传说在大庸民间广为流传。据《永定县志》（民国19年庚午修）载："李尚清，字子仁，山东历城县举人，光绪二十五年二月任。精明廉洁，不妄取民间一钱。当时'湖湘清官'号称七家，尚清其一也，前知永定堤案难决者，恒以片言了之。"

陈二郎打官司

　　陈二郎的幺儿子放牛，牛吃哒财主张老大的麦子。张老大气得没法，连忙派人去牵陈二郎的耕牛。陈二郎一听，连忙叫大儿子、二儿子、三儿子去抢耕牛。自己跑到麦田里一看，牛吃了两苑麦子，值不到两文钱。陈二郎的几个儿子恶造①得很，抢牛的时候把张老大的儿子也捎带打了一顿。张老大看到吃哒亏，就跑到县衙里告了陈二郎一状。

　　县官把陈二郎传到大堂，问："陈二郎，你的儿子为么子要打张财主的儿子？"陈二郎说："我的幺儿子放牛，牛吃哒张财主的两苑麦子，值好多赔好多。牛是我屋里的命根子，他张财主不该硬要牵我的牛哟！不过，我的儿子打人也有错！"张财主站到一边，气不过，也说："你的几个儿子横行乡里，哪个不晓得哟？"陈二郎说："这我承认！"县官就问："陈二郎，你的几个儿子都在做么子？"陈二郎说："大儿子习武，时常在外头摆擂台；二儿子脾气不好，专门找硬处碰，是个不信邪的，遇到事就发火；三儿子舞文弄墨，在学府做事！"县官一听，心里想：陈二郎的三个儿子本事都大得吓人，这一家惹不起，文武双全，搞得不好，会把我的乌纱帽搞脱的！

---

①恶造：厉害。

县官说："陈二郎的牛吃哒张财主的麦子两蔸，赔两文小钱；张财主要抢陈二郎的耕牛，还跑到县衙里告状，误了我的事情，该罚二十块大洋误事费！"

陈二郎回到屋里，隔壁邻舍的人都来问他县官是哪门判的案子。陈二郎把来龙去脉一说，众人就问："你的儿子明明不是搞那些事的嘛，哪门这么说呢？"陈二郎说："我的大儿子是石匠，时常打磨子凿擂子，哪门不是摆擂台的；我的二儿子是铁匠，专门去和硬家伙搞的角色；我的三儿子是木匠，要画墨线，在学斧吵！我还没讲他推刨子的事呢！"众人问："推刨子该哪门说？"陈二郎说："铲除不平嘛！"话音一落，众人都笑了起来。

认"虎"

有一位县太爷画了一张大虎，因为技法低劣，那虎其实像猫。一天，县太爷特意出游，衙役打画在前，他坐轿在后。衙役高呼："黎民百姓听着，大人有令，谁识此画，前来禀报，重重有赏。"

百姓本来怕官，早早回避，听说有赏，又慢慢地围拢来看："哦，这东西谁能认得！"众人低声耳语，议论纷纷，可是，官心难测，谁也不敢冒失。有一位胆大的百姓想领赏，束一束腰，清了清嗓子，走上前先鞠一个躬，然后禀告："大人，你画的是一只猫儿。"县太爷火冒三丈，怒吼道："混账！你敢胡言戏弄本官。来呀！棍棒侍候！"可怜这位大胆的百姓，像三更半夜吃黄瓜——头尾还没摸清，就遭了一顿家伙。

"被民打讲理，被官打找鬼。"这个大胆的百姓跟跟跄跄地往家里走，恰好碰上了个叫"老大"的告诉他说："老弟，树直有用，人直无益。你看我的，包管是荞田里捉乌龟——十拿九稳。"

这时县太爷正前呼后拥过来。"老大"先向县太爷施礼，然后指着那幅画，煞有介事地说："这画，出手不凡！"县太爷听说"出手不凡"，心里痒痒的，气也消了一半，拉长嗓子说："你，识得此画？""我认得，只是不敢讲。"县太爷高兴得摇头晃脑地说："有大人在此，说说何妨？""你虽是大人，你还是怕皇帝呀，是吧？"

土家族民间故事

277

县太爷心想：我的官是皇上赐的，当然怕哩！可是我堂堂一县之尊，那能在黎民百姓面前认输呢？于是，眉头一皱，计上心来，反问道："那皇帝又怕什么呢？""皇帝怕太阳，每次出来都打华盖。""太阳又怕什么？""太阳怕云，乌云蔽日，大地无光。""云又怕什么？""云怕风，大风一吹，云开雾散。""风又怕什么呢？""风怕墙，俗话说'墙不透风，祸从天降'。"

县太爷连连点头："有道理呀有道理！"接着又问："那墙，又怕什么？"

"老大"答道："墙怕老鼠，老鼠打洞，把墙掏空了就会倒塌。"

县太爷吓了一跳："老鼠怕什么？"

"老大"指着画说："就怕大人画的这只——嘿嘿嘿嘿。"

"嗯！——"县太爷微微点头，自我陶醉了：我这画是至高无上的了。不自觉得哈哈大笑，吩咐赏银五十两。然后，得意洋洋打轿回衙。

众人惊得目瞪口呆。

瞎眼县令

从前，有个寨子，东边住了个老石匠，他手艺好，凿的石孔雀都会叫，可他无儿无女无老伴；西边有个老妈妈，也是孤身一人，靠捡柴卖过日子；寨子中有个要饭的孤儿，人们叫他小毛弟。

一天，老石匠和老妈妈商量："我们都老了，没有啥子盼头了，不过，寨中的小毛弟还聪明，我们不如挣点钱供他读书。若读出头么，还可跟他过几天好日子。"老妈妈欢喜地说："行呀。"于是他们将小毛弟叫来，把打算对他说了一遍。小毛弟听后，又是鼻涕又是眼泪，连磕几个响头，说："你们是我的再生父母，赶后，若忘恩负义，让我瞎双眼。"从此，老石匠天刚亮就做工，星满天才歇手，挣钱供小毛弟读书；老妈妈白天上山捡桐子，熬油给小毛弟照亮，替他缝洗补鞋。几年后，小毛弟硬是读出了头。先是中了秀才、举人，后来进京赶考，中了进士，放到本县当县令。

老石匠和老妈妈听到这消息后，欢喜得从梦中笑醒，乡邻们也来祝贺，说他们老来有个好靠山了。他们盼着小毛弟派人来接，可是左等右等，几个月过去了，都不见音信。

后来，寨上东家给几块粑粑，西家凑几文小钱，帮助两个老人进县城。可到了县衙门，守门的不让他们进去。他们说："我们是县老爷的亲戚呀。"守门的说："哈哈，就是县太爷吩咐，不让你们进的嘞！哼！穷是冤

土家族民间故事

家富是亲！"两个老人无法，就白天黑夜守在衙门口，一天啃半块粑粑。

有一天，巡抚大人来了，县令赶忙出门跪迎，这时，两个老人一见县令就上去抓住他的衣袖。县令一见，连忙把他们的手扯开，叫衙役快快把他们轰走。老石匠说："小毛弟！你……你不认得我们了？我是挣钱供你读书的老石匠呀！"老妈妈说："我是熬桐油给你照亮读书的老妈妈呀！"县令一听，把脸拉得长长的，说："什么老石匠、老妈妈的，我不认得！快把他们赶走！"衙役奉命，七手八脚硬把两个老人连推带拖地赶走了。

县令把巡抚迎进县衙，巡抚说："听说你们县有个老石匠，凿的孔雀都会叫，皇上差我征一对去进贡嘞。"县令一听，立马差人把老石匠接回来。这回哩，县令对老石匠硬比亲爹还亲啦，叫得甜蜜蜜的，说："爹！赶先我是做给那个老妇人看的，才供我几盏灯油，就想跟我享福，没那么便宜，你才是我的亲人嘞！"老石匠听后不吭声，县令又装着笑说："爹，刚才巡抚大人讲啦，皇上要你凿一对石孔雀进贡，为了我，你就细心凿一对吧，赶后我当了大官，你也有福享啰。"

老石匠点了点头，开始躲在一间屋子里凿孔雀，经过七七四十九天，把一对活灵活现的孔雀凿成了，这时，老石匠将手指咬破，用血染红孔雀的嘴和眼睛，激动地说："孔雀孔雀，为我报仇！"

这天，县令拿到孔雀，越看越爱，就凑近细细地看。突然，孔雀一伸脖子，左边一嘴，右边一嘴，把县令的一对"灯笼①"啄瞎了。这正好应了他原先发的誓言。

---

①灯笼：比喻眼睛。

"狗老爷"分油漫子

西乃溪有个财主，名叫三老泰，是一个四乡五邻都出了名的吝啬鬼。长工们一年四季辛辛苦苦给他做阳春，每天吃的是一钵臭馊的酸菜下饭，一滴油也没有。工夫紧的时候，也只到菜锅里倒一瓢清水算是酸菜汤，一颗油漫子都看不见。大家吃得刮肠刮肚，闷在心里恨死了他。

一天，天刚麻麻亮，长工们在堨里打谷子，快三歇了，左等右等早饭还没送来。几个长工腿杆子饿得软绵绵的回家来吃早饭，一进灶屋，看到锅盖上摆的又是一碗臭酸菜和一钵酸菜汤，清汤寡水的，长工们实在冒火。其中一个叫"狗老爷"的长工叽叽咕咕地对另外两个长工讲了一阵，最后说："看老子今朝搞他一手。"

"狗老爷"端起饭碗，假装抢先一家伙把汤泡了，稀稀喝喝地大口大口吃了起来。那两个长工恨得端起饭碗就往地上摔，板凳也蹬翻了，还故意气鼓鼓地大喊大骂："打死你，打死你。你这个没良心的狗杂种。"长工们怕三老泰听不见，声音越吵越大，一间屋都哄摇①了。

三老泰正在屋里睡中觉，听见灶屋里闹得凶，不知出了什么事，捧着水

---

①哄摇：轰动。

土家族民间故事

壶烟袋走过来一看，满地都是碗渣子，桌椅板凳也四脚朝天，"狗老爷"蹲在灶角里"呜呜"大哭。长工们举着捶头①又要打，三老泰忙喊："不要打了，不要打了，一天三餐吃得油糊盐咸的，还要打谷子去哩。"

长工们住了手，你一句，我一句地说："你看，三嫂子看到我们天天打谷子，工夫恼火，今天打了一碗酸菜汤，里面加了三颗油漫子，每人一颗，分得均均匀匀的，'狗老爷'却一个人泡了哇。我们几个月没见一颗油，你看这狗杂种心好狠毒啊，我们要打死他！"

"狗老爷"哭丧着脸说："三叔，汤里实在一颗油漫子也没有，不信你去问大嫂子。"

三老泰一看，碗也摔烂了，板凳脚也断了，硬是牛脚踩到团鱼背——一阵阵地痛在心里。骂也骂不出声，讲也讲不出口，闷在心里怄，又怕长工们闹起来耽搁工夫，只好喊大媳妇再炒些菜，让长工们饱吃了一餐。

吃完饭，"狗老爷"和长工们在进塆路上忍不住好笑："今天老子们也出了一口气，看他二天菜里面还酌不酌油。"

附　记：

"狗老爷"，土家族，永顺县连洞乡人，姓颜名廷富。因小时不好抚养，父亲给他取个贱名叫"狗儿"。十二岁时父母双亡，他孤身一人，流落于匀哈乡，给财主三老泰守牛、做长工。寒冬腊月衣服破烂，三老泰送他一顶毡帽。人们取笑他："戴了毡帽，活像个老爷。"从此就叫他"狗老爷"。他聪明机智，幽默滑稽。他的故事广泛流传于永顺、保靖、龙山等县，颇有地方特色。

---

①捶头：拳头。

三难"顺风旗"

一难"顺风旗"

"顺风旗"的东家是柳员外。赶巧，杜老幺到柳员外家帮工来啦。

长工们说："杜老幺，你治治'顺风旗'吧，那家伙太坑人了！"

原来，柳员外家财万贯，却蠢得像猪，里外都靠"顺风旗"支撑。柳员外贪，一个铜子儿在手板心里捏成软粑粑也不肯往外拿；"顺风旗"更贪，把铜子儿捏成水了，一滴不漏，偷偷装进了自家的袖口。不想法治治这"顺风旗"，长工们吞不下这口气呀！

杜老幺说："我来试试吧。"

端午节那天，按规矩，东家应给长工们放一天假。柳员外不想放。那天早晨，柳员外对长工们说："我的管家最会说话。不管谁说什么，他都能对得圆。你们今天来跟他对一对吧！只要有一个对得赢的，老爷就许你们白歇一天；对不赢，都照常下田！"

杜老幺站了出来："怎么对法？"

"你问他吧。"柳员外指着"顺风旗"说。

"顺风旗"没把杜老幺这穷小子放在眼里。他翘了翘山羊胡子，斜着眼睛瞟了瞟杜老幺，慢条斯理地说："你是新来不多天的杜老幺嘛，我当是什么人物呢。你没听说我的外号么？'顺风旗'！"

杜老幺眨了眨眼睛："你没听说我的外号么？'溜溜转'！"

"顺风旗"心里一怔:"溜溜转"?怎么没听讲过呀?嗯,先别管这些,把他对下去再说!

"顺风旗"说:"对法嘛,由我先起个头,一句一句朝下说,不管我说什么,你得顺着我的,接上扯圆,谁发火就算输,谁说不上来也算输。"

杜老幺想了想,说:"开始吧?"

"顺风旗":"今天几了?"

杜老幺:"端午节呢。"

"顺风旗":"难怪热起来了。"

杜老幺:"是开始热的时候哩。"

"顺风旗":"不对呀!怎么我身上发冷呢?"

杜老幺:"就是嘛,外面起了风。"

"顺风旗":"这冷得钻心彻骨嘛!"

杜老幺:"可得当心,当心五脏六腑都冻乌了。"

"顺风旗"听出"溜溜转"话里有刺,心想这小子还有点功夫哪,我还不得大意呢!他不动声色,把话头转了个弯:"谢天谢地,暖和啦。"

杜老幺:"就是哩,端午节到了嘛。"

"顺风旗":"我热得喘不过气来啦!"

杜老幺:"千万别热出病来呀。"

"顺风旗":"说着说着,到了三伏六月天啰。"

杜老幺:"可不是,都闹不清天地日月啦。"

"顺风旗"不大高兴:"这是说我的吗?"

杜老幺:"不说你说谁呀。"

"顺风旗"失了面子,火气一冲,骂起来了:"混蛋!你好大的胆哪!转弯抹角骂起老子来了!……"

杜老幺却不理他了,径直对柳员外说:"放假吧。那位'顺风旗'输啦!"

长工们笑了起来:"走啰!回家去啰!"

二难 "顺风旗"

柳员外急了，一把将"顺风旗"扯到一边："你是怎么搞的呀，嗯？输在这'溜溜转'手里！你要害得我白放一天假么？"

"顺风旗"说："请老爷息怒。我再跟他对一次，包管他们照样上工。"

柳员外笑了："你能准定赢？"

"顺风旗"："准定赢。刚才是我搞慌啦。"

柳员外又把"顺风旗"拉了出来："大家听着！刚才对得有趣，我听入迷啦！现在再对一次。'溜溜转'要再对赢了，我情愿让大家白歇两天，每人外加五十文铜钱！要是他这回对输了，哼，你们就一天也别想，都得跟我下田去！"

长工们正要回家去，一听这话都来气了："红嘴白牙，翻脸就不认账！"杜老么悄悄地说："哥们儿忍一下吧，我再去，乐得歇两天呢！"

杜老么问"顺风旗"：："这回怎么对呀？"

"顺风旗"说："你提头，我来圆。"咦，"顺风旗"怎么不提头啦？原来"顺风旗"擅长的是顺风扯旗，平时顺柳员外说话，溜须拍马搞惯了。"顺风旗"想：如果不拿出看家本事，就赢不了那"溜溜转"呢！

杜老么笑了笑，又问："规矩呢？"

"顺风旗"回答："老规矩。谁发了火算输，谁说不上来也算输。"

"顺风旗"心想：老子刚才上了当，这回该我来顺你的葡萄架子牵藤，转弯抹角骂你"溜溜转"！"顺风旗"偏起脑壳、斜着眼睛说："开始呀！"

杜老么眨了眨眼睛，叫一声："顺风旗哎。"

顺风旗："我在这儿呢。"

杜老么："听说你是个聪明人呢。"

"顺风旗"听了一愣：见鬼哟！这是点名道姓拿我做话把呢！还想骂我

呀？我还得顺着他"溜溜转"，一句跟一句地接茬呀？待会儿我自己骂自己来看？唉，可不接不行呀，不接就输了！他硬着头皮说："不算蠢呢。"

杜老幺心平气和地说："还没蠢到家吧？"

长工们好开心呵，都忍不住笑起来了。

"顺风旗"火来了，又不敢发作，他咬着牙，顺着话把往下接："还远着呢。"

杜老幺说："怪不得，到处都晓得你能说会道，会见风使舵哩。"

"顺风旗"苦笑着说："一点儿小本事，小本事。"

杜老幺笑眯眯地说："柳员外夸你会管家呢。"

"顺风旗"心里平和些了："吃着老爷的饭嘛。"

杜老幺："大事小事，都有条理。"

"顺风旗"："这是应该的。"

杜老幺："小账大账，都还清楚。"

"顺风旗"："这是分内的呢。"

杜老幺："柳员外很看得起你呀！"

"顺风旗"："承老爷抬举。"

柳员外越听越喜欢，还傻乎乎地笑着，给"顺风旗"打气："对得好呵！这几句对得妙呵！"

杜老幺突然把话头一转："既然柳员外抬举你'顺风旗'，你'顺风旗'就不应该欺骗柳员外啰。"

"顺风旗"一愣："什么？"

杜老幺："顺我的话把往下接呀。我这里不是问你欺骗了柳员外没有？我是说，既然柳员外抬举你'顺风旗'，你'顺风旗'就不应该欺骗柳员外啰！"

"顺风旗"听明白了："那当然不应该啰。"

杜老幺："你就不应该背着柳员外，用自家的袖口吞黑钱啰。"

"顺风旗"又一愣："什么？"

杜老幺："顺我的话把往下接呀，不然离了话题扯不圆呢！我这里不是问你吞了黑钱没有，我是说，照人之常情，你不应该吞黑钱呢。"

"顺风旗"："那当然不应该啰。"

杜老幺："一文钱，半文钱，你也不应该私吞。"

"顺风旗"："那当然嘛。"

杜老幺："三百、五百就不同了。"

"顺风旗"："那当……"

"顺风旗"还没说完，柳员外就恶狠狠地赶了拢来，"啪！啪！"照"顺风旗"劈头盖脸扇了两耳光，吼道："呸！贼奴才！你究竟私吞了好多呵？给我吐出来！"

"顺风旗"两手捂着脸直叫唤："老爷，老爷，你听错了！"

"我听错了？你自己说的！你这黑心烂肝的贼骨头，快把私吞的全数吐出来呀！老爷不是好欺侮的！……"柳员外气愤地说。

"顺风旗"什么都顾不得了，他冲着杜老幺跳起来骂："'溜溜转'你这混蛋！你这遭天杀的！你帮老子说清楚呀！……"

杜老幺不慌不忙地说："你怨谁呀？我是在讲道理嘛！你私吞了黑钱没有，私吞了好多，你去跟柳员外讲嘛，冲我发火做啥呢？"又对柳员外说："开钱吧？他又输啦！"

长工们都围拢来了，大声喊道："开钱啰！有了钱歇两天啰！"

柳员外气得眼珠子都转不动啦！

三难"顺风旗"

柳员外气得黑风丧脸，骂"顺风旗"："你又输了？你是存心要老爷赔工又赔钱哪？嗯？"他一狠心，又对"顺风旗"下令："听着！你再来一回！非要赢了那'溜溜转'不可！"

柳员外向长工们赔着笑脸，说："各位！各位！算我输了两回！算我输

土家族民间故事

了两回！我输了还会不开钱吗？可事情还没完嘛！我们再来第三回！这回呀，杜老幺要是对赢了，老爷情愿让你们白歇三天，每人再外加五十，一百文哪！要是对输了，哼！哼哼！"

杜老幺说："把钱先拿出来摆着吧！"

柳员外舍不得呢，他问"顺风旗"："摆得吗？"

"顺风旗"仗着气说："摆得呢，老爷。他们瞪着眼干看着，拿不走的！您看我这回非赢不可！"

柳员外说："只要你赢就成！"

柳员外进屋摸了半天，拿出两吊钱来。他心疼极了，一文一文地捏了又捏，数了又数，才按二十个长工人数把钱分成了二十堆，吼道："开始！"

杜老幺客客气气地说："顺风旗哎。"

"顺风旗"一听，嗯？又冲着我来啦？哼，这回呀，任你怎么编着法儿骂我，我都忍着。他客客气气地答："在这儿呢。"

杜老幺笑了笑，说："我们这回就慢慢对吧？"

"顺风旗"应声说："好呢，想清楚了说。"

杜老幺："你和柳员外呀，真是聪明人会着仁义人呢。"

"顺风旗"一听，乐了：老子就跟他把话把转到老爷身上去。他"溜溜转"还敢当面侮骂老爷不成？！接着说："我呀，马马虎虎呢。老爷可真是个好仁义、好品行的好老爷呢。"

杜老幺："可今日过端午，柳员外不想放假。"

"顺风旗"一怔："嗯，是不想放假。"

杜老幺："我琢磨呀，这事恐怕有点糟蹋柳员外的名声。"

"顺风旗"为难了，只得又跟着磨子转："嗯，是有点那个。"

杜老幺："哪个呀？"

"顺风旗"："嗯？"

杜老幺："问你呢。"

"顺风旗"："有点那个……那个……不像话。"

杜老幺："你说的？"

"顺风旗""我说的。"

"啪！"柳员外照"顺风旗"甩了一耳光："混账奴才！'溜溜转'没说，你倒说呵？嗯？"

长工们都哄地笑了。

杜老幺忍住笑，看了看倒霉却又不敢发火的"顺风旗"，继续说："你说差了嘛，难怪老爷要打呢。其实呀，柳员外是个大方人。"

"顺风旗"又接上去："可不是。怜穷抚弱，慷慨大方，远远近近都晓得呢。"

杜老幺："几个铜钱数了半天。"

"顺风旗"一怔："嗯？……老爷心细呀。"

杜老幺："不会数错吧？"

"顺风旗"："老爷不会数错的。"

杜老幺："万一数多了呢？"

"顺风旗"："你就放心吧，半个子儿也不会多的。"

杜老幺："那我就拿走了呢。"

"顺风旗"："拿走呵？"

杜老幺："顺着我圆！那我就拿走了呢。"

"顺风旗"："那……那你就拿吧。"

"啪！"柳员外照"顺风旗"又是重重一记耳光，大骂道："老子都还没开口呢，你就敢叫他们拿！"

众长工又哄笑开了。"顺风旗"脸上红一块，白一块，青一块，紫一块，还是强忍着疼，不敢吭气。

杜老幺："看样子，柳员外不大高兴呢。"

"顺风旗"晦气地说："可不是，老爷发脾气呢。"

杜老幺："说出口的话泼出门的水，我们说话实实在在。老爷要再发火，我还是照实说是你叫拿的。"

"顺风旗"："我呀？"

杜老幺寸步不让："嗯？"

"顺风旗"一看又是输，只好说："不错，是我说的。"

"啪啪啪！"柳员外气急败坏，打得"顺风旗"几乎站不稳了。柳员外跳起来骂道："王八蛋！你要骑到老子头上来呀？嗯？！"

杜老幺见柳员外还要打呢，顺手把"顺风旗"拉开，问："这是谁打谁呀？"

"顺风旗"酸溜溜地说："老爷打我哪。"

杜老幺："老爷该不该打你呀？"

"顺风旗"憋屈得快哭出来了："该打呢。"

杜老幺："打了几下了？"

"顺风旗"："没数……"

杜老幺："怎么不数呢？"

"顺风旗"："忘了……"

杜老幺眉头一皱："忘了？我们两个今天算白对了！都打在哪儿啦？"

"顺风旗"："打在脸上。"

杜老幺："咦，我怎么没看见你的脸呀？"

"顺风旗"再也忍不住了，破口大骂道："你他×的'溜溜转'哪！老子今天算活见鬼哟！……"

杜老幺问柳员外："你的'顺风旗'到底功夫差些呢！还对不对呀？"

柳员外嘶声哑气，像哭丧似的说："还对个屁！还要老子赔多少工、赔多少钱哪？！"

长工们把钱一拿，回家去啦！

附　录
本书所选故事的资料来源

1. **盘古开天女娲补天**　讲述者：黄德裕；采录者：杨启良、吴生琳；采录时间、地点：1986年6月于湖南省吉首市。选自《中国民间故事集成·湖南卷》编辑委员会编：《中国民间故事集成·湖南卷》，北京：中国ISBN中心，2002年，第5页。

2. **依罗娘娘造人**　讲述者：彭国然；采录者：李绍明；采录时间、地点：1983年5月于四川省秀山土家族苗族自治县（今属重庆市）海洋乡。选自《中国民间故事集成·四川卷》编辑委员会编：《中国民间故事集成·四川卷》（下），北京：中国ISBN中心，1998年，第1211—1212页。

3. **陈古烂年的老话**　讲述者：谢绍中；搜集整理者：田永瑞、刘黎光；搜集时间：1963年4月；流传地区：湖南省龙山县八面乡一带。选自湘西土家族苗族自治州民间文学集成编委会编：《中国民间故事集成·湖南卷·湘西土家族苗族自治州分卷》（上），湘西保靖印刷厂印制，1989年，第4—7页。

4. **狗带谷种**　讲述者：代国才；采录者：田花；采录时间、地点：1985年12月于贵州省岑巩县。选自《中国民间故事集成·贵州卷》编辑委员会编：《中国民间故事集成·贵州卷》，北京：中国ISBN中心，2003年，第67—68页。

5. **五谷神**　讲述者：向权润；搜集整理者：彭图湘；搜集时间：1985年6月12日；流传地区：湖南省保靖县拔茅、昂洞、隆头、普戎等乡。选自湘西土家族苗族自治州民间文学集成编委会编：《中国民间故事集成·湖南卷·湘西土家族苗族自治州分卷》（上），湘西保靖印刷厂印制，1989年，第45—46页。

6. **张古老砍梭罗树**　讲述者：黄大锋；搜集整理者：田海云、余晓华；搜集时间：1983年2月；流传地区：湖南省桑植县澧源镇一带。选自湘西土家族苗族自治州民间文学集成编委会编：《中国民间故事集成·湖南卷·湘西土家族苗族自治州分卷》（上），湘西保靖印刷厂印制，1989年，第13—14页。

7. 土家向王天子　讲述者：张海泉；采录者：肖国松；采录时间、地点：1986年于湖北省长阳土家族自治县资丘镇。选自《中国民间故事集成·湖北卷》编辑委员会编：《中国民间故事集成·湖北卷》，北京：中国ISBN中心，1999年，第40—42页。

8. 八部大王　讲述者：田奉生、田双生；采录者：刘能朴；采录时间、地点：1983年1月13日于湖南省龙山县。选自《中国民间故事集成·湖南卷》编辑委员会编：《中国民间故事集成·湖南卷》，北京：中国ISBN中心，2002年，第192—193页。

9. 科洞毛人　讲述者：魏世礼；采录者：田永瑞、彭继宽；采录时间、地点：1963年于湖南龙山县洗车区他沙乡。选自《中国民间故事集成·湖南卷》编辑委员会编：《中国民间故事集成·湖南卷》，北京：中国ISBN中心，2002年，第201—202页。

10. 巴曼子的传说　讲述者：黄锡银；采录者：韩致中；采录时间、地点：1980年3月于湖北省利川市关东村。选自《中国民间故事集成·湖北卷》编辑委员会编：《中国民间故事集成·湖北卷》，北京：中国ISBN中心，1999年，第49—50页。

11. 百家锁　讲述者：覃永登；搜集整理者：张琳；搜集时间：1987年2月；流传地区：湖南省大庸各地。选自湘西土家族苗族自治州民间文学集成编委会编：《中国民间故事集成·湖南卷·湘西土家族苗族自治州分卷》（上），湘西保靖印刷厂印制，1989年，第466—467页。

12. 蛮王洞　讲述者：田兴荣；采录者：田用三；采录时间、地点：1989年于贵州省沿河土家族自治县新井乡。选自《中国民间故事集成·贵州卷》编辑委员会编：《中国民间故事集成·贵州卷》，北京：中国ISBN中心，

2003年，第228—230页。

13. 土家族谭姓家族的由来　讲述者：王成雄；采录者：金应东、向宏云；采录时间、地点：1981年11月于湖北省巴东县信陵镇。选自《中国民间故事集成·湖北卷》编辑委员会编：《中国民间故事集成·湖北卷》，北京：中国ISBN中心，1999年，第335—337页。

14. 乌江涨潮龙归海　讲述者：张仁庆；采录者：田永红；采录时间、地点：1988年于贵州省思南县亭子坝乡。选自《中国民间故事集成·贵州卷》编辑委员会编：《中国民间故事集成·贵州卷》，北京：中国ISBN中心，2003年，第299—300页。

15. 摆手舞的传说　讲述者：李济朝；采录者：刘长贵、彭林绪；采录时间、地点：1985年5月于四川省秀山土家族苗族自治县（今属重庆市）。选自《中国民间故事集成·四川卷》编辑委员会编：《中国民间故事集成·四川卷》（下），北京：中国ISBN中心，1998年，第1244—1246页。

16. 土家过赶年　讲述者：安高科；采录者：李华林、李觉序；采录时间、地点：1987年于贵州省德江县稳坪乡。选自《中国民间故事集成·贵州卷》编辑委员会编：《中国民间故事集成·贵州卷》，北京：中国ISBN中心，2003年，第453—454页。

17. 六月六太阳节　讲述者：高应龙；采录者：刘胜余；采录时间、地点：1986年3月于贵州省岑巩县羊桥乡。选自《中国民间故事集成·贵州卷》编辑委员会编：《中国民间故事集成·贵州卷》，北京：中国ISBN中心，2003年，第464—466页。

18. 敬梅山神的来历　讲述者：张自力；采录者：胡长辉；采录时间、地点：1981年4月于四川省酉阳土家族苗族自治县（今属重庆市）五福乡。选自《中国民间故事集成·四川卷》编辑委员会编：《中国民间故事集成·四川卷》（下），北京：中国ISBN中心，1998年，第1254—1256页。

19. 敬背篼菩萨的传说　讲述者：田维山；采录者：田维云；采录时间、

地点：1993年3月于贵州省丹寨县排调镇小塘村。选自《中国民间故事集成·贵州卷》编辑委员会编：《中国民间故事集成·贵州卷》，北京：中国ISBN中心，2003年，第506—507页。

20. 酉水河的传说　讲述者：彭三妹；搜集整理者：胡炳章；流传地区：湖南省龙山县一带。选自归秀文编：《土家族民间故事选》，上海：上海文艺出版社，1989年，第99—103页。

21. 望郎峰　搜集整理者：谢心宁；流传地区：湖南省大庸县。选自归秀文编：《土家族民间故事选》，上海：上海文艺出版社，1989年，第116—118页。

22. 鱼精坝　讲述者：曾介莲；搜集整理者：孙国林、曾介阳；流传地区：湖北省建始县。选自侯明银编：《中国建始文化丛书·民间故事》，武汉：湖北人民出版社，2006年，第82—85页。

23. 八面山的传说　讲述者：谢兴明；采录者：陈素珍；采录时间、地点：1984年4月12日于四川省黔江土家族苗族自治县（今属重庆市）联合镇。选自《中国民间故事集成·四川卷》编辑委员会编：《中国民间故事集成·四川卷》（下），北京：中国ISBN中心，1998年，第1233—1234页。

24. 迁城锁山　采录者：徐廉明、张力；采录时间、地点：1981年12月于湖北省巴东县信陵镇。选自《中国民间故事集成·湖北卷》编辑委员会编：《中国民间故事集成·湖北卷》，北京：中国ISBN中心，1999年，第89—90页。

25. 牯牛儿碑　讲述者：陈春林；采录者：何从祥、丁青年；采录时间、地点：1985年5月于湖北省建始县花掌坡乡。选自《中国民间故事集成·湖北卷》编辑委员会编：《中国民间故事集成·湖北卷》，北京：中国ISBN中心，1999年，第281—282页。

26. 田家的紫荆树　讲述者：姚学初；采录者：鞠礼学、吕纯良、田诗学；采录时间、地点：1981年9月于湖北省来凤县革勒镇。选自《中国民间故事集成·湖北卷》编辑委员会编：《中国民间故事集成·湖北卷》，北京：中国ISBN中心，1999年，第338—339页。

27.神奇的咚咚奎 讲述者：陈玉林；采录者：刘毅军；采录时间、地点：1986年5月于四川省黔江土家族苗族自治县（今属重庆市）招待所。选自《中国民间故事集成·四川卷》编辑委员会编：《中国民间故事集成·四川卷》（下），北京：中国ISBN中心，1998年，第1246—1248页。

28.耍 耍 讲述者：田贵全；采录者：姚本志；采录时间、地点：1983年5月于湖北省恩施市高桥乡。选自《中国民间故事集成·湖北卷》编辑委员会编：《中国民间故事集成·湖北卷》，北京：中国ISBN中心，1999年，第368—369页。

29.门口挂艾蒿 讲述者：杨本凤；采录者：蔡学让、姚本志；采录时间、地点：1987年8月于湖北省恩施市太阳区。选自《中国民间故事集成·湖北卷》编辑委员会编：《中国民间故事集成·湖北卷》，北京：中国ISBN中心，1999年，第373—374页。

30.正月十五赶毛狗 讲述者：刘承腊；采录者：王华武；采录时间、地点：1986年冬于湖北省五峰县采花乡莫家溪；流传地区：湖北省五峰县湾潭、采花一带。选自王永红编：《中国民间故事全书·湖北·五峰卷》，北京：知识产权出版社，2007年，第22—23页。

31.西兰卡普 讲述者：叶玉翠；采录者：叶德书；采录时间、地点：1958年3月于湖南省龙山县苗儿滩乡叶家村。选自《中国民间故事集成·湖南卷》编辑委员会编：《中国民间故事集成·湖南卷》，北京：中国ISBN中心，2002年，第418—420页。

32.慌张踏夺 讲述者：田贵山；搜集整理者：胡炳章；流传地区：湖南省龙山县。选自归秀文编：《土家族民间故事选》，上海：上海文艺出版社，1989年，第138—140页。

33. 灶王菩萨 讲述者：邓继东；搜集者：石继念、陈石；整理者：郑兴月；搜集时间、地点：1986年于湖北省宣恩县高罗二中。选自李培芝、孙万心主编：《宣恩民间故事精选》，武汉：湖北人民出版社，2006年，第102—104页。

34. 鸡儿报仇 讲述者：粟丁全；采录者：罗时翠；采录时间、地点：1983年于湖南省古丈县罗依溪镇。选自《中国民间故事集成·湖南卷》编辑委员会编：《中国民间故事集成·湖南卷》，北京：中国ISBN中心，2002年，第522—523页。

35. 怕"屋漏" 讲述者：符八妹；采录者：李玉周；采录时间、地点：1986年5月于湖南省大庸县沅溪乡。选自《中国民间故事集成·湖南卷》编辑委员会编：《中国民间故事集成·湖南卷》，北京：中国ISBN中心，2002年，第529页。

36. 锦鸡长得乖 讲述者：田二娃；采录者：田茂忠；采录时间、地点：1986年11月于湖南省保靖县马王乡。选自《中国民间故事集成·湖南卷》编辑委员会编：《中国民间故事集成·湖南卷》，北京：中国ISBN中心，2002年，第819—820页。

37. 斗 狼 讲述者：张淑媛；采录者：税江玲；采录时间、地点：1982年2月于湖北省巴东县信陵镇。选自《中国民间故事集成·湖北卷》编辑委员会编：《中国民间故事集成·湖北卷》，北京：中国ISBN中心，1999年，第396—397页。

38. 喜鹊、斑鸠和知了 讲述者：文克彪；搜集者：姜化炳；整理者：时长清、张子嘉；流传地区：湖北省建始县。选自侯明银编：《中国建始文化丛书·民间故事》，武汉：湖北人民出版社，2006年，第137—138页。

39. 老鼠子嫁姑娘 讲述者：黄光曙；搜集者：黄公平；整理者：侯明银、刘少碧；流传地区：湖北省建始县。选自侯明银编：《中国建始文化丛书·民间故事》，武汉：湖北人民出版社，2006年，第164—167页。

40. 梯玛巧配天师女　讲述者：向顺渊、向顺丰；采录者：刘能朴；采录时间、地点：1987年2月25日于湖南省龙山县洗车区苗市乡。选自《中国民间故事集成·湖南卷》编辑委员会编：《中国民间故事集成·湖南卷》，北京：中国ISBN中心，2002年，第246—248页。

41. 新娘遇官不下轿　讲述者：田义福；采录者：张光庆；采录时间、地点：1985年11月于湖南省龙山县老兴乡贾田村。选自《中国民间故事集成·湖南卷》编辑委员会编：《中国民间故事集成·湖南卷》，北京：中国ISBN中心，2002年，第464—466页。

42. 杨老官神力退官兵　讲述者：杨正光；采录者：杨兴茂；采录时间、地点：1989年于贵州省沿河土家族自治县思渠区黄土乡。选自《中国民间故事集成·贵州卷》编辑委员会编：《中国民间故事集成·贵州卷》，北京：中国ISBN中心，2003年，第118—120页。

43. 白云姑娘计谋多　讲述者：杨成年；采录者：何先云；采录时间、地点：1984年5月10日于四川省黔江土家族苗族自治县（今属重庆市）蓬东乡官河三组。选自《中国民间故事集成·四川卷》编辑委员会编：《中国民间故事集成·四川卷》（下），北京：中国ISBN中心，1998年，第1218—1220页。

44. 土地菩萨和农夫　讲述者：陈义昌；采录者：胡长辉；采录时间、地点：1986年4月于四川省酉阳土家族苗族自治县（今属重庆市）中岁乡地灵村。选自《中国民间故事集成·四川卷》编辑委员会编：《中国民间故事集成·四川卷》（下），北京：中国ISBN中心，1998年，第1304—1305页。

45. 长发姑娘　讲述者：粟丁金；采录者：罗时翠；采录时间、地点：1983年2月于湖南省古丈县罗依溪乡。选自《中国民间故事集成·湖南卷》编辑委员会编：《中国民间故事集成·湖南卷》，北京：中国ISBN中心，2002年，第631—632页。

46．石马和清泉　讲述者：罗富云；采录者：西南师院中文系采风队；采录时间、地点：1982年于四川省秀山土家族苗族自治县（今属重庆市）石担区。选自《中国民间故事集成·四川卷》编辑委员会编：《中国民间故事集成·四川卷》（下），北京：中国ISBN中心，1998年，第1236—1239页。

47．神奇的石碓　讲述者：杨福莲；采录者：田志银；采录时间、地点：1981年12月于湖南省古丈县断龙乡。选自《中国民间故事集成·湖南卷》编辑委员会编：《中国民间故事集成·湖南卷》，北京：中国ISBN中心，2002年，第632—633页。

48．烟荷包里的妖怪　讲述者：周锡明；采录者：彭继宽；采录时间、地点：1964年3月于湖南省古丈县断龙山乡。选自《中国民间故事集成·湖南卷》编辑委员会编：《中国民间故事集成·湖南卷》，北京：中国ISBN中心，2002年，第668—669页。

49．螃蟹姑娘　讲述者：覃正光；搜集整理者：覃正大；搜集时间：1980年1月；流传地区：湖南省桑植县。选自桑植县民间文学集成办公室编：《中国民间故事集成·湖南卷·桑植县资料本》，湖南省保靖县印刷厂印刷，1987年，第208—210页。

50．蛇　郎　讲述者：金友志；采录者：柴仁；采录时间、地点：1984年6月于湖北省来凤县绿水区。选自《中国民间故事集成·湖北卷》编辑委员会编：《中国民间故事集成·湖北卷》，北京：中国ISBN中心，1999年，第432—433页。

51．龙　妻　讲述者：万桂兰；采录者：刘洪成；采录时间、地点：1987年2月于湖北省咸丰县李子溪乡。选自《中国民间故事集成·湖北卷》编辑委员会编：《中国民间故事集成·湖北卷》，北京：中国ISBN中心，1999年，第434—435页。

52．狐狸报恩　讲述者：覃章雷；搜集整理者：陈金中、余晓华；搜集时间：1963年1月19日；流传地区：湖南省桑植县谷乐山乡。选自湘西土家族苗族自治州民间文学集成编委会编：《中国民间故事集成湖南卷·湘西土家族苗族自治州分卷》（下），湘西保靖印刷厂印制，1989年，第276—279页。

53. 老巴子妈妈　讲述者：孙家香；采录者：林继富、王丹；采录时间、地点：2005年7月28日于湖北省长阳土家族自治县第一福利院孙家香宿舍。选自林继富著：《宜昌民间故事家孙家香》，银川：宁夏人民出版社，2009年，第94—95页。

54. 蛤蟆精　讲述者：孙家香；采录者：林继富、王丹；采录时间、地点：2005年7月28日于湖北省长阳土家族自治县第一福利院孙家香宿舍。选自林继富著：《宜昌民间故事家孙家香》，银川：宁夏人民出版社，2009年，第98—102页。

55. 野人嘎嘎　讲述者：孙家香；采录者：林继富、王丹；采录时间、地点：2005年7月28日于湖北省长阳土家族自治县第一福利院孙家香宿舍。选自林继富著：《宜昌民间故事家孙家香》，银川：宁夏人民出版社，2009年，第103—104页。

56. 虎儿娃　讲述者：傅清玉；采录者：马世超、万木；采录时间、地点：1960年于四川省石柱土家族自治县（今属重庆市）。选自《中国民间故事集成·四川卷》编辑委员会编：《中国民间故事集成·四川卷》（下），北京：中国ISBN中心，1998年，第1258—1261页。

57. 田好人献宝　讲述者：谭俊斋；采录者：谷忠明、王月圣；采录时间、地点：1981年10月于湖北省鹤峰县坪溪村。选自《中国民间故事集成·湖北卷》编辑委员会编：《中国民间故事集成·湖北卷》，北京：中国ISBN中心，1999年，第451—453页。

58. 李老三守坟　讲述者：黄杰、邱玲；搜集整理者：李锋、李群；流传地区：湖北省建始县。选自侯明银编：《中国建始文化丛书·民间故事》，武汉：湖北人民出版社，2006年，第36—38页。

59. 幺妹种瓜　讲述者：黄世斌；搜集整理者：陈步松；流传地区：湖北省建始县。选自侯明银编：《中国建始文化丛书·民间故事》，武汉：湖北人民出版社，2006年，第221—223页。

60. 摇钱树　讲述者：谭文库；搜集整理者：谭文仓；流传地区：湖北省建始县。选自侯明银编：《中国建始文化丛书·民间故事》，武汉：湖北人民出版社，2006年，第301—302页。

61. 没有鼻子的哥哥　讲述者：王志梅；采录者：西南师院中文系采风队；采录时间、地点：1982年于四川省酉阳土家族苗族自治县（今属重庆市）南腰界乡。选自《中国民间故事集成·四川卷》编辑委员会编：《中国民间故事集成·四川卷》（下），北京：中国ISBN中心，1998年，第1263—1265页。

62. 王小二娶胡妮　讲述者：谢兴顺；采录者：陈素珍；采录时间、地点：1984年4月于四川省黔江土家族苗族自治县（今属重庆市）联合镇。选自《中国民间故事集成·四川卷》编辑委员会编：《中国民间故事集成·四川卷》（下），北京：中国ISBN中心，1998年，第1268—1273页。

63. 一根藤　讲述者：向华敖；采录者：刘黎光；采录时间、地点：1962年12月于湖南省龙山县洛塔乡杉树村。选自《中国民间故事集成·湖南卷》编辑委员会编：《中国民间故事集成·湖南卷》，北京：中国ISBN中心，2002年，第724—727页。

64. 找“仙娘”　讲述者：龙清澄；采录者：田祖鞭、文庭芝；采录时间、地点：1981年5月于湖南省古丈县双溪乡。选自《中国民间故事集成·湖南卷》编辑委员会编：《中国民间故事集成·湖南卷》，北京：中国ISBN中心，2002年，第737—739页。

65. 查妮细　讲述者：胡忠权；采录者：田畅茂；采录时间、地点：1962年12月于湖南省保靖县簸箕乡。选自《中国民间故事集成·湖南卷》编辑委员会编：《中国民间故事集成·湖南卷》，北京：中国ISBN中心，2002年，第744—745页。

66. **布莉和格耶** 讲述者：向发熬；搜集者：刘黎光、田永瑞；搜集时间：1962年12月；流传地区：湖南省龙山县洛塔乡等地区。选自湘西土家族苗族自治州民间文学集成编委会编：《中国民间故事集成·湖南卷·湘西土家族苗族自治州分卷》（下），湘西保靖印刷厂印制，1989年，第201—208页。

67. **问三不问四** 讲述者：刘华阶；采录者：林继富、王丹；采录时间、地点：2005年8月1日于湖北省长阳土家族自治县都镇湾镇武落钟离山刘华阶家。

68. **皮匠驸马** 讲述者：李国兴；采录者：林继富、王丹；采录时间、地点：2004年8月8日于湖北省长阳土家族自治县都镇湾镇十五溪村李国兴家。

69. **梦神先生** 讲述者：刘华阶；采录者：林继富、王丹；采录时间、地点：2005年8月1日于湖北省长阳土家族自治县都镇湾镇武落钟离山刘华阶家。

70. **人心不足蛇吞象** 讲述者：袁有常；搜集整理者：戴箕忠；流传地区：湖北省巴东县。选自邹天毅主编：《巴东民间故事》，北京：民族出版社，2007年，第231—232页。

71. **"万恶朝天"镇城隍** 讲述者：龚东友；采录者：牟勇；采录时间、地点：1984年8月于贵州省江口县。选自《中国民间故事集成·贵州卷》编辑委员会编：《中国民间故事集成·贵州卷》，北京：中国ISBN中心，2003年，第741—742页。

72. **斩"天"字** 讲述者：田可生；搜集整理者：吴生琳；搜集时间：1987年7月6日；流传地区：湖南省吉首市乾州及万溶江乡一带。选自湘西土家族苗族自治州民间文学集成编委会编：《中国民间故事集成·湖南卷·湘西土家族苗族自治州分卷》（下），湘西保靖印刷厂印制，1989年，第448—449页。

73. 看来生经　讲述者：李国兴；采录者：林继富、王丹；采录时间、地点：2006年8月1日于湖北省长阳土家族自治县都镇湾镇十五溪村李国兴家。

74. 干鱼庙　讲述者：吴顺富；整理者：田德凤、田永瑞；搜集时间：1963年5月11日；流传地区：湖南省龙山县长潭乡一带。选自湘西土家族苗族自治州民间文学集成编委会编：《中国民间故事集成·湖南卷·湘西土家族苗族自治州分卷》（下），湘西保靖印刷厂印制，1989年，第395—396页。

75. 春风夜雨　讲述者：孙家香；采录者：林继富、王丹；采录时间、地点：2006年8月6日于湖北省长阳土家族自治县第一福利院孙家香宿舍。选自林继富著：《宜昌民间故事家孙家香》，银川：宁夏人民出版社，2009年，第115—117页。

76. 善报与恶报　讲述者：覃章锡；搜集者：陈少义；整理者：李培芝；搜集时间、地点：1986年12月于湖北省宣恩县长潭河乡芭叶槽。选自李培芝、孙万心主编：《宣恩民间故事精选》，武汉：湖北人民出版社，2006年，第131—134页。

77. 天高地厚　讲述者：郭运彩；采录者：王作栋；采录时间、地点：1979年冬于湖北省五峰土家族自治县渔洋关镇马岩墩村；流传地区：湖北省五峰各地。选自王永红编：《中国民间故事全书·湖北·五峰卷》，北京：知识产权出版社，2007年，第118—119页。

78. 苦生和甜生　讲述者：陈益仙；采录者：唐腾华；采录时间、地点：1985年2月于四川省酉阳土家族苗族自治县（今属重庆市）李子溪村。选自《中国民间故事集成·四川卷》编辑委员会编：《中国民间故事集成·四川卷》（下），北京：中国ISBN中心，1998年，第1292—1294页。

79. 张三李四　讲述者：田承柱；搜集整理者：杨学友、田永瑞；搜集时间：1962年12月15日；流传地区：湖南省龙山县洗车区及他沙地区。选自湘西土家族苗族自治州民间文学集成编委会编：《中国民间故事集成·湖南卷·湘西土家族苗族自治州分卷》（下），湘西保靖印刷厂印制，1989年，第153—155页。

80. 害人精　讲述者：薛步才；采录者：周道生；采录时间、地点：1986年2月于湖北省宣恩县珠山镇。选自《中国民间故事集成·湖北卷》编辑委员会编：《中国民间故事集成·湖北卷》，北京：中国ISBN中心，1999年，第415—416页。

81. 一包碎银　讲述者：卢泽民；搜集整理者：黄长德、冯秀峰；搜集时间、地点：1987年5月于湖北省宣恩县椿木营乡粟谷小学。选自李培芝、孙万心主编：《宣恩民间故事精选》，武汉：湖北人民出版社，2006年，第211—213页。

82. 花好月圆　讲述者：魏兴元；搜集整理者：余晓华；搜集时间：1980年8月；流传地区：湖南省桑植县龙潭坪一带。选自湘西土家族苗族自治州民间文学集成编委会编：《中国民间故事集成·湖南卷·湘西土家族苗族自治州分卷》（下），湘西保靖印刷厂印制，1989年，第136—140页。

83. 颗　哈　讲述者：颜昌茂；搜集整理者：张如飞；搜集时间：1956年11月；流传地区：湖南省保靖县涂平乡。选自湘西土家族苗族自治州民间文学集成编委会编：《中国民间故事集成·湖南卷·湘西土家族苗族自治州分卷》（下），湘西保靖印刷厂印制，1989年，第151—152页。

84. 捏　达　讲述者：孙皮匠；搜集整理者：彭勃、陆德炎；搜集时间：1963年4月；流传地区：湖南省永顺县土家地区。选自湘西土家族苗族自治州民间文学集成编委会编：《中国民间故事集成·湖南卷·湘西土家族苗族自治州分卷》（下），湘西保靖印刷厂印制，1989年，第260—262页。

85. 怀歹意，人财两空　讲述者：田老五；搜集整理者：向柳青；搜集时间：1980年4月6日；流传地区：湖南省泸溪县八什坪乡。选自湘西土家族苗族自治州民间文学集成编委会编：《中国民间故事集成·湖南卷·湘西土家族苗族自治州分卷》（下），湘西保靖印刷厂印制，1989年，第383—385页。

86.送瘟神 讲述者：覃大钰；搜集整理者：秦自云；搜集时间：1986年11月9日；流传地区：湖南省大庸县教字垭区。选自湘西土家族苗族自治州民间文学集成编委会编：《中国民间故事集成·湖南卷·湘西土家族苗族自治州分卷》（下），湘西保靖印刷厂印制，1989年，第393—394页。

87.丝线吊瓜结良缘 讲述者：覃遵国；搜集整理者：覃正大；搜集时间：1986年10月；流传地区：湖南省桑植县。选自桑植县民间文学集成办公室编：《中国民间故事集成湖南卷·桑植县资料本》，湖南省保靖县印刷厂印刷，1987年，第339—341页。

88.李贵娶亲 讲述者：杨福宜；采录者：刘芳霈；采录时间、地点：1987年2月于湖北省鹤峰县五里区。选自《中国民间故事集成·湖北卷》编辑委员会编：《中国民间故事集成·湖北卷》，北京：中国ISBN中心，1999年，第544—545页。

89.巧媳妇 讲述者：胡忠云；搜集整理者：刘先惠；流传地区：湖北省咸丰县。选自杨适之、陆显大、安治国、晏纯武主编：《咸丰民间故事集》，武汉：湖北人民出版社，2007年，第17—20页。

90.明年还来不来 讲述者：冉崇雄；采录者：西南师院中文系采风队；采录时间、地点：1982年于四川省酉阳土家族苗族自治县（今属重庆市）南腰界乡。选自《中国民间故事集成·四川卷》编辑委员会编：《中国民间故事集成·四川卷》（下），北京：中国ISBN中心，1998年，第1286—1287页。

91.考女婿 讲述者：章来；采录者：祁天运、胡长辉；采录时间、地点：1987年6月于四川省酉阳土家族苗族自治县（今属重庆市）五福乡五福村二组。选自《中国民间故事集成·四川卷》编辑委员会编：《中国民间故事集成·四川卷》（下），北京：中国ISBN中心，1998年，第1291—1292页。

92. 陈木匠　讲述者：向启福；搜集整理者：张二牧；搜集时间：1963年5月；流传地区：湖南省桑植县两河口乡。选自桑植县民间文学集成办公室编：《中国民间故事集成·湖南卷·桑植县资料本》，湖南省保靖县印刷厂印刷，1987年，第349—351页。

93. 三姨佬混吃　讲述者：刘华阶；采录者：林继富、王丹；采录时间、地点：2005年7月31日于湖北省长阳土家族自治县都镇湾镇武落钟离山刘华阶家。

94. 篾匠织背篓　讲述者：龙万春；采录者：龙泽瑞；采录时间、地点：1980年于湖南省保靖县涂乍乡。选自《中国民间故事集成·湖南卷》编辑委员会编：《中国民间故事集成·湖南卷》，北京：中国ISBN中心，2002年，第822—823页。

95. 李三郎审瓜　讲述者：李作应；搜集整理者：金克剑；搜集时间：1979年9月；流传地区：湖南省大庸县各地。选自湘西土家族苗族自治州民间文学集成编委会编：《中国民间故事集成·湖南卷·湘西土家族苗族自治州分卷》（下），湘西保靖印刷厂印制，1989年，第427—428页。

96. 陈二郎打官司　讲述者：陈时开；采录者：陈斗；采录时间、地点：1981年于湖北省来凤县卯洞镇。选自《中国民间故事集成·湖北卷》编辑委员会编：《中国民间故事集成·湖北卷》，北京：中国ISBN中心，1999年，第648—649页。

97. 认"虎"　讲述者：田景长；搜集整理者：向宽良；搜集时间：1987年9月28日；流传地区：湖南省凤凰县廖家桥一带。选自湘西土家族苗族自治州民间文学集成编委会编：《中国民间故事集成·湖南卷·湘西土家族苗族自治州分卷》（下），湘西保靖印刷厂印制，1989年，第377—378页。

98.瞎眼县令 讲述者：杜先师；采录者：张瑜、吴道明；采录时间、地点：1986年于贵州省江口县。选自《中国民间故事集成·贵州卷》编辑委员会编：《中国民间故事集成·贵州卷》，北京：中国ISBN中心，2003年，第859—860页。

99."狗老爷"分油漫子 讲述者：田福林；采录者：刘善福；采录时间、地点：1987年7月于湖南省永顺县勺哈乡。选自《中国民间故事集成·湖南卷》编辑委员会编：《中国民间故事集成·湖南卷》，北京：中国ISBN中心，2002年，第781—782页。

100.三难"顺风旗" 讲述者：柳合甫；采录者：王作栋；采录时间、地点：1979年9月于湖北省五峰土家族自治县湾潭乡岗坪村柳合甫家。选自《中国民间故事集成·湖北卷》编辑委员会编：《中国民间故事集成·湖北卷》，北京：中国ISBN中心，1999年，第625—630页。